漫生活
慢教育

赵科利 著

东北师范大学出版社

长 春

图书在版编目（CIP）数据

漫生活　慢教育 / 赵科利著. — 长春：东北师范
大学出版社，2020.11
ISBN 978-7-5681-7344-5

Ⅰ.①漫… Ⅱ.①赵… Ⅲ.①中国文学—当代文学—
作品综合集 Ⅳ.①I217.2

中国版本图书馆CIP数据核字（2020）第229841号

□责任编辑：王立娜　　　　　　□封面设计：言之凿
□责任校对：刘彦妮　张小娅　　□责任印制：许　冰

东北师范大学出版社出版发行
长春净月经济开发区金宝街 118 号（邮政编码：130117）
电话：0431-84568115
网址：http：//www.nenup.com
北京言之凿文化发展有限公司设计部制版
北京政采印刷服务有限公司印装
北京市中关村科技园区通州园金桥科技产业基地环科中路 17 号（邮编：101102）
2022年6月第1版　2022年6月第1次印刷
幅面尺寸：170mm×240mm　印张：17　字数：240千

定价：45.00元

关于生活，我说：

我与生活，相互暗恋。
我走过你的路，你轻触我的指尖。
彼此道别，未曾一往情深，却已两不相欠。

关于教育，我说：

教育最怕三个字：一是钝，二是躁，三是浅。
他像舞者，在这三角形的界面，开垦、播种，不畏流年。
理性、宽博、厚重、稳健。不论在城镇，还是大山。
他用工匠精神和诗一般的浪漫，舞动教者的侠肝义胆。
二十年前，他首创"数学日记"，触摸教改的航船；
二十年后，他工作室的栀子花瓣，有着如他一样的情牵，
在安然中绽放美丽的雄辩。

生活与教育之间

40岁，我在博客中这样说：懂生活，爱生活；懂教育，爱教育。我在想，生活与教育之间，一定有联系。

45岁，在北师大，因为口述史的访谈，我与教授们聊起了我的生活、我的工作。这是一种漫谈，却又不知不觉指向了一种必然：我的种种生活经历、体验、感受，都和我的教育实践密不可分。我的教育轨迹，是生活的大河冲刷出来的。

于是，我回过头，重新阅读我在岁月的缝隙里留下的文字，从散页上的点点滴滴到电子文本的断断续续，从新浪博客上的"文"到腾讯微博上的"诗"，再到工作室网站上的"事"，从14岁到45岁，从这些文字里，我寻找教育的影子、生活的印迹。继而，翻开尘封的"少年心事"，在已经发黄的记忆里，看到了近似"谜底"与"谜面"的一脉相承，或者说此消彼长。旅途中遇到的人在与我航迹交错的瞬间，改变、点化、充盈了我的人生。

42岁，我提出了"牧场式"教学，我用文学的想象给自己一个界定：像草坪一样的生态，像爱情一样的美好。缺什么，就补什么。成长中的缺失，我用主张与实践赋予它新生命。

在这个集子的展示架上，陈列着不同文体、不同长短、不同类别的文章。你看到了小说、散文、诗歌、论文，他看到了生活、教育，我看到的只有一个一个的文字。它们都是我的孩子，无论性别、性格、高矮、胖瘦，那本来就是我的影子。

教育，是一种生活，一种思维；生活，是一种意识，可以和教育无关。

作家麦家曾说："和社会拥抱，你将被同化，然后被打败，然后被抛弃。只有和自己拥抱，你才能永远抱着自己，然后有可能抱到成功。"

我在我的文字里给自己画漫像，我在我的文字里对自己的教育人生自斟自酌：我是谁？我在哪里？

我的导师吴正宪

北师大教育学部英东楼的电梯，每天对这里的学者、学子迎来送往。而那个早晨，从电梯里走出来的，是一个大大的惊喜。

"吴老师！"

"科利！"

我和导师吴正宪

可敬的吴正宪老师一下子出现在了我的面前，还没等我自报家门，吴老师就叫出了我的名字。这是我和吴老师第一次正式见面。两年前，吴老师在西安讲课，我坐在第一排听她上课，课一结束，我立即跑上台与她合影，这是粉丝与偶像的相遇。

书柜里有吴老师的系列丛书，工作室的导师墙有吴老师的照片和简介。作为小学数学人，吴老师是所有人的方向。上一次，我认识吴老师，吴老师不认识我，尽管当时与她握手时她的笑容很灿烂；这一次，吴老师完全认出了我，我好不得意！就像久未谋面的学生突然见到了曾经的老师，被老师一字不差地喊出姓名。

多年前，吴老师是天空的太阳，我们远远享受着她的专业光芒；两天前，在英东楼主修室，我们沉浸在吴老师的教育思想中，吴老师像夜空的星星，给我们无尽的启迪和遐想；现在，吴老师就在我面前，我反而紧张、惶恐起来。

今天是第一次和自己的实践导师见面，昨天晚上我就心动不已——这心动里包含着我对吴老师的敬慕，也包含着我对自己名不副实的担心。

我从来不认为自己是"名师"，充其量就是一个认真的学习者，是别人给了我机遇，而我恰好抓住了而已。自己的短板、缺项很多，而且随着时间的推移和外出学习机会的增多，这个感觉越来越强烈，心越来越虚。

心虚者，必虚心。我没有理由错过任何一个让我生长的环境和让我成长的高人。

约好八点半和吴老师见面，我六点半起床，洗漱、修饰，从头到脚，用放大镜找缺陷，头发、衣服、鞋子、衣领、袖口，一一排查。外在安顿好了，再梳理今天要和吴老师交流的课例资料，其实这些资料昨天晚上已经准备好了。八点，我来到指定的研修室。这是一间教室，室内的陈设和平时我们给学生上课的地方一样。审美、规则、生态，这些潜意识中的教育常识，让我以师者和学生的双重身份立即投入教室整理的工作中。

"黑板，就是黑的板，擦黑板就是把黑板擦黑。"这是我对擦黑板的理解。擦完黑板，再依次是讲桌、课桌。偌大的教室，吴老师是导师，我是学生，怎么就座？是面对面还是并排？这些都在我的思考之中。在电脑里存储好课例视频，确定一切就位，我去了电梯口。

吴老师对我名字地脱口而出，既让我感动，又让我无措。

"来，拥抱一下。"一出电梯门，吴老师满面春风地迎向我。好温暖！好亲切！依稀人影在，似是故人来。

在研修室的三个小时，我和吴老师同桌而坐，我们从一节课例开始。

吴老师说：我们的数学课堂要有带入感，要让学生有好奇心，要让学生在研究状态中乐此不疲，要放手让学生发现规律、解决问题、形成智慧、释放情感。

对《火柴盒中的数学》一课的教学，她提出三点建议：

1. 要给学生的想象留有充足的空间。比如，长方体侧面展开会是什么？先让学生闭着眼睛想象，经历从静态到动态的过程，在头脑中留下痕迹，这样的思维才有意义。

2. 要有大问题意识。让学生观察、发现、提出问题，教师梳理，选择大问题。六年级学生的认知，已经不仅仅是占地面积、侧面积、表面积的需求，提出的可能是偏向几个火柴盒包装的问题。问题一定要是学生提出来的，是从学生的角度提出来的。

3. 要有课程整体建构意识。要"进得去，出得来"；要知道本节课的来龙去脉，是从哪儿来的，又可以到哪儿去；要建立完整的知识架构，要有承上启下、知识导图、思维导图的观念；要追问：教材为什么要有这节课？要培养学生哪些关键能力？

吴老师"读懂儿童、读懂教材、读懂课堂"的儿童数学教育观，以及她"传递知识、启迪智慧、完善人格"的育人思想，在一节课例中得以具化和印证。

一个上午，我零距离吸纳着导师给予我的学术滋养和人格洗礼。肩并肩，排排坐，我感觉吴老师是一盏灯，亮光圈定的范围内只有我，我是如此富有！

临下课了，我拿出事先准备好的礼物——一盒巧克力，递到老师手上。我说出两个用意：一是今天三八节，祝老师节日快乐；二是"巧克力"是我的另一个名字，巧克力——赵科利。我目送吴老师离开，起身回到研修室，静静地翻开书页，重新开始。

第一辑 我眼中的世界

第二辑 我心中的世界

漫生活　慢教育

第三辑　我仰望的世界

我眼中的世界

01

来这世界一趟，一定要努力看看所有的美好。只有你看见的世界，才是对你有意义的存在。

感觉小羊像可爱的小豆豆

我喜欢都市的风景，更喜欢高山大川的厚重、悠远、宁静。在甘南草原，我用心把自己装扮成一个牧人，在草原上策马奔腾，尽管屁股被马背颠得生疼，心中的开阔却无与伦比。从马背上下来，躺在草地上，我的手脚好像变成了会呼吸的草，眼里的云朵，是我用心放牧的羊群。职业的敏感，让我想到了教育工作和我的教育主张，教学如果像此情此景，该有多好。

■ 14岁的日记·我的父亲、母亲和姑姑

——父母的关系是你整个世界的投射。平庸的父亲，曾经也是怀揣梦想的少年；唠叨的母亲，曾经也是对镜贴花的姑娘。

小时候的两张黑白照，一张不满1岁，一张14岁

我的确早产了近一个月，像被遗弃的小猫，满月的时候还不会睁眼睛。我的出生，并没有改变父母的感情。因为不爱父亲，母亲也忽略了对我的爱。姑姑当时就成了除了父亲之外最爱我的人。我不记得我记事前的这些枝枝蔓蔓，随着年龄增长，我只记得姑姑的亲切、母亲的爱怜、父亲的严厉以及父母亲一辈子没完没了的吵。

漫生活　慢教育

猫吃了我的早餐

爸爸训人时，说出的话比红芋蔓还长，绕来绕去，没完没了。听，大清早的，又来了。无非些鸡毛蒜皮的事，可他全得列入议事日程，越说越来劲，就像吹了气的气球，随时都可能爆炸。我在心里劝爸爸："算了吧，你不是妈妈的对手。"可爸爸自我感觉良好，仍在急速膨胀。起先还是断断续续争辩的妈妈，这时一下子火了，我仿佛看见点燃的汽油"呼啦"一下窜到干柴火上，发出"噼噼啪啪"的声响，她的声音猛然提高八度，连哭带骂，酷似打红枪管的机关枪。在妈妈独领风骚的高音重压下，爸爸蔫了，像火把气球烧焦的那种情形，前后不足30秒。

往往在这种情况下，我是保持中立的，把自己关在屋里，用被子包个严严实实，等时间差不多了再从床上爬起来。特烦的时候，我愣是躺着不起来，还是解脱出来的妈妈和和气气地把饭端进来，不是说"吃了饭再洗脸"，就是说"吃了再睡吧"，她是在用这种讨好的方式自责，还三番五次打发弟弟催促我。

我有气无力地给弟弟说："不吃。"弟弟给妈妈传话时的声音不小："哥哥说'扑哧'。"一听弟弟这样说，我又好气又好笑，一骨碌爬起来冲到厨房大声说："谁说'扑哧'啦，我就吃！"正洗着脸，弟弟从屋里跑出来，冲着我笑得直不起腰来："你不吃，猫已经替你吃了。"

正洗着脸，弟弟从屋里跑出来，冲着我笑得直不起腰来："你不吃，猫已经替你吃了。"

光光头爸爸

在我的记忆里，夏天时爸爸总要穿着一件外衣，再热也不脱。慢慢地，我知道他是怕我们嫌他太瘦。爸爸的须发都是白的，唯独眉毛是黑的，而且很长，有一两根和画上老寿星的长眉毛差不多。平时看他的眉，是两个平放的"一"字，稍微使点劲儿，就成了一个规规矩矩的"八"字，尤其是在他生气的时候。我们最不愿意看到他的"八"字眉。

爸爸的须发长得特别快，每次从理发店回来时，头上唇上都光溜溜的，没几天就又像韭菜一样密密地长出来。

最糟糕的是他的牙，常生毛病，吃东西时只能用一侧嚼，食物要软的，苹果要切成小块来吃。爸爸说是奶奶小时候疼他，吃多了糖才这样子的。说这话时，他翘起嘴角，笑微微的。

我没见过爷爷。奶奶和爷爷闹翻了，爷爷就给奶奶和爸爸分了半间房，分开过了。爸爸小时候的日子很艰难，七八岁时就做着大人的活儿，每天晌午要到离村子很远的河滩上去看稻谷，还曾经在路上遇到过狼。

合作社时，他们的日子就更不好过了。那时办的是集体食堂，按劳力给饭，他们母子俩每次打饭都要打折。有一次奶奶让爸爸去排队打饭，好不容易排到跟前，人家硬是不给，爸爸泪眼汪汪地走开了，可又不敢回家，怕奶奶责怪。奶奶在家等了很长时间不见爸爸，就出去找，在食堂外的墙角看见了哆哆嗦嗦的爸爸……

爸爸很节省。我家过道儿里常堆满草，是爸爸废寝忘食地从地里弄回来的，时常见他蹲在那儿，用刀把草切得顶小顶小，比妈妈切的菜还强出几倍。他反对用玉米喂猪，说那是浪费。妈妈反驳他说："叫你每顿只吃菜，不吃主食行不行？"

爸爸吃水果时老捡小的、有伤疤的吃，还再三劝我们要和他一样。爸爸的教导我们执行的时间不长，后来彻底背离他的思想。"都吃小的、烂的，好的不也就变坏了吗？到头来全吃坏的，心里就踏实了。你算的是哪笔糊涂账！"在一旁的妈妈也极力反对。

爸爸每每回家都有所收获，铁钉、绳子、生锈的小刀、断底的凉鞋……他见什么捡什么，捡回来就往窗台上摆。妈妈爱干净，最见不得爸爸摆在窗台上的东西。清早打扫卫生时，总要数落爸爸一番，一边说着一边用笤帚"咣咣当当"扫落一地。可是，不知什么时候窗台上又摆满了，妈妈除了把它们扔在隐秘的角落里又能怎么样呢？

家里的瓶瓶罐罐很少见，都被他一个一个当即卖了，酒瓶2角一个，其他的2分一个。前些年他攒过牙膏皮，用力挤出里头仅有的一点牙膏，再折起来压成片，三四个一捆，攒一捆得花费不少时间。我们出门乘车时，爸爸反复叮咛我们别到车站前面上车。他的车价是用步来计算的，而不是用站。

爸爸的"计划"很周到。他身上好像装着技术含量很高的监控器，凡事只要从他眼前一过，一张丁是丁、卯是卯的计划单就立马打印出来。洗完脸，刚端起盆子，他说话了："别把水往池里倒，倒外面去，没看见地上那么大尘土。"去趟厕所，猛不防传来他的声音："把簸箕里头的草切碎，捎着给鸡喂上。"他老爱让我捎着办完一件事，似乎这样做很经济，也很实惠。明捎容易，暗捎可就难了。他常捣弄那辆自行车，修车时，他让我取回那把钳子，待递给他，他又莫名其妙地冒出一句："咋不知道把钳子旁的盆子一块儿端来，那里头有螺丝。"

是啊，我怎么就不知道呢？

爸爸计划得够周到的，但有些事却叫人不可思议。盖房时，墙上的眼没堵，他毫不犹豫地提来土和泥，用砖块堵上，漂漂亮亮的水泥墙被他这么一堵，花得像麻子脸似的。不巧的是泥剩下了，他东瞧瞧西望望，给这堆泥寻出路。最后他看上楼梯下那片，猫下腰，低着头钻进去，煞费心机地一锨一铲抹好。钻出来时，像个泥人。可他心里踏实，看看自己的劳动成果，说："这下结实了。"他是冲着"结实"两字来的。第二天下了场大雨，墙上的泥巴给冲掉了。没过几天，楼梯那片也仿效似的一片一片掉下来。看来，土泥果然没有水泥结实。

这就是我的爸爸，平凡的爸爸，但是他确确实实支撑着一个家。看着他整天忙里忙外、从不偷懒的枯瘦身影，我想：这就是全天下爸爸最普遍的代表吧！

漫生活　慢教育

听妈妈讲故事

今天和昨天，在父母眼里是没有区别的。昨晚，我对妈妈说，明天国庆，今晚的节目好，让她坐下来看会儿电视。她问我："有秦腔戏吗？"我说没有，她马上把刚凑到屏幕前的头移开了，说："那有啥好看的？！"转身出去了，她说她腰痛，想睡。

妈妈对外界的事知道得很少，她只念过一年书，是外婆不让她念，说女孩子念书没用。老师跑到家里动员外婆好几回，她仍没答应。相框里有妈妈年轻时一张穿大襟花棉袄的照片，肥肥的黑裤子，脖子上围着一条红围巾，交叉着搭在前后。说起她十六七岁时的事，妈妈就像打开了话匣子。她那阵记性好，会唱好多歌，直到现在，只要电视、广播里一唱起老歌，妈就能跟着哼唱几句。

那一年去镇上，妈妈她们见到了长鼻子、蓝眼睛、黄头发的外国人，高高地站在竹竿上。一说起这事，她总提那个长鼻子，还用手比。我说那是假的，外国人的鼻子没那么长，那不成大象的鼻子了吗？妈还和我争，说是亲眼看到的，错不了。

这些恐怕是妈妈认为很开眼界的事。以后的日日夜夜，妈妈都是在繁重的家务和田间地头的劳动中奔忙着。

对于地理、自然方面的知识，妈妈有他们那一辈人特别的说法。说起地震，就说是"铁井翻身"；说到月食，就说是"天狗吃月亮"；提到地球，我说："往西走绕地球一周，你会从东面回来的，你信不信？"妈妈反应还挺快，反问道："那地下还真有人呀？"她是在证实她小时候大人讲给她的那个故事。

妈妈讲，一次村上几个人打井时，不小心把井打透了，有一个人掉了下去，不想稳稳地落在一个麦草堆上，他睁眼一看，麦草堆周围全是大拇指般大小的人，都跪下来向他求饶。那些小人儿以为这个人是天上掉下来的，他们从各自家里端来热腾腾的饭菜讨好他。他们最大的碗也不过酒盅那么大，他一口气吃了几十碗，一点也没觉着饱，就说："把你们的锅都抬来吧！"……这不就是书上写的《小人国》的故事吗？可小时候妈妈讲给我时，我也信以为真，还觉得很好奇，并一再追问那个掉下去的人现在还活着没有。

妈妈很轻信别人的话，她说起的事大都是她串门时从那些和她一样的妇女嘴里听来的。一次离家时，她告诫我说，星期三会有日食，叫我那天别出门。我说："你都听的什么呀，要有日食，电视上早就说了。"妈妈还是叫我当心点。"日食"当然是子虚乌有的事。星期天回家，一进门我就故意追问："妈，星期三见到日食了吗？"

妈妈是不是有很强的预见性？我看不见得。可当事情出来（大多是不好的结果），她总说："我说怎么样，你们就是不听，看看真的怎么样了吧。"

爸爸把妈妈这一惯用的说法用"雨后送伞"来概括，对与不对妈妈全不在意，仍旧照说不误，并会坚持到每一个"下一次"。数落完了，"天"也就晴了，对刚才的"多云转阴"，她不会记住。她记得的事不是很多，但要做的却太多太多了。不管发生什么事，第二天早晨，她照样提上水壶把院里的花一一浇过去。她爱花，还爱做饭、洗衣、喂鸡、下地……

这些天吃中午饭时，爸爸和妈妈坐在电视前，看那部他们叫不上名字的电视剧，并被那部电视剧吸引住了。他们记不住剧中的人名，就用"这个""那个"指代人物，对人物和情节的张冠李戴是他们常有的事。爸妈不时交换着看法，他们说话的声音很大，很兴奋，难得他们这么高兴。可这样的机会，对他们来说太少了。

我不想过去打扰他们，只要他们高兴，他们想怎么说就怎么说，即使错了又何妨？

漫生活　慢教育

妈妈很爱看秦腔戏，地方台一周只有一次，可她太累了，一躺下就睡着了。我不忍心叫醒她，也没有关掉电视，就让她静静地躺在自己喜爱的声音里，隐隐享受，以实现她力不从心的愿望。第二天逢人提起昨晚的戏，只要妈妈能说出一点，她就会以为自己真的一句不落地看完了那场戏，心里升起无限的满足。

妈妈是从什么时候起就没有再给我们讲故事呢？大概是我们开始把故事从学校带回来，说给她听的时候吧。我小时候爱数天上的星星，爱听妈妈讲牛郎织女，觉得天上很神。今年七月七晚上，妈妈说起她当孩子那会儿，一到七月八日，大清早就跑出去捡挂在墙上的絮状小粉团，听说用它擦脸脸白。今年这时候妈妈没有找到这些，她说土墙上有。

在我听来近乎伤感的故事，在妈妈那边平常得很。我没见过妈妈大喜大悲的样子，每一天对她来说都是一样的。

我小时候爱数天上的星星，爱听妈妈讲牛郎织女，觉得天上很神。

月光下的姑姑

圆月高挂蓝天，纯净的天空没有一丝云彩。又停电了，姑姑和我们坐在院里拉着家常。不一会儿，明月升至头顶，把整个院子映得雪亮，白色的楼房更显得婀娜多姿，像穿着白纱的玉女。栏杆上的雕龙，楼梯旁的盆花，围墙上的青藤，也一样吮吸着融融月色，同我们一起听着姑姑冗长的往事和妈妈爽朗的笑声。

听着、想着，觉着姑姑过得很好，她的款款诚意、殷殷善举，都使我受到感染。姑姑很会说，每一句都是脱口而出，没一点犹豫，却又生动传神。她很善于打比方，还动不动就站起来学他人背东西的姿势。一手揽后，一手从肩后搭过去，猫着腰，半扭着头，碎步往前挪。姑姑把她在山里朝拜的来龙去脉倒核桃似的全部倒给我们，她的旅程和她的谈话一样，轻松而舒展。

坐在姑姑身边，我不由得打量了她的头，银白的发丝，在月光下显得格外耀眼，脑后是老人们常挽的那种发髻。记得奶奶在世的时候，也是这副样子。转瞬间，姑姑也60多岁了。她老了吗？姑姑的鼻梁很直，嘴巴小小的。妈妈说姑姑年轻时很好看，比爸爸强多了，我和妈妈的观点一致。姑姑说到死的时候，看不出一点恐惧，轻描淡写，生死之间好像没什么遮拦。

我真佩服姑姑，佩服她的津津乐道，更佩服她忘我的超脱。姑姑不会老的。我不想看到阳光下她那双枯瘦的手和手背上布满的斑点，只想让以后的日子永远像今夜一样，我们依偎在她身边，陪她度过许多年。

听着、想着，觉着姑姑过得很好，她的款款诚意、殷殷善举，都使我受到感染。

坐在姑姑身边，我不由得打量了她的头，银白的发丝，在月光下显得格外耀眼，脑后是老人们常挽的那种发髻。

漫生活 慢教育

■ 17岁的小说·默

——在我身体里有一个沉默的人，他看着我说话，看着我挣扎。我负责沉浮，他负责救赎。有一些美好含蓄内敛，却又是最好的清欢。

《默》是我写的第一部小说，四五万字，也应该是我最后一部小说。放在这里的文字大约五千字，摘录的是原文的十分之一。那时，我17岁，它是我师范生第二个寒假期间的随笔。就像很多小说一样，写小说就是写自己，在半遮半掩、似我非我、虚虚实实中，我在写我莫须有的爱恋。

虚的东西加进去，给了故事中的我一个安全身。但令我不安的是，虚的毕竟是虚，虚的就是假的，写完这篇小说，等我读第二遍、第三遍的时候，总

17岁，被梦想照亮的年代

感觉时空错位，小说好像是东拼西凑出来的，我不能全身心进入自己虚拟的角色之中。因为这个缘故，我给自己的定位是：你只能当一个现实主义者。小说从此与我绝缘。

但小说里的"少年心事"，却是我那个年龄最真实、最酣畅的表达。"我偷偷喜欢着你，却不想让你知道。"浅浅的爱，淡淡地说，说给自己听。

默

这是20世纪80年代的冬天，白茫茫的原野，远处的唢呐趾高气扬地吹，那架势绝不亚于我们激情洋溢泼洒出的一个大写意来，甚至还有点像巴山因打赌以实现自己的诺言，用尿洗脸的味道。人死了，来自尘埃，归于尘土，大地也为逝者披一身雪衣，寂静却不孤独，想想也值了。

"孤独"两字拆开看，其实别有一番景象：孩童身边绕，瓜旁多许人，犬吠偶一声，虫鸣了无痕。同样，一个被艺术牢牢牵着鼻子走的人——比如我们，在冰天雪地骑车往返二三十里路，且一回就花30多块的银子以换取民间艺人的珍品，这似乎也像那么回事儿——高冷。

"你在想什么？"和我并排骑车的巴山，转过脸问我。

"我在想，2050年左右，我们也将步入黄土。到那时，但愿也能有一场大雪，今冬麦盖三层被，来年抱着枕头睡，睡他个天昏地暗、万古流芳！"

"像猪一样踏实地睡，终于可以睡一个没人叫醒的美容觉了！爽！"

巴山是我的好朋友，外形粗犷，内心细腻，属于"外焦里嫩"型。我外形柔弱，像秧苗，但内心细腻却是我们的同类项。

晚自习刚上，同桌还没到。我拿出笔墨，在泥鼠背后用隶书工工整整写上了"赠：同桌羽薇"，这是我第一次不带姓对异性的称呼，不免有些不自在，但不久，这种感觉就被搅得无影无踪。

"赠——同——桌——羽——薇。"巴山一把把笔抢走，像孩子一样，一字一句地念着，一遍不行，又念了第二遍。

"少见多怪。"我说。

"我当给谁呢，原来是给她！"

巴山的不屑是我意料之中的。羽薇在很多人眼里，不是好女孩。

门的撞击声打断了我们的对话，空气立刻凝固了。我们又怕又爱的政教主任来我们教室"串门"了。

快下晚自习时，同桌才匆匆走进教室。

她歉意地对我笑笑："又来晚了。"

我把泥鼠递给她，说："送给你的。"

她惶恐地看着我。

"你属鼠对不？"我问。

"你也属鼠。"她蛮有把握地说，"咱班共有三个属鼠的，还有丁东亚呢。"

"你咋知道得这么清楚？"

她微微一笑："同班同学，咋能不知呢。"

她垂下眼，像抚摸活动物一样，那样温柔、亲密。

"小时候，大人们一提'老鼠尾巴'，我就吓得直哭。"

她沉醉在童年的梦境中了。

"一天夜里，家里那只大花猫又逮了只老鼠，牢牢地衔着，任我怎么摇，它都不松口，我哭着让妈妈叫猫放了去，妈没答应我，我哭得伤心极了。老鼠一声一声地尖叫，到断气的时候，一共叫了十二声呢。"

童年，是迷人的，不管是哭是笑。我被她的深情怔住了。我第一次听到她发自内心的柔软的声音。冰雪消融，不需要一季，或许只是一瞬间。奇怪的是，坐了两学期的同桌，现在我才感觉，坐在我身边的不是一个讨人厌的"冰人"。

喜欢一个人肯定有原因，不喜欢一个人必然有原因。由不喜欢到喜欢，要忽略一些事情，开垦新的领地，相当于关上一扇门的同时，要打开一扇绮丽的窗。

在这扇窗前，有隐隐的爱恋，有淡淡的忧伤。

这个周日，我继续完成一个宣传委员的职责，更换学校

童年，是迷人的，不管是哭是笑。我被她的深情怔住了。我第一次听到她发自内心的柔软的声音。冰雪消融，不需要一季，或许只是一瞬间。

文化长廊里班级所属的黑板报。三盒粉笔、一根线绳、一块抹布、一张手绘的底稿、一条长凳，不知是过于追求完美还是技不如人，我的效率不高，从上午开始，到下午4点还没有结束。我完全沉浸在艺术创作的天地里，画了擦、擦了画，从凳子上爬上爬下，近处落笔，远处端详。用彩色粉笔涂抹的过渡色，有了水粉画的质地，透过颜色，我似乎能闻到扑面而来的夏天的味道。

而现在正是秋天，天上飘起了雨丝。"艺术家"也会慌张的，在保证质量的前提下，我加快了速度。

因为过于专注，我已经无视外界的干扰。等画完版头，一抬头，忽然发现头顶多了一把伞。

"羽薇！怎么是你？"

"是我，怎么啦？"她眨巴着眼睛，冲我微微一笑，"不说话，我陪你。"

我承认，我乱了阵脚，以至于连续写错好几个字。

我不停地写着、画着。

她不停地举着、举着。

雨点击打着伞面，发出"嘭嘭"的声响。我眼角的余光始终停留在她身上，还有从伞面跌落的丝丝缕缕的雨滴。她一定在注视着我的手，她的眼睛一定很亮！

知道吗？可爱的姑娘，我或许已经喜欢上你了。我曾幻想过，在我办黑板报的时候，你能来，帮我打线、递粉笔，或者就站在我身边，什么都不做。你看着我，我用眼角余光欣赏你。

幸福来得太突然！现在，幻想成真。她从画中走了出来，叫我如何不心动？每偷瞄她一眼，她的光芒就像青春的篝火，映红我的脸，热热的、烫烫的、暖暖的。

还记得吗？我问过她："你的笑声越来越多了？"她说："我本来就爱笑。"我还想和她说："你笑起来真好看。"想了想，欲言又止，还是放在心里自我陶醉吧。

我喜欢听她讲话，喜欢她讲给我的故事。我努力在她的描述中，复原她那时的表情和心情，就像我们共同面对——她经历，即我经历。

　　她说在见习期间，当七八岁的小娃娃甜甜地叫她"老师"的时候，她的心整整一下午都没平静下来。"老师"，那是多好的称呼啊！以前，你叫别人"老师"；现在，别人叫你"老师"。"老师"这个称呼背后，蕴含了太多耐人寻味的想象。

　　在她自然纯真的笑声中，我被淹没成海里的一条鱼。浑身光滑，削去了很多棱角，从自己嘴里发出的感叹和感动，就像从鱼嘴里吐出的泡泡，弥漫在空气里。

　　黑板报的最后一个字，终于尘埃落定。

　　"搞定啦，"她冲我笑笑，随手摇了摇伞柄，"这回准得第一。"

　　我说："真的？"

　　她"嗯"了声，突然叫道："雨早停了，我们还打着伞，真是一双怪物。"

　　羽薇收起了伞。

　　"我是第一个看到你作品的人，也是最幸运的人！"她顿了顿，继续说，"给你个建议，下次可以把你的那首诗放进来。"

　　"我的？哪首？"我纳闷，她怎么知道的。

　　"地球人都知道，谁不知道你是学校图书馆的'钉子户'。还有，你忘了，上次学校诗歌大赛，你是一等奖。"

　　天哪，我以为我封闭了她，她也会隔离我。原来，这只是我给自己设的圈套。

　　"我还能背出来呢，就是那首我很喜欢的《鸽子》。因为很上口、很押韵，而且还有几分汪国真的风格。"

　　我错愕地望着她，像在打量一个熟悉的陌生人。

　　一直都没有说

　　说你给了我很多

　　一直都没有做

　　做一只灯下的信鸽

在她自然纯真的笑声中，我被淹没成海里的一条鱼。浑身光滑，削去了很多棱角，从自己嘴里发出的感叹和感动，就像从鱼嘴里吐出的泡泡，弥漫在空气里。

连接你我

你喜欢雨夜的星河
无声无息　闪闪烁烁
我也依恋平静的湖泊
而非冬天的花朵

你也默默　我也默默
相信牵挂会是一种迷人的错
你也会说　我也会说
轻轻地我走了
正如我轻轻地来过

羽薇一口气背了出来，一字不差。

"我没记错吧，大诗人！"

我已经惊慌失措了，连忙说：

"写得不好，写得不好。我那是瞎写的，闹着玩。"

羽薇笑出了声："怎么是瞎写的？我怎么就瞎写不出来呢？"

我辩驳道："那是你不写。"

"打死我也写不出来。我当你的粉丝吧。"

"别，别，别，我……"我不知道怎么回答她了。

"还有，我想知道你文字背后的想法，可以吗？这首诗有点凄凉。"

我愣了一会儿，说："言为心声，这话也不一定对。总之就是只可意会不可言传。"

羽薇忽然凑近我，忽闪了一下眼睛，神秘地说："我懂了。"

"你懂什么了？"

"只可意会不可言传。"

这回，轮到我蒙了。

周日夜晚的男生宿舍，嘈杂、随性。我的二层"小阁楼"却是百毒不侵，打开书，在幽暗的台灯下品读勾画。今晚不在状态，看了两页就再也进行不下去了。索性合上书，开始闭目养神。我忽然有了一种奇特的想法：真想把羽薇的笑装在一个特制的罐子里，一夜不停地摇着，一直到天亮。

"有贼心没贼胆"这话用在我身上再合适不过。巴山给我两个评语：口是心非、南辕北辙。我用行动一次一次佐证它们的正确性，就像做几何证明题。喜欢就是逃离，越喜欢，越躲得远。那次黑板报之遇，加剧了这种心理反射。

又一个周末之夜，我和两个伴儿去野外散心。夜色融融，大地幽静。小闵吟诵着他的小诗《河流》，巴山一反常态，舍弃了平时总要吼的那首《妹妹曲》，讲了几个知青下乡时的逸闻趣事。轮到我，我说谈谈男女问题，大家兴致很高，我以我的"性别解剖学"来阐述爱情的荒唐。巴山反对，我竭力辩解。一抬头，我猛然听见前面不远处羽薇的声音，声音不大，但我能听清楚。没错，那是羽薇的声音。

羽薇和女伴也出来了啊，我一阵忙乱，随即说："咱们……咱们回吧。"

弄得巴山和小闵两个一时丈二和尚摸不着头脑。

我搪塞说："再走，前面也没啥可看的。"

他们不从。迫于无奈，我说："从这里的岔路上拐过去，也不是不可以的。"他们才勉强答应。

巴山似乎看清了我的套路："是不是心里有鬼？"

我急忙撇清："我堂堂正正、正大光明，不像你！"

从慌乱到镇静，再到小得意，庆幸巴山他们没有发现我的小九九。

这个秘密即刻在我心里徘徊、放大。他们说什么，好像都被我屏蔽了。为了假装在场，我时不时用"嗯嗯""啊啊"做掩护。

师范生的校园生活丰富多彩，校园的每一处都写满了"张

> 我用行动一次一次佐证它们的正确性，就像做几何证明题。喜欢就是逃离，越喜欢，越躲得远。

学校的大礼堂兼顾两种功能，平时做饭堂，节日做会场，等于是供应物质食粮和精神食粮的地方。

扬"，"讲演写绘"式的"新素养"，让这所百年老校容颜青葱，激情荡漾。学校的大礼堂兼顾两种功能，平时做饭堂，节日做会场，等于是供应物质食粮和精神食粮的地方。

每年元旦，大礼堂都要举行文艺会演，今年的主题是"声乐大奖赛"。羽薇参赛了。报名前夕，她说："我们一起参加吧，我唱歌，你弹奏。"

我不假思索地回答她："就我这弹奏水平，绝对上不了台面的，只能自娱自乐一下。我看好你！"

我说话的语气很平静，平静得过于冷淡。我在打我的小算盘——我不想让她参赛。因为，我已经把她封存在我的小罐子里了。

声乐大奖赛如期召开。这是全校的一场盛会，万人空巷。我是带着心理镣铐最后一个走入会场的，有期盼、有拒绝。在主持人的渲染下，羽薇出场了，没有艳丽的礼服，一身得体的运动装，让我接收到了她独特的魅力，暗自为她鼓掌。可接下来的风向变了，如我所料，羽薇的一首日本歌曲《星》，一开嗓就让台下瞬时爆发。

校园的每个角落，都有青春的记忆

星也灿烂　伴我夜行　给我影
星光引路　风之语　轻轻听
带着热情　我要找理想，理想是和平
寻梦而去　哪怕走崎岖险径
…………

这是天籁之音。一阵又一阵的掌声，让我欢喜让我忧。随着现场的气氛，我鼓掌的频率和力度明显不合拍，最后竟然把双手存放在衣兜里，成了一名名不副实的吃瓜群众。我罐子里的"宝"跑出来了，像魔瓶的盖子被打开。我是俗人，我大公无私不了。何况，羽薇不是别人。

何以解忧，唯有吉他。羽薇的歌唱完了，我带着羽薇被万千宠爱的伤，落寞地回到了宿舍。如果有音效，我能听到起初走出宿舍大门时，套在我腿上的更加沉重的脚镣声。宿舍，空无一人，我无意中弹出的竟然是羽薇刚刚唱过的《星》……

要放寒假了，明天开始。一年很快，又要画句号，我也满17岁了。

晚上躺在宿舍床上，望着白愣愣的天花板，想哭。师范生活已经过去了两年，我没掉过泪。男儿有泪不轻弹，我是男儿。现在我想食言，想偷偷地哭，不被任何人发现。任眼泪顺着脸颊悄悄滑落，滑到嘴角，滑到耳根，不苦，不悲，不去碰它，不去叫醒它，就这么静静躺着，细细品味它的每道轨迹。就像一位深爱她孩子的母亲一样，任孩子在身上爬来爬去，并不嗔怪他。那是叮叮咚咚从幽深的山谷里流出来的溪水，清澈甘爽，余味无穷。

在归乡的公共汽车上，我晕车晕得厉害。平日，我会坐在车窗前，静静观赏车窗外的景色，我会赋予它们新的活力，想象它们的身前身后，想象我在这里亲自走过，想象我在这里的生活。恬静的艺术家大约都是这样，多愁善感，无病呻吟。现在，我是麻木的，也是专一的，只想快点到站下车，先解决晕车的问题。

如果有音效，我能听到起初走出宿舍大门时，套在我腿上的更加沉重的脚镣声。

漫长的30分钟，今天的时间怎么过得这么慢！

中转站终于到了，我匆忙下车，蹲在树根旁干呕了几下，站起身长长地呼吸。眼前的街道，多了几分亲切感。我们习惯把这里叫"车站"，"车站"是这里的地名，更主要的是这里真的有火车站，还有汽车站。从家到学校，这里是我的必经之地。有"站"的地方，人多，车多，梦想也多。坐在车上，似乎能很快抵达梦想的终点。所以，我喜欢来这里。

羽薇说，她也喜欢车站，喜欢一个像火车一样长长的梦想……

■ 19岁的诗·可不可以不疯狂

　　——人生下半场，我要战胜自己的傲慢、偏见、欲望、情绪。

　　我是从诗丛里走出来的，一本又一本地读，一首接一首地写。那些意象，那些欲言又止，那些酣畅淋漓，我似乎都能懂。自然而然的，我眼前掠过的清风飞燕、擦肩而过的风土人情，都会成为我的猎物，我咏叹她们、讴歌她们。诗，让自我的情绪，无障出入，飘逸唯美。

建筑是凝固的音乐

　总能从你那里读出我的诗行

心灵之门

如果说眼睛是心灵的窗户
嘴，就是心灵之门
还没有成为偷情的老手之前
还是先把眼睛铸成你门上的虎牌门环
并不想把守什么秘密
只想在禁锢中给一个人一丁点的完美

我知道
你的门内有上等的键盘
和声气俱韵的爵士鼓
我还知道
从这门内飘出的只属于你纯真的专利
在栀子花开的十字路口
你会幸福地呼喊你闪亮的名字
你的嘴角因此收起都市的俊逸
嘴唇因此把家乡的大山装成行李
做又一次地跋涉

在你门前落雪的初春
我会突然感觉你明眸善睐的眼
在幼稚园里搜索少女淡淡的忧愁
开始骑一匹白马追逐十八岁的寂寞
而你，正是驰骋千里的白马王子

我不是一个苦吟诗人

无论是推还是敲
总归我又不是僧侣
坐卧才是流不尽的欢乐
你的上唇是高山，下唇是流水
枝栖怂恿的日头在你门前下过一场雨
再当一回孩子吧
顽劣地开销最后的单纯
我不会沦为你门前的乞丐
但我总愿意读你的心灵
铮铮有声、婉转多情的都是歌

■ 20岁的散文·老国王

——我无比怀念我的青春，但如果真的要我回到过去，我想我会犹豫的。

20岁的证件照，中规中矩

每个人的心里都住着一个老国王。通常这样的老国王有两张面孔：一种是以刚毅、淡然示人，一种是以放纵、多情纳己。在我的文字里，躲闪是一种惯性。不惹眼，不闹腾，不激进，不勉强自己，只想做个倚在窗棂看时代的人，"你"即是"我"。我这边找到了一条"掩耳盗铃"的通路，只是为难了读这些文字的人。

现在，我是大人

　　毕业第一年，我就去了离家近60公里的西山工作。18岁，那时我还是个孩子，第一次离开家，一个人去这么远的地方。当时留下的文字里，都是鸟语花香、儿女情长，那些艰难困苦一个字都没提。多年以后，和人聊起那时的生活，也只是当故事讲。在美好的情感世界里游来游去，完全忽略了恶劣的环境给身体带来的不便或者伤害。没有经历、没有预见，第一眼看到的世界无所谓好与不好，接受、适应是唯一的结果。或者说，我那时的心态真好。

　　说说我那时的故事吧。

　　是父亲陪着我，带着两大袋行李，坐火车来到了山里的小镇。距离开学还有一天，我被安排住进了镇上的小宾馆。父亲当晚搭上回县城的顺路车，提前离开。父亲离开的那一刻，我感觉我突然长大了，世界就在我眼前。第二天，在镇上召开了分配会，我跟随老校长去了我的学校。老校长说学校不远，但路不太好走。他帮我拿着行李，我跟在他后面，这和一天前父亲在前面走、我跟在后面是很相似的画面。那时，我是孩子；现在，我是大人。

　　沿着火车道边的小径，穿过没有光亮的近一公里的火车隧道，顺着老校长手指的方向，远处半山腰的白房子就是学校。学校门前有72级台阶，这是近乎四合院一样的校园，我的宿舍在会议室的一个格子里。老校长说，这是学校最漂亮、最安全的一间宿舍。与宿舍窗户紧挨的，是杂草丛生的小山包。

　　这里是最安全的地方，也是最危险的地方。后来，我在小山包里看见了直径一尺左右的像黑管子一样粗的蟒蛇，还有夜里从缺了玻璃的窗口伸进来的手……

没有经历、没有预见，第一眼看到的世界无所谓好与不好，接受、适应是唯一的结果。

这和一天前父亲在前面走、我跟在后面是很相似的画面。那时，我是孩子；现在，我是大人。

很小的时候，听奶奶讲过类似"手伸进窗户"的鬼故事，故事里的"手"是被大人用刀砍回去的。而我遇见的"手"，是被鬼故事裹挟着的真情境。

下午放学，学校里只剩我一个人。天色越来越暗，我的不安也在加码。关上学校大门，关上会议室大门，关上宿舍小门。关上这三道门，害怕甚至恐惧并没有减少，而是越来越聚焦，似乎感觉我就是被黑乎乎的枪管对准的目标。

关掉大灯，打开台灯，我在微暗的灯光下用书构筑安全的精神之门。瞬间，我听到了窗外窸窸窣窣的声音，是风吹窗户纸的声音？窗户一块玻璃坏了，没及时换，暂时用纸糊着。声音越来越大，好像不是风声，是蛇？是蛇要进来？我立马警觉起来，随手关掉了灯。

是不是亮光吸引到了它？我贴紧墙壁，屏住呼吸，眼睛死死盯着响动的那张纸。如果是蛇？我该怎么办？我的大脑是凌乱的，我没有想到借助工具做最后的防卫，心里抱有一丝侥幸：灯灭了，或许它就走了。

响动没有停止，"哗啦"一声，窗户纸破了，一个黑乎乎的东西在慢慢地向里移动。蛇进来了！我的心提到了嗓子眼，不能轻举妄动，只要它不攻击我，就顺着它。再说，我也不是它的对手。好像不像蛇，蛇头是块状的，这是散状的。像手！人的手！

我依稀看见窗外人的影子。

恐惧的尽头是勇敢。我大声吆喝："你是谁？你想干啥？"没有回应。

手像定格一样，一动不动。

"你想干啥？你说呀！"连续发问，除了给自己壮胆，没有任何效用。

不能这样僵持下去吧，我稍稍平复了一下心情，开始猜测此人的来路、此行的目的。

第一个问题：他为什么会找到这里？我的想法是：流浪汉的世界来无影去无踪，他能找到我，完全是因为灯光的吸引。

是暗夜里的一点光，放大和暴露了我的行踪。

第二个问题：他伸手进来想干吗？我的猜测是：烟瘾犯了，想要烟。我在大街上见过这样的场景。我抓起桌上的烟盒，抽取一根，递到了他手上。他的手缩回去了。我暗自庆幸，我的判断力真准！正当我松了一口气，要宣告这场战役结束的时候，那只黑手又伸进来了。

"胃口真大，嫌一根少，要加量。贪得无厌的家伙！"想到这里，我竟然"嘿嘿"了两声，感觉一窗之隔的他有一点点可爱，像动物园里的小猴子，又像幼儿园里的小朋友。

我以正常人的音调音量说给他听："伙计，烟瘾这么大。我只有一盒了，全给你！"

他拿了烟，依然没有回声。我做好了他不走的心理铺垫，至于下一步怎么应对，我没想好。

窗外传来影子人揉捏烟盒的声响，或许他是在验证。

"回家吧，伙计，外边有蛇！"我朝他喊话。

"嘿嘿嘿嘿……"影子人的声音！他终于发出声音了！我没有从他的声音里听到邪恶、恐怖，相反的，我感觉到了一丝怜悯和悲怆。

影子人的手，再没伸进来，我知道他走了，但不知道他去了哪里。

那一夜，我失眠了。随手打开台灯，一直到天亮。

如果"手"的故事是我经历的最刺激的故事，那么在大山的其他经历，都只能称得上平淡无奇。

一个人半夜12点，穿过黑漆漆的隧道和被夜鸟凄厉的啼鸣笼罩的墓地，忐忑地返回学校。

一个人用单薄的肩膀，越过铁轨，踏上近百级台阶，行程3公里，去山沟打水挑水。

一个人手推着自行车，在后座上捆绑50斤的面粉，在不是路的路上，顺着铁轨迂回穿行。

一个人在狭小的宿舍里，静听用席子铺就的顶棚上"踢踢通通"的声音，听老教师讲，那是蛇在爬行。

习惯了凡此种
种。四年，静听流
水，人来不惊，20
岁的青春写满了无
知无畏。

习惯了凡此种种。四年，静听流水，人来不惊，20岁的青春写满了无知无畏。

这些不登大雅之堂的故事，只可口述。后来留下来的笔墨文章，现在回头看，矫情做作，不敢细究，但当时却是另一个真实的我。时光不可逆转，文字也一样。

我们是邮票

渐渐地，抬头看月亮，不再有过多想象的余地了。好多年前的冬天，我天天早晨赶很远的路上学，月亮也是这样挂在深邃的天幕上，清清冷冷的。望一眼，寒气就如针刺般袭来，我只好把头深深缩回衣领里，再不敢看月、看天了。现在，树梢后的那轮寒月，又把冬天带了回来。

初冬来时，树叶纷纷落下，原野顿然清朗了，一切变得陌生起来，对它们的研究都流着似曾相识的期待，我好多次为浸在暮霭中的村落所陶醉。时间一天天过去，树叶落光了，错综的树枝固执地伸着它的手臂，像要抓住什么东西，却什么也抓不到。冬天，就这么悄悄走近我们每一个人。

现在，树梢后的那轮寒月，又把冬天带了回来。

往日熟知的家，因为聚散而韵味十足，曾经拥有的山水草木和人的欢声笑语，都被延续了。这里的路、树和草，是从那边寄过来的。我们是邮票，走到哪儿，就把思念留在哪儿……

那时周末，学生如同星星般洒向了他们的家，没有了叫嚷的校园顿时变得死一般沉寂。于是，我们决定爬山，第一次把最高的山头踩在脚下时，我们疯了似的喊着、笑

我们是邮票，走到哪儿，就把思念留在哪儿……

这是我去学校的必经之路

着，我们的名字野辣辣地在大山里百转千回，茫然又倔强的大山被我们唤醒了。

之后，我们不止一次地去征服能去的每个山头。我们把每次出发叫"出海"，我们是船，也是船长，没有颠簸，没有激流，没有劳累，海里盛满奇异的山石和附在它身上的各种草木。大山深处，峰峦滚滚，蓬蓬勃勃。在"出海"的日子，我们总会踏着涛声，追寻悠远的回声。每出现于一处陌生的地方，我们就好像感受了一次经历，都要带几束莫名的欣慰回来。

慢慢地，爬山成了我们周末消遣的最好方式，只是少了初次的狂热。有时看着远处山洼里隐约的小屋，会呆呆站半天。山谷还是那般空旷，可我们再也没有大喊大叫过。一呼百应后的群山，依旧寂寂如水。

落寞的时候很多，我们每每坐在校园后的小山上，看着从山下疾去的火车，它们像长蛇一样从山洞爬出，又那么快地爬进另一个山洞。轰鸣声渐渐远去了、消失了，它们带走了山野的一点眷恋，只把两条铁轨永远抛在了身后。

在山顶看山下，河如带，人似点，与威武的群山相比，我们都小得可怜。可每一个小点，都远没有我们眼下看到的那么简单。

这里没有牧歌，山坡上星星点点的牛群和孩子们，倒更像一首儿歌。看到这些，我们有说不出的兴奋，真想再做一回孩子，无忧无虑地去看天、去笑、去哭。

大家聚在一起时，都把欢笑留给了别人；独自待着时，笑只是记忆了。我们想拥有我们想要拥有的一切。我们不是山，是河流，因为我们还一无所有。

每年冬天，我们都会收到许多贺卡，同学的、孩子的，我们把贺卡组成各种图案钉在墙上——空荡荡的屋内挤满了我们自己才读得懂的声音。我们也把写满祝愿的卡片寄给每一位想寄给的人。

时光轮回，不知不觉中，我们久违了昔日校园的侃侃而谈。那时的校园树太绿、楼太高，而我们的梦太多了。不少次，

轰鸣声渐渐远去了、消失了，它们带走了山野的一点眷恋，只把两条铁轨永远抛在了身后。

这里没有牧歌，山坡上星星点点的牛群和孩子们，倒更像一首儿歌。

漫生活　慢教育

山坡上星星点点的牛群和孩子们

我们躺在草坪上数着未来，未曾分别，就已设想聚会的欣喜。

最后一次走出校门时，潇洒都成为过去，短短相聚，眨眼间又要带着许多遗憾各奔东西。脚步沉沉，我们各自珍藏着人生这段美好的回忆，匆匆消逝了。大自然似乎因为我们的分开而显得格外平和，虽然我们知道以后相见的机会不多，或者永没有重逢的那一刻。

你悄悄蒙住我的眼睛

冬天的山野，坦诚地裸着她的背，自始至终在期待着永恒。你忽然从背后蒙住我的双眼，我没有掰开你的手，相反，直到你拿开手后，我还紧紧闭着眼。我的感觉太特别了，我忘不了最高山头上那个树丛中的小家，那个在冬天说给我快乐的孩子，那个不被人在意的丑小鸭，那个卧病在家，时常念叨着你我名字的女孩儿。去看她时，她的眼里映着我们的脸，纯真的眼眸闪动着满足。

你说，和山相依是你的因缘。当孩子们快要从你的羽翼下飞走时，你突然感到了时间的短促，那间只有你一人的小屋，也如快要燃尽的烛光，飘摇不定。你想起了和孩子们在一起的朝朝暮暮，你说你好感动，那些只有孩子才能说出的话、只有孩子才有的举动，在你眼里铺开了，你俨然成了一位白雪公主。

孩子们终归飞走了，那天的一场雷雨使盛夏的酷热减了好些。看着三三两两渐渐远离的他们，你的眼泪簌簌地涌出眼眶，终于掩面泣不成声。那棵我们长倚的梧桐树，一如长满无奈的纪念碑，脚下的64级台阶，又刻有多少日月真情？

后来，你常安然地去想许多许多的从前，静静地去看每一个叫顺口的名字，物是人非，你又被空荡荡的气息淹没了。

在我们的青春悄悄逝去的时候，孩子们也张开双臂拥抱他们的年轻时代，时空虽同，却各有不同的心境，即使走在同一条大街上往往也只能相错而过。色彩斑斓的少男少女们，也会为他们的梦而祈祷，为他们的爱而哭泣，偶尔也会唱起"只要你过得比我好"，他们也会拥有和失落，也会衰老，也会像今天的你我，忍受孤独，经历淡淡的相聚。然而，冬天会过去，春天会走来。

漫生活 慢教育

三年很快就过去了，我常想起孩子们和我们曾走过的山。离开时，我们未能一起踏上我们常走的那条路，匆匆行程，带不走山的容颜。傍晚的村落里，依旧炊烟袅袅，牛群依旧走回它们的家。

我心中的世界

无论面对的是和煦的朝阳，还是微弱的星光，在前行的路上，我都被它们照亮。

海边的钢琴

有人问我：你最钟爱的事情是什么？我会毫不犹豫地回答：用我的小眼睛看大世界，把世界拍成图，把图变成画，把画写成诗。这不是刻意，而是从我心里流出来的纯天然的基因。我始终觉得，世界是用来爱的！

我把世间所有的美好寄托予你，我不是病了，而是灵魂出口的张望。

你什么都没有改变，改变的或许只是我的一方贪婪。我知道，你的高度是我一砖一瓦砌出来的，你的神韵是我用仙山的雨露润泽出来的。我在构筑我心目中的天堑，依而不恋，远远地看，就好。

■ 35岁的随笔·我的新浪博文

——当你见过世面，就不会纠结一个人是否爱你，你应该爱山爱水，爱这世间万物，爱自己的家人，还有自己。

30多岁，黄金一样的年龄，我可以毫无牵绊地把自己的玲珑心晾晒在太阳底下，贪婪地吸纳，然后用键盘尽情宣泄。目之所及，心之所想，手之所成。成文之后，我会在其中添加背景音乐，古典的、时尚的。听着自己喜欢的音乐，看着自己打出来的文字，竟然自己感动了自己。键盘处，偶尔会盛放一杯香茶，提醒自己：这是最好的休息。

30多岁，黄金一样的年龄

漫生活　慢教育

春

春天，是藏在冬天里的小可爱。

说是春天，身体还裹着寒。

说是冬天，心底已用春光取暖。

13排08座

印象中的泰国，是佛黄和象白色的。黄色的寺庙，白色的象牙塔，使这个国度显得虔诚而高雅。

早前，我最想去的地方是法国巴黎，因为那里弥漫着浪漫的空气。我本来就特浪漫，这是很多人给我的定义，听别人说得多了，我也就欣然接受。

在我的字典里，浪漫就是热爱生活、享受生活，享受生活中的花草树木、高山大川、日月星辰、人来人往。

2010年的春天，我的主意变了，我想去泰国。因为泰国有比浪漫更浪漫的东西，那里有掌心里的萤火虫，那里有杜拉拉的爱情。

似乎每一种浪漫都发生在海边，杜拉拉也不例外。

当爱情降临的时候，矜持的杜拉拉就是一位可爱的邻家小妹。她的一颦一笑、举手投足，像依偎在荷叶上的小水珠，晶莹剔透，沁人心脾。

DB里的白领，以不同的方式释放着自己的能量，办公室里的恋情也在悄然生长。

理想很丰满，现实很骨感。办公室恋情的结果就是：按照DB一向的原则，两个人谈恋爱，必须有一个人离开。留下来

因为泰国有比浪漫更浪漫的东西，那里有掌心里的萤火虫，那里有杜拉拉的爱情。

似乎每一种浪漫都发生在海边，杜拉拉也不例外。

的杜拉拉，一边丰收着她的事业，一边守望着她不曾放手的爱情。

两年以后，在他们恋情的起点——泰国，他们奇迹般地相遇。有过长久等待的爱情，悠远而深邃，团圆的大结局，依然可以换回无数人期待的眼泪。

爱情之外的那个城市，离天很近。高楼外的玻璃幕墙，吸纳着滋润的阳光。城市精灵们的身影，天天在幕墙上忙碌着、挣扎着、幸福着。

导演（徐静蕾）没有给每一种情绪私自膨胀的机会，她用她的神来之笔，让意犹未尽的状态戛然而止，极尽空灵之美。

幕墙是城市的电影。

杜拉拉是我的电影。

13排08座，15：20，老徐，我来过了。

如果可以，请你把我的名字也像你电影中的字幕一样，镶嵌在外表光洁的建筑上，让我成为建筑的一部分，成为电影的一部分。

爱情之外的那个城市，离天很近。高楼外的玻璃幕墙，吸纳着滋润的阳光。城市精灵们的身影，天天在幕墙上忙碌着、挣扎着、幸福着。

斑　驳

我的家乡有个五丈原，五丈原上有个诸葛亮。有名人的家乡，自然要比别处光鲜不少。料事如神、恪尽职守的诸葛先生，让家乡的土地变得神奇而厚重。

五丈原以西两公里处是我的老家，名曰"蜀仓"，顾名思义，这是蜀国的仓库，当年诸葛亮在这里屯过粮。在三国的故事里，我脚踏实地，自由出入，犹如坐在现实的岸边，脚丫子却在历史之河里扑腾。生于斯、长于斯，恩惠于诸葛先生的灵性，敬重是必需的。

从记事起，几乎每年都要在农历二月诸葛亮庙会时去看看。小时候，看诸葛先生的塑像，看点是他的眉眼和衣着打扮，特别是那把扇子，目的是写好老师布置的作文《五丈原游

在三国的故事里，我脚踏实地自由出入，犹如坐在现实的岸边，脚丫子却在历史之河里扑腾。生于斯、长于斯，恩惠于诸葛先生的灵性，敬重是必须的。

记》。

庙会年年有，没有特别要紧的事，我会坚持去。除过给诸葛先生上香，我开始留意这座古庙里的遗迹，以及遗迹后面的人和事，熟知的《出师表》、岳飞的笔法、八卦亭、落星石、衣冠冢……这些就像历史的脉搏，走近它们的那一刻，我似乎能触摸到脉搏的跳动。

庙外的油菜花，遍地金黄，花海里的这座古建筑，庄严而从容。紧靠油菜地，有两排坟茔，坟头上新添的白纸在风中起舞。三三两两的花季少年在坟茔间谈笑风生、相互追逐。

在历史的家门口，我们这些注定也会成为历史的人，就这样顺理成章地镶嵌在历史的缝隙里，生死两忘，穿越古今。

今年二月，我依旧和母亲来到这里，由大路乘车而上，再由"盘盘道"逐级而下。或许是早的缘故，庙内没几个游人，阴沉的天气使年久失修的门亭更显斑驳——坑洼不平的路面、剥离的墙体、阴暗潮湿的室内，我的心情和它们一样，也开始斑驳起来。

走出庙门，四个膀大腰圆的小伙子百无聊赖地把守着出入口。

门前的广场，人气倒挺旺，只不过都是卖吃食的，几乎没买主。遮天蔽日的篷布把广场占了个满满当当，像战旗。摊前无事可做的大爷大妈们，说着段子，嘻嘻哈哈，笑声赶走了沉寂。

有人的地方，就有了生机；有笑声的地方，就有了阳光，即使今天不是好天气。

过会赶集，我喜欢人多，喜欢人山人海、摩肩接踵；喜欢在人堆里挤上一张长条凳，吃一碗面皮，或者凉粉，或者臊子面，那种因挤而融、因乱而融的心理抚摸，让我与家乡贴得更近、更踏实。

站在原边，眺望渭河对岸，遥想当年两军对垒、金戈铁马、鼓声争鸣、剑指江山，正所谓"滚滚长江东逝水，浪花淘尽英雄。是非成败转头空。青山依旧在，几度夕阳红。白发渔樵江渚上，惯看秋月春风。一壶浊酒喜相逢。古今多少事，都

站在原边，眺望渭河对岸，遥想当年两军对垒、金戈铁马、鼓声争鸣、剑指江山。

付笑谈中"。

从原上下来到镇上，还是找不到人潮涌动的景象，依稀留存的小木楼雕梁画栋，让我闻到了童年的气息。偶尔还能看到挂着拐棍、缠着小脚的老婆婆，还有在街边卖烟叶的老人。小街，因为他们的存在而变得亲切与温暖。

留住让我们牵肠挂肚的人或物，就是留住了光阴。

母亲是在回家的车上认出她的，母亲管她叫燕姨，我该叫她燕奶奶。

燕奶奶和母亲原本是一个村上的，后来母亲嫁到了"蜀仓"，她们好多年都没见过面。燕奶奶说她和母亲的母亲关系很好。母亲的母亲，我的姥姥，是母亲9岁的时候离世的。坐在我对面的燕奶奶，竟然和我没见面的姥姥是同辈的！我忽然有一种时空移位的感觉。

燕奶奶不是很老，但脸上的皱纹密密麻麻，不过气色还好。燕奶奶说母亲看起来还是那样年轻，没多大变化。母亲是中华人民共和国成立后第二年出生的，那时整整60岁了。母亲不老，60岁，多年轻啊！

陪母亲去二月诸葛亮庙会，是我每年都要做的。或许，逛庙会只是一个托词，和母亲一起走走看看，才是我真正想要的。

"蜀仓"这个地名，因为乡镇合并，六年前消失了。

多年以后，我们，都会消失在斑驳的年轮里。

春天，让我如此美丽

板了一冬严肃面孔的树木，终于笑了。看到它们第一缕微笑的地方，不是在钢筋水泥的城市，而是在远离城市的郊外。源于一次觥筹交错的饭局之后，突然引发的一个话题：明天去旅行，地点是麦积山。

车窗外的花海涌动着轻灵的翅膀，不停拍打着玻璃，潮水般向我们扑来。每个人都轻易放弃了残存的一丝矜持，笑得比

留住让我们牵肠挂肚的人或物，就是留住了光阴。

车窗外的花海，涌动着轻灵的翅膀，不停拍打着玻璃，潮水般向我们扑来。每个人都轻易放弃了残存的一丝矜持，笑得比花还夸张。

漫生活 慢教育

花还夸张。

昨夜席间，不胜酒力的我提前将桃花盛开在脸上。不想，崔护的"桃花"已悄悄潜入杯底——"去年今日此门中，人面桃花相映红。人面不知何处去，桃花依旧笑春风。"人面桃花，是春天凄婉的绝唱。此次旅程不该有哀愁，不会有相思，但散落花间的星星点点的回忆，又点亮了谁的伤感？

在流动的车厢里，窗外的风景俨然一张张串联起来的电影胶片。时光在这里演绎成诗，桃红梨白，沿途的一路好风光是这诗里最美的乐章。

麦积山位于甘肃天水市，天水与宝鸡毗邻，因此去麦积山可以说顺风顺水。车子在甘肃、陕西交界的地方迂回行驶。渭河将两省分割开来，越过这座桥是甘肃，穿过那道梁又是陕西。偌大的两个省，在此处可以信马由缰、翻云覆雨。地界，跟同桌的你的分界线异曲同工，妙不可言。我们甚至怀疑，正在行走的不是路，而是地图。"创可贴"戏称：我们是脚踩两只船。也是，对长期身处八百里秦川腹地的人来说，这种在边缘行走的鲜有乐趣的确不应算作"少见多怪"。

三年的大山生活让我对这里既亲切又陌生，山顶上的小屋、沟底成片的屋舍、朝路口蹒跚而来的怀抱小羊羔的老人，都会无端地牵动我的想象，想象他们的从前之前，他们的以后之后……车子在走，心情却再也难以平复，继而有了一个冲动，很想告诉大山：我回来了！这次，不是我一个人，我将三个人一同带给你。我很想再次屹立山头，声嘶力竭地大喊我的名字、她的名字、宝贝的名字，任由这三个我生命里最动听的音符响彻山谷、百转千回。那时的周末，找不到爱情的我，只把一个人的名字喊给大山听。现在，若干年后，当我带着爱情的累累硕果再次穿越大山深处，空对山顶，却没有了大喊的勇气。

到达北道，已是向晚时分，沙尘狂舞，对走下车子的我们关怀备至。这是离麦积山很近的一个城区。眼熟的巨幅广告，冷不丁把我们带回了家乡的城市。在一个没有乡音的地方，一幅熟悉的广告，竟也流淌出浓浓的乡情！广而告之，原来也有触景生情的神奇功效！

霓虹闪烁，锣鼓铿锵。健身的老人们书写着这个城市的夜文化。建筑高耸，街道绰约，我不由感叹：甘肃是个好地方！路面洁净，空无片纸，谁说西部不如南？

晚上的"兰州牛肉拉面"，次日早晨的"天津狗不理包子"，给了我们足够的气力爬山。

麦积山，因形似麦垛而得名，是中国四大石窟之一。有石窟的地方，似乎都有佛身。慈悲、宽容、感恩，在这里都成了一种境界，斑驳、沧桑、破败的外衣，丝毫掩饰不住佛的威仪！也许，每块石头都是一尊佛，只要去掉多余的部分。

在佛前留影，是至高无上的事情。就在这张照片的背景前，给小K和"面包"照了张合影，因为栈道太窄、距离太近，即使将机位降到最低，仍不能将佛与他们同时摄入镜头。几次摆弄之后，他们言语了："这下可以照全吧？"我随口答了一句："还是没有，只看见了两根木头……"还未说完，现场已经乐成一片，等我完全反应过来，亦笑弯了腰！

突兀的悬崖、陡峭的栈道，让人如履薄冰。大佛的悦然，在险要的高空，平衡着游人的心绪，但S还是晕得流下了眼泪。背倚大佛，早已忘记高处不胜寒的我，忍不住用镜头记录下了麦积山下的大好春光。佛看见，我看见……

通往天堂的路，一定充满着艰辛。在这些每级近40厘米高的台阶前，"艰辛"两个字，好深刻！

点燃红蜡烛，点燃红心香，祈福是我们的心愿。当弥漫的青烟渐渐淡去，幸福是否会依然紧握手中？

在山下，我特意给远在家乡的妈妈挑选了佛珠。妈妈信佛，很多时候，她都会数着佛珠、念着佛经安然入睡。爸爸在六年前的春天离开了我们，妈妈和佛结缘，大概是自那以后的事。妈妈性格很豁达，从爸爸病重住院直到病危，她一直在安慰我们，她说：等爸爸病好之后，她一定好好照顾爸爸，什么也不让他干了，只要爸爸还有一口气……岂不知，我们都隐瞒了妈妈，爸爸那时已经没几天了，而妈妈还蒙在鼓里。最终，

旅行，是一种遇见，遇见不同的自己

妈妈知道这个消息时，一下子瘫坐在了地上。那是我见过的妈妈最伤心的一次恸哭！现在，妈妈的气色还好，她不时会给我们说些佛事。有时，妈妈会突然打电话过来，她说她梦到我们病了……今夜，不知妈妈睡得可好。

　　几乎每个景点都有大同小异的工艺品。大同，都是祈求平安；小异，祈求平安的方式不同。这些司空见惯的小东西呈现在这里，是在叮嘱我们：祝你平安！

　　下山的路上，我无意拍到了一张照片。灿然开放的春花下面，一位老人静静地坐在这里，没有乞讨。她是谁？她为什么会坐在这里？相机对准她的一瞬间，她低下了头。我使她惶恐了，我不该打扰她。除过照片，我能给她做些什么？

　　医院，总是生离死别的无奈；车站，总是步履匆匆的疲惫。坐进火车，一路一直沉默的小M说出了此次出游的目的：TA要离开这里了，明天！我愕然！这次旅行，是小M特意安排的，不善言辞的TA，是用这样的一种方式，选择这样一个地方，来和我们告别，想必TA是想告诉我们什么。春天到了，春花开了，小M却要走了……

小M，和你面对面，你却戴着墨镜，我看不见你，不知道你在想什么，也不知道在这样的时候，在我们如花般的笑脸还来不及关闭之时，我该和你说些什么。行进的火车，帮我们把时光直观地演绎成一场流动的电影，电影里的你是那么善良。两年的如履薄冰，你给我们的都是宽容和难得的羞涩。火车，穿过一个又一个隧道，在明与暗的碰撞中，回忆和现实分明地照在每一个人脸上。记得春天，记得花开的麦积山，记得上车之前，我们都有的灿烂笑容。

行进的火车，帮我们把时光直观地演绎成一场流动的电影，电影里的你是那么善良。

躲在屋顶的猫

一

我和猫是在屋顶认识的。当时，她在屋顶，我在楼顶。

黑色的她躺在同样黑色的瓦片上，悠然地晒着太阳。

这个春天，忽冷忽热，喜怒无常，站在高处，接受太阳吝啬的抚摸，弥足珍贵。

猫这样想，我也这样想。

本来，我只想随意在楼顶看看，不想在相似的地方，与猫不期而遇。

本来，只想随意在楼顶看看，不想，在相似的地方，与猫不期而遇。

我看猫，猫看我，彼此都想把这份默契说给对方，就这样惺惺相惜。

想必是我的想法太多，娇小的猫咪扛不起如此沉重的负累，她趁我眨眼的工夫，溜之大吉，再也不见踪影。

猫咪，走了。我放眼望远，"极目楚天舒"。

有酣畅淋漓的意象，有丝丝缕缕的隐忧。

这个时候，我就像一只猫，在旁人不曾留意的角落，拿捏着虚幻的自己。

二

视野里的油菜花，把我带到了离此不远的磨性山，那是昨天我们踏青的地方。

磨性山传说是邱处机曾经的修行之地。之所以叫磨性山，相传是邱处机为了磨炼自己的性情，每天将一箩筐豆子从山顶撒下，然后再以极大的耐心将这些散落于山间的豆子全部捡回，如此循环往复。

这座山的不少地方都有道教飘逸、洒脱的印迹。

道观院落里，养在笼中的鹦鹉，对宠爱它的人友善地重复着"你好""再见"，在再三追问下，它会无奈地说出"没完没了"。人和鸟虽不是同类，但这几个都能明白的单词，却让笼子里外的我们相谈甚欢，彼此欣赏、彼此温暖。

葫芦池里的游鱼，鲜艳而肥硕。在这里，我能感受到它们的心境，它们游的不是寂寞，是快慰。

道长悠闲地坐在藤椅上，悦纳着他的客人，他的旁边拴着一条狗。对我们的到访，狗狗还是挺给面子的，没吵没闹，心情相当平和。我不禁自言自语：道观的狗就是觉悟高，不像村里的，见人就咬。转而又想：如此温良的狗，为什么还要拴着它呢？不懂。

等上了四层阁楼，我一下子豁然开朗：鱼是被圈在池子里的，鹦鹉是被关在笼子里的，狗呢？当然得用绳子拴起来，圈地为牢。

谁也逃不出这样的宿命，人也一样。我们很多时候不也一样是在两点一线或三点一线的固定区域活动吗？这样的生活，对大多数人来说不是一年两年，而是一辈子。一方水土养一方人，地方再小，也能自得其乐。

阁楼西北角，是已故道长的坟茔，坟茔前的墓碑记载着已故道长生和死的日期。已故道长活着时的甘苦，只有他一个人知晓罢了。一生，忙于此，葬于此，也算落叶归根吧。

阁楼前的空地上有两块圆石，每一块都得费很大的力气才能抱起，相传这是邱处机当年练功用的。如果时光倒流，和邱处机一起使枪弄棒，那将会是怎样的光景呢？

开始爬山了。小路两旁荆棘丛生，我们站在荆棘丛中留影，一张张笑脸被定格下来。虽然这些照片不是每个人意志的写意，但在这一刻，释放的心情其实已经挂满干巴巴的枝头，如花般绽放。

爬上山顶，是一片开阔地，绿茫茫的麦浪，似草原。远处的屋舍，甚至停靠在地头的摩托车，都让人心生爱怜。美丽的田野，让每个人都成了艺术家和平面模特，千娇百媚的Pose，足以感动整个春天。

下山了，小Z的吆喝声唤醒了众多的应和者，她们对着山谷，一起高呼："我——们——不——想——回——去！"

我们不想回去。熬过漫漫严冬，谁都想在这个悄悄来临的春天好好地做梦。只要在合适的地点、合适的场合，相信所有人都会童心未泯，不自觉地一起走向童年的一亩三分地，重新当一回老小孩。

岁月的刻刀无情地在每个人脸上留下标记，曾经的容颜不再，沧桑使然，可为什么轮回的四季永远这样长生不老、靓丽多情、青春永驻？以我们的衰老之躯抵御春天的柔美身段，谁都会拜倒在这个季节的石榴裙下，成为她的俘虏，不能自已。

路边成片的油菜花，村头废弃的残垣断壁、小瓦缸，树枝上的蜘蛛网，崖边的小溪流，全成了镜头里的新宠，被我们一网打尽。

春天，宛若一只听话的猫咪，跟我们一起回家了。

以我们的衰老之躯抵御春天的柔美身段，谁都会拜倒在这个季节的石榴裙下，成为她的俘虏，不能自已。

好消息　坏消息

"现在方便打给我吗？有坏消息，关于你的。"忙乱中收到这样的信息，无异于收到黑色的脑白金。大脑迟钝了，脚步也跟着添乱。

坏消息，这三个字龇牙咧嘴地在眼前嘲弄着自己，是什么坏消息？一边应付手头的工作，一边开动脑细胞做周全的考量，家庭？工作？到底是哪方面出问题了？或者是该死的流言蜚语乘着大好春光也跟着开花了？

朋友是一个很谨慎的人，关于我的所谓坏消息，TA都会轻描淡写地掩饰过去，这与我的想法很相似——"如果有什么坏消息，请你一定不要告诉我。"一直都希望自己在类似掩耳盗铃的童话中平淡着自己的平淡，快乐着自己的快乐，哪怕丝毫找不到快乐的影子，我也只想紧握平淡的双手，与它相视而笑，笑我的左手，笑它的右手。

现在，关于坏消息的信息亦真亦幻地出现在眼前，只能死马当活马医了，宁可信其有不可信其无啊！好不容易从忙乱中逃脱出来，拨通了TA的电话，听筒里传过来的声音是"对方正在通话中"。来不及细想，再拨——不论什么样的坏消息、坏的级别有多高，也得先弄明白再说。就是死，也得死得明明白白、清清楚楚。

手机忽然显示"自动重播"，怎么回事？挂断……重播……"嘟嘟嘟"的忙音……好像，也许，一定，这个坏消息不是空穴来风，绝对有来头。要不，TA的手机不会一而再、再而三地打不通！

一个英雄在临危之际不会浮想联翩，诠释义举，"做"是TA唯一行动的理由。此时有一个人也是如此，屡战屡败的后果，坚定了其"风萧萧兮易水寒，壮士一去兮不复还"的悲凉意志。打通，是之唯一行动的理由，因为打通之后，才可以巧舌如簧，充分发挥舌头的功力，也才能化干戈为玉帛。还因为，我珍惜朋友，珍惜平淡如水的朋友情谊，不容许有一点点的污渍融入其中！

"你拨打的电话正在通话中，请不要挂机……"

终于，可以等待了，我做好了长时间等待的准备。

"喂——"

如果有什么坏消息，请你一定不要告诉我。

通了，TA说话了！几乎没超过一秒！

"你真回过来了？"

"怎么了？"

"今天怎么这么多人都上当了？"

"上当？"

"对啊，今天是忏悔日！"

"……"

原想得到一个悲惨的结果，却在悲惨中意外捡到了一个快乐的苹果！

夏

夏天，是一位恃宠而骄的姑娘，

很高傲，甚至可以高到四十度的云端。

很贪婪，总是侵占春与秋的地盘，

像霸道的同桌，常常越过三八线。

失忆的夏天

一直庆幸，玻璃鱼缸能在地震中完好无损，与同一时刻身心俱碎的衣柜、电视机、饮水机、博古架相比，脆弱的鱼缸坚强得不可思议。鱼缸里的鱼却远没有它的城堡顽强，震后一两个月，相继驾鹤西去。空鱼缸就像做了好事随后又做了坏事的孩子，站在墙角发呆，这一待就是N年。

夏天的燥热，将目光指向了水。在空气中行走的人，大多放下身架，不约而同地选择做一只在水里游来游去的鱼。小鱼缸，大天下。听说，鱼是没有记忆的，所以它才会在寸土之地追寻着未知，永远无忧无虑。穿行在大街小巷的"美人鱼"，似乎没有失忆的鱼这么幸运。太阳镜里的城市，似曾相识，情深意长。它以夏天酷热的温度叩开你的心扉，却又用水的清凉让你的思想自由成一条鱼。

我的第二双"眼睛"生病了，维修师L说，要修好这部相机，得等3天以后。从1楼到18楼的维修点不到2分钟，从维修师L诊断至下定论，也刚好2分钟，且无商量的余地。原打算现修现等然后打道回府，现在空出大半个下午，让我和D犯难。不过，我们很快就有了答案，去鱼市吧，买几条鱼回来。

它以夏天酷热的温度叩开你的心扉，却又用水的清凉让你的思想自由成一条鱼。

还是怀念小时候的露天电影院

　　鱼市在我们所处地的东北方，去过两次，第一次是骑电动三轮车去的，第二次是打的过去的，距离相对较远。已经"懒惰"成性的我们，很少用步子来丈量大地，只要出门便首选突飞猛进式的现代代步工具。

　　站在车水马龙的街边，我们竟然都选择了"恩将仇报"，共同"鄙视"带给我们无数次便捷、舒适的TAXI，开始舍车而从步。在盛夏能有这样的觉悟，没有上帝之手的抚摸，是不会有如此造化的。

　　沿H路向北，穿过涵洞，从右手边的岔路往上，就到了Z路。这条昔日的繁华大街，冷艳而别致，曾经农家女一样朴实无华的建筑外墙、店面招牌，全都出落得古色古香，眉宇间渗透着少有的异域风情，只是不清楚这些外墙上的符号和图案属于哪个民族、哪个朝代。

　　外表的时尚，革不掉贴身的那件旧衬衣。多年前，在这条街上，我，我们，了无牵挂地东瞅瞅、西看看，新奇的商厦、街头的演出、随手可买到的小吃、走到哪总会关注的电影院，都会成为我们的最爱，甚至于一双保健鞋、一把指甲刀。年轻是最大的资本，幼稚地开销清澈的单纯，是人生最金贵的投资。

变高变靓的城市，不会记得我们。血肉之躯的"美人鱼"，却会记得TA停靠的每座楼房、每片树荫。不敢说"就是变成灰我也认识你"，包装得再严实，我还是能找到你、想起你，想起你脚下的我们的过往。

Z路与Q路交会的丁字路口，多年后，多少有些"门前冷落鞍马稀"的味道。但这里却是给我第一眼真正意义上的"花花世界"的地方——第一次从山区的县城绕道回家经过市区，终点站就在这里。从车上下来，立刻就像无头苍蝇一样晕头转向，强大的都市使心底的自卑发挥到极致。下车后只干了两件事，一是上了两毛钱的收费WC，二是买了回G城的班车票。山区的温暖和城市的尊贵，使回家的行程充满了幻想。

自拍，老婆和我的不冷冬天

Y店门口的台阶还在，似乎曾经在上面坐过，是一个人还是两个人？D狡黠地问我："是和哪个女的吧？"D是我的妻，这样的问题有点时空错位。的确和D来过这里，Y店斜对门就是过去的X影楼，现在变成了杂货店。千禧年前的冬天，我们在这里拍了婚纱照。D坚决说她没坐过，没坐过就没坐过，失忆的事情谁都会发生，就此打住。

当D说她的脚难受的时候，我意识到我们已经走了很远的路程。还好，D说，她穿高跟鞋走路要比穿平底鞋舒服。逼迫成习惯，习惯成自然。D的话我信。说话间，鱼市到了，D像发现了新大陆，叫了起来。我明白，她是真走累了。

从城市一头行走至另一头对养尊处优者来说，是一个壮举，近似于二万五千里长征。而若干年前骑着单车行走百里的我，在那个年月，却没有一丝张扬的念头。值得炫耀的地方多了，就说明我们真的老了！

年轻是最大的资本，幼稚地开销清澈的单纯，是人生最金贵的投资。

山区的温暖和城市的尊贵，使回家的行程充满了幻想。

从城市一头行走至另一头对养尊处优者来说，是一个壮举，近似于二万五千里长征。

操着河南口音的老大爷用渔网帮我们捕捞着鱼缸里淘气的小家伙，一条溜了，渔网就转向了另一条。哪一条小鱼注定成为我家的宠物，谁说了也不算，靠的全是运气，像抓阄，抓上谁是谁。

我家的鱼缸又有了生机，近20条鱼宝宝在这里开始了它们的快乐旅程。

没有记忆，让它们的生活变得更自在！

柏拉图之吻

如果不是这样四仰八叉地躺在床上随意地一瞥，我是不会看到窗台上的太阳花的。

花鸟虫鱼，是老人们的第二条命，如小孙孙一样金贵。有着18岁心态年龄的我，还远没有修行到这种地步。有的，只是叶公好龙般的热情。

家里的大小花卉养过不少，结果花没了，花盆倒留下一摞。生活的脚步比高铁快，那些千挑万选买回的绿色宝贝，就成了无人知道的小草，它们的命运只有天知道。窗台上的太阳花是个奇迹，自生自灭。穷人的孩子早当家，这会儿，它们倔强地绽放在我眼前。

太阳花的身后，是湛蓝的天空，舒展的云朵在打滚。

漫步云端，是一个懒散到极致的男人瞬间的幻想，虽不着调，但无身心之苦，想想也无妨。

从窗外飘进来的小号声，给颇具小资的场面呐喊助威。这是加拿大民歌《红河谷》，熟悉的曲调再次悠扬地响起，心灵跟着音符一起做运动。

"有些话我不想写出来，但想说出来；有些话我不想说出来，但想写出来。想说出来的是快乐，想写出来的是悲哀。"这是多年前我理解的快乐。

嬉笑怒骂皆成文章。说与不说、写与不写，其实与快乐并无多大关联，每个人表达的方式不同。而酒精的介入却会让这种快乐与悲哀不伦不类、藕断丝连。

我是驾着棉花云回家的，头痛欲裂，把沙发当成了床，把客厅当成了田野。黑暗中，健硕的脑细胞像被清凉油和芥末粉浸泡过一样，十二分清醒，那些人、那些事，轮廓分明。清心寡欲变成了一锅浓汤，什么味都有了。

站在云端，在二十米之外，我看见了你，看见了如我影子一样的你。

在转弯处，与你相遇，余光里的你，是那么美。一起登顶，在顶峰，我们相拥着飞下去，耳边呼啸而过的风，是我们下行唯一的言语。

因为飞翔而拥抱，因为喜欢而疏离。

二十米，是柏拉图为我们亲手丈量的黄金距离，不少一寸，不多一尺。

醉酒的人，或哭或笑，都合乎情理。口中说的，心中想的，是真是假？在白天黑夜的幕布上，在酒前酒后的试金石上，结果会大不同。

在转弯处，与你相遇，余光里的你，是那么美。

大雨倾盆也童话

"我喜欢雨季，因为我们可以同打一把伞。"雨季，让恋爱中的宝贝柔情似水。阴云、雨丝和伞花，这些叫常人生厌的景致，在他们那边却有着"不是春光，胜似春光"的妙趣。爱情，的确需要不少装备来武装，自然不过的阴晴圆缺，顺理成章地成了他们的杀手锏。

夜里的一场大雨，让我看到了爱情以外的童话。

几十年都没看到过这么大的雨，顷刻之间，道路变成了一片汪洋，在道路中间艰难前行的汽车搅动着水面，涌动的水波拍打着路沿，像汹涌的波涛。从岔路口奔流而出的洪水，浩浩荡荡，一齐汇入了主干道。汽车熄火了，西瓜游泳了，屋檐下

夜里的一场大雨，让我看到了爱情以外的童话。

驻足的行人无语了。

似乎没有人将这场突如其来的暴雨和一场灾难联系在一起，站在不会倒塌的钢筋水泥的屋檐下，静观其变，倒也其乐融融。

年轻的恋人，手牵手用手机拍下了这惊心动魄的一幕。我能感受到他们捏在手心里的幸福，对他们来说，小雨是小幸福，大雨是大幸福。

店面门口，全筑起了简易的"堤坝"，可还是抵挡不住洪水的侵袭，店铺依然水漫金山，只是这下可乐坏了店老板的儿女们，他们争先恐后地拿起簸箕、水桶、笤帚、拖把，与水抗争。大人们紧张和郁闷，而在孩子这边，压根就是多云转晴。或许，他们还真希望水再大一些、再猛一些，那样的话，玩起来就更嗨！

孩子的眼里都是美好，孩子的眼里都是童话，他们会把任何事情都当成一场游戏。至于灾难，那是大人们考虑的事，和孩子无关。当灾难来临，作为成人的我们，真不想撕碎孩子眼中的美丽童话，而将一个恐怖的甚至血淋淋的结局呈现在他们眼前。

记得小时候，也是一场大雨，无知的我们在温暖的炕头上跳着、笑着。雨在屋外，我们在屋内，在我们自认为的"安全岛"上，看大雨倾盆，谁人不欣喜若狂？忽然，父亲的一句话很快打消了我们的嚣张气焰："看你们狂的，这么大的雨，要死人的！"我们安静下来了，无比的安静，害怕随之将我们全部吞没。这个"安全岛"原来也不安全！然后，我们长时间看着房梁、土墙，担心它们会塌下来。我们在心里默默祈祷，希望雨能够小一些，再小一些，最后停住脚步……

现在回想起来，还是不知道父亲当时的做法是对是错。

眼前洪水中的场景，就是一幕幕温馨的童话，灾难、死亡，这些黑色的词语，统统躲在九霄云外。面对灾难，甚至死亡，我们只相信童话，不相信苦难！

我能感受到他们捏在手心里的幸福，对他们来说，小雨是小幸福，大雨是大幸福。

孩子的眼里都是美好，孩子的眼里都是童话，他们会把任何事情都当成一场游戏。

漫生活
慢教育

行走在七夕的边缘

清一色暴雨来临的橙色预警信息，踩着急促的鼓点，神色慌张地敲打着手机。几分钟工夫，10620121天气预报短信接二连三地发过来。10620121疯了！不，是天公疯了！疯狂的暴雨又要开始兴风作浪、祸害人间了。

在这个闪耀着爱情光芒的七夕夜，灾难如同蛮不讲理的强盗，依然要明火执仗、咄咄逼人。

头顶厚厚的云层，不时传来来往于舟曲的救援飞机的轰鸣声，提醒着发生不久的生死离别。七夕的大幕合而不开，牛郎织女的鹊桥相会少了人间的喝彩。今夜，是一杯加糖又加冰的苦咖啡，我们尝到了别样的味道。

紧紧相拥的牛郎织女，望眼欲穿之后，他们还有得抱、有得看、有得说，但对于已经生死两隔的人，七夕是何等的奢侈，他们要的是：只要活着，不论你在天涯海角，不论你的肢体是否残缺。这就是他们认为的幸福的全部内容。

如果让牛郎织女用相聚百日换取百日之后的生死诀别，他们可能宁愿永远站立在鹊桥两端，不求团圆，只求默默守望。心中有念想，就已足够。

凤凰涅槃、浴火重生的爱情，是开在天边的花朵，更多的人，是花园里吃着粗茶淡饭的脚踏实地的园丁，耕种亲情、收获友情。

假前接到W的电话，他说他正站在与我一墙之隔的X宾馆窗户前，单位操场被他尽收眼底，他是千里迢迢来这边开会的。W说他吃完饭就走，来我的地盘上报个到。近在咫尺，只闻其声不见其人。而我忙于手中的工作，与W在电话里作别。

W是我的挚友，师范三年，班级变过，我们的碗筷从未分过家。毕业之后，见面的机会极少，便捷的电话，每次也是寥寥数语，男人之间的交流是不是都这样？开门见山，直奔主

凤凰涅槃、浴火重生的爱情，是开在天边的花朵，更多的人，是花园里吃着粗茶淡饭的脚踏实地的园丁，耕种亲情、收获友情。

题。最近的一次见面是两年前的毕业二十年同学聚会，和任何一次见面一样，我们独处一室，说话说到眼皮打架。柴米油盐淹没了彼此的挂念，熟悉的声音，常常又让我们心安理得。

三年的师范生活，我们把它称为生命中的大学，梦里梦过，假期偷偷去过。三楼楼梯口的教室、激情燃烧过的阶梯教室、与厨师周旋过的饭厅、水流成河的宿舍……都让我们魂牵梦绕。二十年前的七月，45个人各奔东西，二十年后的七月，30个人再聚首。相聚的路好漫长，这一走竟走了二十年！男生女生于那个年代筑起的"封建"藩篱，在重逢的一刻土崩瓦解。成熟的面庞、熟悉的笑容，每个人固有的招牌动作、走路的姿势、说话的语调，一如往昔。

假期的校园，安静又萧条，陡然垒起的花坛、草坪，挑战着我们的记忆，新的不如旧的好！三三两两的师弟师妹穿行其间，对于他们，我们就像远古的人类；对于我们，他们更像外星人。没有马儿的草原不是草原，少了同学们熟悉的身影的校园，还是我梦中的校园吗？

从大门而入，经过图书楼、艺术楼、操场、教学楼、中院、宿舍楼，30分钟就交代完了三年的美好时光，然后，留

> 成熟的面庞、熟悉的笑容，每个人固有的招牌动作，走路的姿势，说话的语调，一如往昔。

时光与明信片

影、欢笑，然后，离开……校园之外的杯盘叮当、轻歌漫步、东湖揽胜、灵山求佛，都远不如校园玲珑剔透的30分钟，因为我们在这里投下了一生中分量最重的一枚石子，其他的，仅仅是这石子鼓动的波纹。

前几日，因私事打电话给J，寒暄了几句后就开始转入正题，末了，她说，有时间过来玩。谁都知道这是一句客套话。然而，不说客套话，还能说什么呢？J是我们班的才女，也是我的偶像。曾经潜藏在心底的那份狂热，多年后早已灰飞烟灭。二十年后的相聚，不由人心生感叹：相见不如怀念！

承诺在第二十一个年头进行二次聚首，转眼两年过去了，这承诺恐怕又是客套。我们都已习惯对方在某一个地方平静地生活，时空阻隔，不便打扰。其实无论相聚还是分离，存在，就是一种牵挂。

小时候，特别喜欢看天上的云朵，湛蓝的天空下，白云在瞬间变换成稀奇古怪的小动物或小人儿，慢悠悠行走在高空之上。童话般的场景不止一次闯进睡梦里，梦见自己能飞起来，像云朵一样轻松自在。凉爽的夏夜，和小伙伴一起，挤在老人们的凉席上，央求他们讲天上的故事。牛郎织女，是那时候最神奇的故事。七夕夜，亮闪闪的牛郎星和织女星，寄托着我们无尽的遐想。

十颗星星，有九颗和爱情有缘。十个女人，有九个和星座有缘。那里，寄存着她们的爱情幻想。D有事没事会问我一句："老公，你爱不爱我？"我说："什么是爱？什么是不爱？你是我的一只胳膊，你说我爱不爱你？"这样的回答，D不买账。当爱情变成亲情，女人把它理解为灾难，男人则将它理解为常态。长相厮守、相濡以沫，是世间最伟大的爱情、最纯洁的亲情！

七夕夜，我们尽情地歌颂爱情，享受葡萄架下的化学反应。爱情之外，我们既是坚守者，也是守望者。

我们在这里投下了一生中分量最重的一枚石子，其他的，仅仅是这石子鼓动的波纹。

小时候，特别喜欢看天上的云朵，湛蓝的天空下，白云在瞬间变换成稀奇古怪的小动物或小人儿，慢悠悠行走在高空之上。

七夕夜，我们尽情地歌颂爱情，享受葡萄架下的化学反应。爱情之外，我们既是坚守者，也是守望者。

我镜头里的澳门街巷

樱花之城

四月的小镇，因为有了樱花的美丽笑容，硬朗的街道俨然一幅水粉画。

四月的小镇，因为有了樱花的美丽笑容，硬朗的街道俨然一幅水粉画。南来北往的行人，似来自大唐的婉约诗人；穿梭其中的车辆，仿佛那个年代的海市蜃楼，穿越千年，情有独钟。

在经过的十字路口，MO听到了那株樱花的声音。樱花真的是在喊他的名字，MO以为。虽然他对花花草草并不感兴趣，但在那个清晨，擦肩而过的樱花，却让他鬼使神差地停下了脚步。他不自觉地拿出手机，按动快门，将樱花定格在了镜头里。这是MO的一个习惯，他喜欢珍藏瞬间，在他的电脑里，储存了不少用相机或手机捕捉的相片，在某个不经意的时刻，再将它们重新翻动，回忆过往烟云，他都会会心地笑笑。此时，一同进入镜头的，除过樱花，还有樱花背后的小楼。小楼里，一个樱花一样美丽的女孩正趴在窗台，望着他驻足的方向。

后来，她成了MO的恋人，她叫WIN。WIN将那株让他们结缘的樱花比作天仙配里的槐树精。

MO在一所小学当老师，清瘦而唯美。WIN说："MO是丑男里最帅的，是帅男里最丑的。"WIN还说："你不帅，但很美！"当MO第一次听到WIN这么说的时候，心里不免有一丝得

漫生活　慢教育

意。MO和WIN站在一起，他的学生竟然能从他们身上找出18组反义词，比如，WIN是大眼睛，MO是小眼睛；WIN皮肤黑，MO皮肤白……还是在那株樱花树下，他们不约而同地感慨：我做梦都没想到，我会爱上你，而且爱的如此坚定！

MO也帅过的，是在他的课堂上。星期一第二节课上，一袭新衣的MO一站在教室门口，就引来学生们窃笑的目光，整齐嘹亮的歌声转瞬之间被MO击得粉碎。他意识到，全是这身臭美的行头惹的祸。来而不往非礼也，MO决定顺势而为，他半推半就地整合着脸部肌肉，尽量不让自己笑出来，可牙齿微露，矜持早就溜之大吉，笑意堂而皇之地挂满他大半张脸。

MO说："老师今天帅不帅？"

"帅！"教室里一呼百应，是他意料中的结果。

学生们排山倒海似的回答，让MO有一种掩耳盗铃的感觉。不过，他依然很欢喜。

"老师，你是人见人爱、花见花开、车见车爆胎、佛见佛发呆。"

…………

在这种人课合一的课堂上，MO成了学生们的偶像。

WIN的家离MO的学校不远，两年以后，WIN的家还是被脚手架严严实实地包裹着。两年前的地动山摇、撕心裂肺，这些用以疗伤的帷幔和钢筋水泥使那场本该走远的黑暗变得轮廓分明、意犹未尽。

震后，他们暂时离开了这座小镇，回到了老家。那些天，他们常去的地方是麦田，空旷的田野，绿浪滚滚，柔软舒适，像温暖的床，湛蓝湛蓝的天空，像轻盈的帐篷。在这样的地方行走，不会再担心墙倒楼塌，即使灾难再次降临，也不会受到伤害。

一只灰色的野兔从麦田里冷不丁地窜出来，正好撞到了WIN的脚上。WIN大叫了一声，待MO走到她跟前，WIN已经是泪流满面。

"吓坏了吧？"

WIN点点头，然后又摇摇头。

"我怎么感觉那只野兔像我小时候养过的。"

"是的，它是咱们的宠物。"MO知道WIN还没有从惊恐中缓过神来，随口这样应和着。

"每个生命都挺不容易的。刚才不是兔子惊吓了我，而是我惊吓了兔子。"

灾难唤醒了每个人心底隐藏的母性柔情，也把生命的不堪一击提到了台面。对MO和WIN来说，生命远没有一张木质桌子坚固。黑暗突降，维系MO和WIN的最后一根稻草，就是他们手中的手机，一次一次拨打着彼此的电话号码，尽管一次都没有打通过。

那个黄昏，MO拥抱着WIN，一直到繁星满天。那只仓皇逃离的小兔子不知什么时候又奇迹般地回到了他们脚下，用小嘴巴触碰着WIN的脚面。他们就这样静静地依偎着，默默注视着脚下的小生命，就像看着自己的儿女。

WIN清晰地记得，每年除夕夜，她都会许下一个心愿，希望来年不再有恐惧，不再有死神可恶的身影降临人间。可是，不该发生的都发生了，谁也无力回天。春节回家，路旁的墓碑使她暗自神伤，那些新添的坟茔让WIN多了猜想，或许那里边就是一个和她一样年龄、一样梦想的女孩。想到这里，WIN的眼睛湿润了，她想起了她的MO，想起了MO写过的《风筝》：

> 墓碑的下面有一个人
> 她的名字叫作神
> 你的身后是一片林
> 树叶黄了又变青
> 寒夜里的风吹草动
> 我来问你冷不冷
>
> 从远方走来一个神
> 她的名字叫作风

他们就这样静静地依偎着，默默注视着脚下的小生命，就像看着自己的儿女。

不要给我冰凉的吻

让我看看你含笑的面容

很久以前的那场噩梦

终有一天会向我靠近

我的名字叫风筝

飘到荒原看星星

关于死亡，一直都是WIN忌讳的东西，即便把死亡当作文人笔下的"化羽成蝶"，她也不想提及这个字眼。两年之后的五月，死亡依然写在曾经被摧毁的高楼的脚手架上，死亡依然挂在她家客厅那盏因为地震震落而没去修复的吊灯上。

清晨，MO再次路过让他们结缘的樱花树下，他拿出手机里储存的WIN的相片，他听到了一个真切的声音，是WIN在喊他，他没有四处寻找。他知道，WIN已经变成了一朵美丽的樱花，悄然飘落了。在WIN相册的扉页，MO见到了他们都很喜欢的一首诗，是莱蒙托夫的《人间与天堂》：

我们爱人间怎能不胜于爱天堂

天堂的幸福对我们多么渺茫

纵然人间的幸福小到百分之一

我们毕竟知道它是什么情状

我们心中翻腾着一种隐秘的癖好

喜欢回味往日的期待和苦恼

人间希望的难期常常使我们不安

悲哀的易逝叫我们哑然失笑

未来的远景虚无缥缈，漆黑一团

现在就时常令人感到心寒

我们多么愿意品尝天堂的幸福

却又实在舍不得辞别人间

两年之后的五月，死亡依然写在曾经被摧毁的高楼的脚手架上。

我们都是乐意要手中之雀

虽然我们有时也在找空中之雁

但在诀别的时候我们更清楚

手中之雀跟我们已紧紧相连

这首诗是用MO抄写给WIN的。等MO抄写完毕，走出屋外，赫然发现阳台地板上用粉笔抄写着同样的诗句。不用说，这是WIN的大作。MO和WIN踩着地板上的诗句跳着、乐着，那首叫《翠鸟》的歌曲与他们一起舞蹈。那是几年前一个无忧无虑的下午。

若干年后的这个季节，樱花如期开放，落英缤纷的壮烈，谁也没有看到。

这年的夏天，WIN23岁，MO25岁，这个叫GUO的小镇，1500岁。

2008.5.12纪念

立 夏

还没从冬天里缓过神，就立夏了。一年，只剩下冬天和夏天。冬天拧着春天的双臂，夏天捂着春天的嘴巴。可怜的春天，就这样被两个蛮不讲理的家伙绑架了。

"盼望着，盼望着，东风来了，春天的脚步近了。"近了的，是冬天的凄风苦雨与夏天的热辣火爆，它们正联手合练一场张飞遇见岳飞，杀得满天飞的好戏。春，只好藏在朱自清的散文里，眼巴巴地看着自己的舞台上上演别人的节目。

三月花未开，萧瑟寒风，吹来海子的"面朝大海，春暖花开"。这个时候，骨子里是不希望绿满枝头，不长叶不开花的树木，就像沐浴后的裸体，浑身通透，暗香涌动。坦诚就是一种香味。3月26日的海子，沿着天梯（铁道）往前走的时候，他的眼里看到的一定也是这种坦诚。

"姐姐，今夜我在德令哈……我今夜只有戈壁……姐姐，今夜我不关心人类，我只想你。"这个用心灵歌唱着的诗人，一直都在渴望倾听远离尘嚣的美丽回音。

海子唤醒了春天，却在春天睡去。

海子唤醒了春天，却在春天睡去。

认识海子，是他离世以后。春暖花开的情景，总让人想起他的名字。甚至，有去查湾村看他的欲望。

海子于我，更多的只是一个符号，另类、独立。想起他，其实是想到一种生活，如此而已。

该来的总会来。烈日的诱惑，还是让树绿了、花开了。

放眼望去，树木仿佛一夜间全挂上了色，手掌大的叶片，似乎没经过孕育期，一出生就这么大个。

在公园扎堆开放的花朵，热烈、壮观，却少了一种味道。

麦 香

我不能用相机将麦子的芳香拍下来，只能用苍白的文字来描述。

六月的野外到处飘散着麦香，好多年都没闻到这样的味道了。路边晾晒的小麦、停放的收割机，一下子把我带到了童年的六月，那个热热闹闹的收获季节。想起那时原始的碾麦机、扬场的大风扇，忽然想挥舞着镰刀在麦田再当一回麦客，然后捡麦子、拉麦子、碾麦子、晒麦子。

六月的野外到处飘散着麦香，好多年都没闻到这样的味道了。

傍晚凉爽的风吹得人很舒服，让人暂时忘掉了烈日炎炎的本来面目。这个时候想起麦香，是不是有点不劳而获，或者异想天开？说白了，就是有点站着说话不腰疼的感觉，类似于痴人说梦。

傍晚凉爽的风吹得人很舒服，让人暂时忘掉了烈日炎炎的本来面目。

夏收季节是最忙、最累的时候，人们把它比作龙口夺食。对大人们来说，将成熟的庄稼顺顺当当装进自家房檐下的麻袋

麦黄时节我和女儿

里，才是最大的真理。相信没有人会把童年的美好和这个要命的大忙季节撮合在一起，我也是。我怕流火的六月，更怕在火一样的麦田里收割。我不是一个懒惰的人，农村的孩子从小就是家里的半边天，活太多、太重、太累，也就怕了。

好在麦子成熟期比较长，要经过好几个月，惧怕的心理从酝酿到出炉不是一蹴而就的，所以慢慢地消化适应，到头来也就不怕了。过年时，看到绿油油的麦苗老老实实地趴地里，心里踏实极了，这意味着距离麦子变黄还遥遥无期，因此"担心"不会在这个寒冷的季节发生。随着温度回暖、麦子起身，害怕跟着也就来了，一直到小麦由绿转黄。其间，那种叫"算黄算割"的鸟儿让人又爱又厌，此中缘由，心知道。

参加工作之后，我很少再亲近黄色的麦田，但那种隐隐的恐惧阴魂不散，笼罩在心头很多年。或许是时间太久，心底的伤痕已渐渐愈合，黄昏的凉风吹过，仿佛如梦初醒，不禁然就闻到了久违的麦香，爱上这金黄色的麦田了。

"麦香"还是表哥媳妇的名字，几十年都没在意这名字的含义，现在倒感觉这个名字起得太好了。麦香，是成熟的小麦对辛劳大半年的庄稼人最好的回馈。能闻到麦香的人，他的眉宇间一定写满了微笑，虽不说出来，但浑身的舒坦劲恐怕比吸一支上好的卷烟更受用；能闻到麦香的人，是不会惧怕热辣的太阳的，看见了金黄色，他们也就看到了希望。

漫生活 慢教育

"麦香"嫂子大概是在麦子收割前出生的，"麦香"这个名字，寄托了父母朴实乐观的心境，我想是这样的。

青石榴

旅行是一场艳遇，在陌生的地方，遇见陌生的人。可遇而不可求的情愫弥漫在空气里，旅程便多了几分向往。

生活在别处。从脱离熟悉的土地起，就会关起一扇门，打开一扇窗。

旅人像楚霸王，拥兵自重，自编自导自演的《霸王别姬》，娱乐着光辉的风景。

一路好雨。下车，寻找旅馆。肆虐的寒风，生吞着这把"嫩"骨头，冷气横贯衣袖。变脸的夏天，和冬天一样残忍。

翌日清晨赶个大早，雨中的候车棚和它一侧的烧烤庭院，静待繁华。

以第一名的身份踏上头趟专车，以第一名的身份出现在入口，白的隔离护栏将喧嚣堵在了千里之外。那个皮肤黝黑的服务生，每次对视，都会害羞地低下头。反客为主，第一名的境遇，如此奇妙。

空旷、幽静，清修的安宁，内心的纹路四通八达。

白色流线门，风中飘扬的五彩旗帜，标注分明的"跑道"，这是一个没有草的"草原"，阴雨中放牧，湿透梦境。

旅程中，我常常会成为失语的人，嘴巴在冬眠，大脑却不安分。喜欢车厢里的流动感，速度随心而动。在车厢里静默，留给眼睛的是肆无忌惮。

"一去二三里，烟村四五家。亭台六七座，八九十枝花。"唯美的诗句被骨感的数字所牵引，欣赏的目光变得理性和坦荡。眼花缭乱的亭台楼阁、花草树木，终究还是被数字牢牢地握在手心。

在四盒园看到了青石榴，憨憨的，像带肚兜的胖娃娃。石

旅行是一场艳遇，在陌生的地方，遇见陌生的人。可遇而不可求的情愫弥漫在空气里，旅程多了几分向往。

翌日清晨赶个大早，雨中的候车棚和它一侧的烧烤庭院，静待繁华。

旅程中，我常常会成为失语的人，嘴巴在冬眠，大脑却不安分。

手摇国旗的女儿

舅舅家的石榴树只开花不结果，舅舅那么说，是给我一个念想。

喜欢背影，喜欢背影里默许的飞短流长，把个人的意志无端地强加于眼前这个人，然后看着她慢慢消失，不许回头。

漫生活

慢教育

榴娃的大名叫长安花，是世园会吉祥物。长大后的青石榴会披上一身红袍，变成红石榴。

最早见到好看的红石榴，是在舅舅家的院子，我七八岁。那也算是一个四合院了，三四家人，院中央是一棵枝繁叶茂的石榴树，像个"困"字。样子傻傻的、穿着大红裙子的红石榴，是我见过的最漂亮的花。从树上自然掉落的小石榴，舅舅会把它们当战利品一样分发给我们。

盼望着石榴树早早开花、早早结果。舅舅说，等下一次你来的时候就能吃了。石榴果我最终也没吃到，后来知道，舅舅家的石榴树只开花不结果，舅舅那么说，是给我一个念想。

很多时候，我们都忘了自己究竟喜欢什么，只有当它出现的时候，才能感受到它的力量。

从长安塔下来，天气忽然变好，雨伞收了，天空亮了，人也多了。来自各方、操着不同口音的人，在眼前穿梭而行，一个人一个故事，些许冷漠的表情，让彼此坦然。或者，一个点头，一个微笑，转身，就是一辈子。

喜欢背影，喜欢背影里默许的飞短流长，把个人的意志无端地强加于眼前这个人，然后看着她慢慢消失，不许回头。

没有容颜参与的背影，留给人空间。距离越远，影像越模糊，她就越靓丽。

夜晚昏黄的灯光造就了数不清的美女，香腮如雪，细润如脂，那是光影效应，见不得阳光。而背影，可以悄无声息地滋养你。

丁香一样结着愁怨的姑娘，还是在小桥边出现了，细细的腰身，长长的头发，淡灰色的长裙。开始了放缓脚步的伎俩，直到她消失在茫茫人海。

徐小凤和她的《心恋》跟着跑过来，戳穿了我的阴谋："我想偷偷望一望她，假装欣赏一瓶花，只能偷偷看一看她，就好像要浏览一幅画。"

想告诉全世界全心全意爱着他的男人的女人们：如果你的男人在街上偷偷瞄上一位他心仪的女孩，不是他好色，这只是一种美好的心结，和爱情、贪欲无关。

Boli（谐音）是我们在熊猫馆门前遇到的。一个淘气顽皮、顽皮淘气的小女孩，三四岁，金黄色的卷头发，真的洋娃娃。栅栏围成的长蛇阵里，Boli比熊猫馆里的大熊猫还宝贝，爬高爬低，粘在嘴边和圆乎乎的小脸上的食物粒，丝毫不影响她出人头地的无畏。一个回合绕回来，和Boli一家六口的每次碰面，使近两小时的排队等候多了趣味。

彩虹出现在风情园，乡情出现在宝鸡园。看到自家的园子，仿佛看到了亲娘舅。"炎帝故里，华人老家"，高大的木质牌楼，为宝鸡广而告之。远在异乡的LuLi，不小心将宝鸡说成了鸡宝。我说，肉夹馍就是馍夹肉，但宝鸡绝不是鸡宝，记住了。

宝鸡园是我们走马观花的最后一站，家乡的分量无人能比。在此留步，心满意足。

可爱的小贝，玩性正酣，我答应她下次还来，看神奇的大挖掘、魔石乐园。

旅行归来，推门进屋的第一句话，是对"久"别重逢的家的褒奖。一路风尘带回来的故事，在家里，被骤间凝固和封存。重新开启，大多已是猴年马月。

1206号房间、世园2号线、35个大小场馆（园）、758张照片。

看过的风景、带回家的陌生人，会一点一点融化成荫，给我阴凉。像老舅家的石榴树，不结果，年年开好看的花朵。

看过的风景、带回家的陌生人，会一点一点融化成荫，给我阴凉。

山楂树下

静秋和老三的爱情，让朴实无华的山楂树冲在了风口浪尖，它娇羞的眼眸好温情！

静秋和老三的爱情，让朴实无华的山楂树冲在了风口浪尖，它娇羞的眼眸好温情！

宝鸡衍生出了凤凰，山楂衍生出了山楂树之恋，异曲同工。

超市货架上摆放的山楂片、山楂卷、山楂糕、山楂饼，同样是"山楂"两个字，却很难将它与一部同名电影连起来。爱情不是用来吃的，爱情是用来想象的。

物质和精神，在特定的环境势不两立、形同陌路，风马牛不相及。

村口的山楂树与脸盆底部的山楂树，同样不对等，但静秋喜欢，老三喜欢，坐在影院的我们，不能不喜欢。

绿军装，红五星，忠字舞，单调的符号，单纯的情感。隔河相抱，绵绵无期。一个半小时的块状光影，搅动着心底的沉寂。

直到三个月后，偶尔看到Z的婚纱照：绿军装，红五星，豪情满怀的革命恋人。我说，最喜欢他们这样子的合影。爱情是怀旧的名片，山楂树情结，已打在了我身上。

国庆假期，受广告指引，我到了大明宫遗址公园，除过满目青翠，鲜有其他。失望中，打车误打误撞地闯进了位于西安南郊王宝钏寒窑的家。在这里，我见到了山楂树，见到了"静秋"。王宝钏与静秋，跨越千年，心手相牵，缘为爱情。

司机师傅说，这里就是寒窑。

寒窑遗址位于曲江池东南鸿固塬鸿沟坡岸，相传王宝钏曾在此居住。当年薛平贵征战西凉，王宝钏只身居住于此，苦守十八年盼夫归来。后人将该窑洞称为"寒窑"，意为贫寒之寒、思夫之寒。

下车后，看到是洁白的牌楼，牌楼后面的"百代流芳"，昭示着一段凄美的挚爱。真正的爱情不需要张扬，就像现在，依然少有人烟。现代影楼与古朴的寒窑相映成趣，都是为了对美好爱情的见证。

小时候，村里有戏班子。他们在戏楼里排练时，我一定会赶去看热闹。慢慢地，看了不少戏。自家排的戏，给本村演的多。大戏就那么几出，翻来覆去地演，村里人把这种演法叫"热剩饭"。我可不管它剩饭不剩饭，就是爱看，一唱大戏，总往大人堆里挤，还能从头看到尾，乐呵着呢，像着了魔似的。

《赶坡》是《五典坡》里的折戏，现在还记得那句唱词："老了老了真老了，十八年老了我王宝钏。"

传说唐朝末年，时任宰相王允的三女儿王宝钏在绣楼上抛绣球择婿，结果抛中了寒酸的薛平贵。在家人嫌贫爱富、坚决反对的情况下，她与父亲断绝了父女关系，只身出走嫁给薛平贵，到城南曲江池畔的寒窑居住。后来，薛平贵西征十八年，王宝钏苦守寒窑，没有粮吃，就把附近田野里的荠菜挖尽吃光，苦度岁月。十八年后，薛平贵战功赫赫归来，与王宝钏寒窑相会，封王宝钏为正宫皇后。秦腔名剧《五典坡》唱的就是这个故事，观众最终盼到薛王二人重聚。

园内铿锵的锣鼓，叫板《王宝钏》的记忆。我们，仅仅是路人甲或者路人乙，感动不比坚守崇高。

第一次听到"寒窑"，是二十多年前的事，是父亲说给我们听的。寒窑离父亲做工的地方不远，闲暇时，父亲会出来走走。那一次，是父亲带着母亲一起来的。父亲离开我们整整十年了。镜头里的两位银发老人，如果是父母亲，多好！执子之手，与之偕老。

我们几个人为身旁树的名字争论不休，有说是摇钱树的，有说是幸福树的。"是山楂树！"黑衣男瞪了我们一眼，"没看见牌子上写的吗？"

"山楂树？"我们都惊奇地叫起来，并不相信。刚出了一部《山楂树之恋》，山楂树立马就跑寒窑来了，太快了！莫非是工人连夜加班移植的？值得怀疑。树前那块更醒目的牌子安抚着我们的眼睛，三三两两或坐或站的"静秋"，给我们吃了定心丸。

爱的方式有千千万，不分地点，不分种族，不分年代，因为爱，所以爱。

那些静秋和王宝钏，祝福你们！

寒窑的管理者们，也谢谢你们！你们太有才了，哪儿揪心你们就把枪对准哪儿，寒窑里既有关于爱情的戏曲，又有电影，还有活话剧。堆积起来的爱情，咀嚼起来就跟吃糖葫芦似

我们，仅仅是路人甲或者路人乙，感动不比坚守崇高。

爱的方式有千千万，不分地点，不分种族，不分年代，因为爱，所以爱。

的，酸里边它带着甜，痛并快乐着。

从寒窑大门出来，外边人山人海，热闹非凡。原来我们是从后门进去的，这里才是寒窑的正门。这与冷清的寒窑内部和后门形成了很大的反差。都是票价惹的祸，不是不想去，而是去不了。古今中外的爱情故事在这里安家落户，朝圣般涌来，向纯爱致敬。眼前的涵洞，让我有一种穿越时空的感觉，这头是远古，那头是现代，但爱情的命脉却始终如一，亘古不变。

回家。西安堵车堵得厉害，从小巷迂回而行，窗外流走的楼房和树木又唤醒了我对山楂树的回忆。

窗外流走的楼房和树木又唤醒了我对山楂树的回忆。

耳边是静秋与老三的对白——

静秋：我还有一年转正期呢。

老三：那我就等你一年零一个月。

静秋：我妈不让我二十五岁以前谈恋爱。

老三：那我就等你到二十五岁。

静秋：要是到了二十五岁也不行呢？

老三：那我就等你一辈子。

每次来西安，我都要骑着自行车在城墙上走一圈。居高临下，在老祖宗留下的地方发思古之悠，顺势顺风，天时地利人和，哪样都不少。这次因为时间的关系，我没能上去，倒是城墙下的树木，向我暗送秋波。我知道，它们是想借山楂树的光，让我把柔情也分给它们一些。简单点说，就当它们是山楂树好了。

对于花草树木，我记不住它们的名字，分不清它们的品种（普通的除外）。在寒窑看到的那棵山楂树，这会儿，我怎么想都想不起它的模样。

追 捕

从屋内出来，漫无目的地站在楼顶，身体不禁抖了起来，冷！

按说，从蒸笼一样的里屋走到户外，应该感觉到凉爽才对。少脂肪的身躯，抵御不了寒意的侵袭。如果换作别人，那可真叫一个舒服，我却是这样的执迷不悟，冷热不分。

天气的阴晴指数左右着每个人心底的温度计。至少，我是这样。

这不是一个月明星朗的夜晚，混沌的天空与萧瑟的大地紧紧纠结在一起，难分伯仲。

远处暗淡的灯光了无生机地散发着残存的光芒，时隐时现，飘摇不定，像冬天的幽灵。

吹过眼角的风，凄厉得一塌糊涂，就算是在海边，也唤不回意象中的一点温存。

在夏夜，我分明拽住了冬天的衣角，我错了吗？

"少年不识愁滋味，爱上层楼，爱上层楼，为赋新词强说愁。

"而今识尽愁滋味，欲说还休，欲说还休，却道天凉好个秋！"

假期的不期而至，让我幸福得两腿酸软，倒下，不想再爬起。

楼顶的感觉，往往总能出神入化，穿越时空，灵光一现。

有一个声音在耳边响起：

"杜丘，你看多么蓝的天。一直朝前走，不要往两边看。走过去，你就会融化在那蓝天里。

"昭仓不是跳下去了吗，堂塔也跳下去了，所以请你也跳下去……你倒是跳啊！"

这是日本电影《追捕》中的一段对白，电影里的场景和我的立足点一样，都是在高楼顶上。

与这段对白交相呼应的，还有这部影片的主题曲《拉呀拉》，无歌词的浑厚吟唱，一下子把我带到了自己的纯真年代。

远处暗淡的灯光，了无生机地散发着残存的光芒，时隐时现，飘摇不定，像冬天的幽灵。

第二辑 我心中的世界

清凉一夏，全副武装

杜丘不是我心目中的英雄，但这部英雄史诗一般的爱情电影，却是我记忆中的一个节点。

在某一个地方、某一个时间，突然想起那些已经模糊却注定还会记起的人物、场景、对白，如同走进前世的怪圈，妙不可言。

在某一个地方、某一个时间，突然想起那些已经模糊却注定还会记起的人物、场景、对白，如同走进前世的怪圈，妙不可言。

上苍不光教会我们遗忘，也教会我们回忆。

更为神奇的是，上苍还会孩子般地从我们身后用双手蒙住我们的双眼，让我们猜猜即将出现的过往是哪一段、哪一个人。没有预言，没有提示，然后不由分说，突兀地将结果活生生地摆放在眼前。就像在楼顶，无厘头地想起杜丘，想起一部老电影，恍如梦境。

足球下午茶

我的右手边是南非世界杯电视直播，智利与瑞士的比赛踢得正酣，0：0的比分使这场本来就缺少看点的比赛显得可有可无。场边如蜂群一样响个不停的"呜呜祖啦"，这会儿似乎也停住了狂野的脚步，生涩地卧倒在密密麻麻的人海里。

令人血脉贲张的足球赛，在我这里没有尊贵到让自己迷失方向的地步，足球之于我，就是一杯淡茶，仅此而已。电视外的我，不像是在看球，倒像是在欣赏玻璃茶杯里翩翩起舞的茶叶，悠然淡定，无牵无挂。

和许多喜爱或不喜爱足球的人一样，这个夏天，我依然不折不扣亲近了足球。是的，在此伟大时刻，不目睹"普天同庆"，就是一种罪过！只是，我们仅仅是在充当一个"第三者"，我们的汹涌澎湃，由始至终是在给他人做嫁衣裳。不过这样也好，摆在我们面前的不再是烈性酒精，而是一杯清淡的茶，醉不了，却赏心悦目。

这时，难得有一份闲情留意球场外的风景。黛色的山峦，深情地望着它眼边的足球场，期待又一场豪门盛宴的开始。山后的大太阳顺着球场偌大的顶棚，将干净的阳光铺满大半个场地，球场这边是绿草茵茵的初春，另一边是翻滚着金色麦浪的仲夏。场边的一只麻雀悠闲地吃着晚餐，它的出镜使这场没有硝烟的足球战争顿生柔情。

这是个曾经荒芜贫穷又饱经战乱的国度，通过足球的牵手，我看到了它精神的富足和纯净，那些黑黝黝的面孔，像黑米粥，滋润着我的胃！

左岸·右路

一

七月，一路颠簸来青海。西行的列车就像逆行的钟摆，将我们从热夏送回了凉春。纯净的天空、清澈的湖水、盛开的油菜花、神秘的塔尔寺、银闪闪的沙漠、碧绿的草原……大美青海，这个离天很近的地方，用她特有的风姿，将远方的客人从头到脚漂染了个通透。虔诚的信徒手持转经筒，叩长头，填清油，将一生的祈愿留于天地之间。我们，转瞬之间也成了天地之间的一缕清风，来去无忧！

在神奇曼妙的金银滩草原，王洛宾和他的卓玛，似乎还在哼唱着那首《在那遥远的地方》，招募着不朽的爱情。中国军人在这里同样吟唱着C大调战地浪漫曲，悄然诞生中国第一颗原子弹、氢弹。想静静地聆听在同一地点响起的两首不同的恋曲，无奈我们都成了导游先生皮鞭下的小羊，在吆喝声中黯然上车，车窗外，头戴毡帽、胡须长长、神情忧郁的歌王"王洛宾"目送着我们，可我们却不是他的卓

西行的列车就像逆行的钟摆，将我们从热夏送回了凉春。

小尾巴，我去哪儿她去哪儿

脚下的草原和沙漠

玛。（注：《在那遥远的地方》系王洛宾先生的采风作品。）

二

人是很奇怪的动物，悠哉乐哉的安逸生活，助长了人类信马由缰的奇特想象，这种想象很多和山水有扯不清、道不明的渊源。智者乐山，仁者乐水，山水寄情，自古使然。从远古一路走过来的山水，带着先人们留下的印迹，再次见证一个古今传奇。古人不见今时月，明月曾经照古人。穿行于青山绿水间，如同闯进了历史的后花园，和逝去的先贤们一起把酒问天。

早晨6点驱车赶往近200公里外的商洛柞水溶洞和翠华山，小雨和烈日，一路施展着法力，变着花样考验我们的意志。下车步行至山门的十几分钟，热浪滚滚，铺天盖地，头顶的太阳不无责怪地奉劝我们："孩子们，中午不好好在家午休，跑到这荒山野岭作甚？莫非你们是唐僧师徒转世不成？"

穿行于青山绿水间，如同闯进了历史的后花园，和逝去的先贤们一起把酒问天。

我们没有如来佛法，没有悟空的七十二变，有的是苦中作乐的大义凛然，我们坚信毛主席他老人家教导我们的"无限风光在险峰"这一亘古不变的真理。

特忙的时候，就想抽时间躲在青山绿水间，休息十天半个月，早晨一睁眼，满目葱绿和异国情调的别墅，可以让人忘乎所以。这样的想法，就像梦，只能写在相机里。

走出山门，女儿迫不及待地给她老妈打电话。妻不止一次地问女儿相同的问题："你爱爸爸还是爱妈妈？"女儿的回答是："白天爱爸爸，晚上爱妈妈。"慈父的宽容，让宝贝的白天可以"随心所欲，为所欲为"。到了晚上，就是西风压过东风了，糖衣炮弹顿然失色，恋母情结风起云涌。

漫生活 慢教育

"天将降大任于斯人也，必先苦其心志，劳其筋骨。"一天的旅途，无大任可降，无心志可苦，劳其筋骨却是真的。

三

宝鸡的天是灰色的，就连温度也是灰色的。我很怀念阳光灿烂的日子，有所挂念，有所期待，或者什么都不想，沐浴裸露的五官，温暖淡然的心情。

上班已经有些时间，从毫无规律的假期跌跌撞撞地爬出来，并迅速步入快车道，的确可以算得上乾坤大移挪。倦怠，就像"爬满一袭华袍的虱子"，挣扎在最后的末班车上。

假前去了单位，阳台、栏杆、走廊……都包裹在灰尘下面，安详、宁静，如果这些建筑会说话，我想它是不会道出"寂寞"两个字的，吐故纳新，从躁动中抽身小憩，是一种福分。

去年学初，也是在上班的前一晚站在这里，月光如水，牛乳洗过一样的校园，让人多了少许的依恋和疼惜。没有脚步，没有声音，没有回忆，没有未来，月光慈祥地看着我，我何不趁着月色做一个幸福的怨妇？白天不懂夜的黑，现在呢？脚下的微尘，是那晚的月亮脱下的轻纱，我依然陶醉！

毫无动静的操场，陡然放大了许多倍，女儿早已按捺不住，伸开手臂，"咯咯咯"地跑开了。嘿嘿，这一跑，竟跑出一首诗来："争渡、争渡，惊起一滩鸥鹭。"楼上的鸟们听到宝贝的笑声，倾巢出动，"嘎嘎嘎"地叫着，伸展着翅膀，盘旋在操场上空，同乐同乐！叫不上鸟的名字，却和它们一起飞翔！

这一跑，竟跑出一首诗来："争渡、争渡，惊起一滩鸥鹭。"

四

每篇博文前，我无一例外地将风景中的自己悬挂在主题顶端，像猎猎飘扬的旗帜。企图以此为念，祭奠光阴。几年前，我就在"博客网"有了家，网名"墨涵"。短短几个月工夫，点击量近十三万，潮水般涌动的人流，使我感觉这个世界很热闹。那个叫"墨涵"的人，却始终躲在网络后面，用虚拟的文字打量着生活。

两年后，还是这个叫"墨涵"的人，突然心血来潮，一把撕掉了厚厚的面纱，毫无顾忌地在另一个地方素颜登场。这是一个清静的好地方，零星的好友或陌生人的到访，让我感觉他们就像走进了丹顶鹤栖息的原始湿地，圣洁而优雅。我视他们为贵客，轻轻地来，悄然地走，即使不留任何墨迹。

博客已经成了我生活的一部分。忙得不可开交的时候，我能听到我的博客在墙角偷偷地抹眼泪，一连几个星期甚至更长时间，三过家门而不入，不是我诚心要冷落她，而是一种无奈。一时沉积在心底的感念，很多只开花不结果，在此处根本找不到他们的踪影。但无论如何，我还会回来，回来继续臭美、继续怀旧、继续和顽固的我打点行囊，徒步旅行。

五

有事来单位，在大门口就听见F老师在主楼楼道放声高歌，挺感动的。一个人难得有这样的爱好、这样的闲情逸致，在空旷的地方抒发自己的情怀，因为快乐，所以歌唱！

马上要放假了，很盼望，忙也许不是一件好事……回家路上，我阴差阳错地穿过斑马线，顺着南边的人行道往回走。我已经习惯行走在街道北侧，今天的贸然行动，竟奇迹般地看到了小镇的另一面——陌生、靓丽、新鲜。

绿树后掩映的高楼，风情万种。装点在这些建筑上的文字在我的眼皮底下，似乎长出了一口气，一个个神采奕奕地展现着它们的绝代风华。就连街道那边的行人，那些时常与我为伍的"右路"大军，此刻也正时尚着、快乐着。他们悠然的脚步，悄无声息地按摩着我的大脑，触碰着我的笑肌。

左岸、右路，偶然的改变，在熟悉的陌生地，我捡到了一直被遗忘的快乐碎片。

秋

> 秋天，是一位中规中矩的大叔，
> 笑不露齿，望断南山。
> 风起了，草衰了，树叶由绿到黄，
> 华丽丽地蜕变，
> 像黑发生白，层林尽染。

新闻联播

J打电话过来："你怎么那么忙啊？天天都这样，真有那么多事吗？"

我说："真这样，要是你能亲眼看到我这张老脸，就啥都明白了！"

"忙不忙，不是脸说了算。"

"这可是一张诚实的老脸。都老沧桑了，不会说瞎话，遭罪。"

和朋友在电话里闲扯，像吸氧。

末了，我说："新闻联播看过吧，每天都有新内容，工作也一样。工作就像新闻联播。"

电话那头，J"哧"的一声笑，震得我耳膜鼓了三鼓："这比方给力，我信。"

新闻联播是我最爱看的电视节目。对于男人，新闻联播是衡量年龄的标杆。现在是通过电视看新闻，退休之后，是拿着半导体收音机，在公园里边跑圈边听新闻。我能看见我的退休生活，就是这样。

生命的真谛

大男人、老男人，之所以喜欢新闻联播，就是因为它真实、直接、接地气，没有之乎者也的欲盖弥彰，没有咿咿呀呀的优柔寡断，不要音乐，甚至可以不要构图。

生命的尽头，树立的是犹如新闻联播一样客观的纪念碑，碑前被鲜花缠绕的思念，是主观的浪漫。成长的阅历，大致如此。

期末的议案答复报告，M说我像外交部发言人，语言刚柔相济、轻松幽默、荡气回肠。好话谁都爱听，不免自鸣得意。又想想，这篇报告是坐在床边、脚丫子泡在洗脚盆里完成的，随意得有些不敬，但结果被认可，也是一桩幸事，不提也罢。

庆幸的还有，好歹我和新闻联播有了渊源。

生命的尽头，树立的是犹如新闻联播一样客观的纪念碑。

漫生活　慢教育

星期三

星期三是个坎，过了这个坎，周末也就触手可及了。人生亦如此，迈过30岁这道门槛，烈士暮年的夕阳余晖也将映红你的脸，就这么快。问题是你愿不愿这样看，敢不敢这样想。

上班的时候，调侃一周能上两天歇三天的神仙生活，说说罢了。一周五个工作日，漫长的周一、周二一过，星期三的曙光就向你招手。星期三该是个纪念日，它给普天下的劳苦大众带来希望。带着希望工作的周四和周五就显得小鸟依人，轻巧无比。一周好像只有五天，至于周六和周日，在大多数人眼里它早堕落成凝固的历史，既可以无缝接轨、忽略不计，又可以呼风唤雨、撒豆成兵，足见其傲立山头、牢不可破的霸主地位。

一个星期一个星期地鱼贯而过，走过去又走过来，如此轮回，而生命的星期过去，却是有得去没得回。星期三，是个纪念日，纪念我们曾经年轻，纪念我们走向衰老。

关于生命，每个人都有话要说，却终无以名状。生命的诞生是个意外，生命的逝去更是个意外。习惯了街头的红白喜事，鞭炮或者哀乐，像空气一样自然。

每每回家，母亲的快乐都是无与伦比的，回家第一顿饭，一定是母亲亲手做的我最爱吃的臊子面。忙里忙外的她，不知道给她的宝贝儿子吃什么好，不知从哪搜罗来的一大堆吃的东西摆满大半个炕头，将我团团包围，母亲还要将水果剥皮后再给我。等忙完了，母亲无意间透露出一点村里的事情，母亲说村里的某某某过世了，平静的语气平复着我的愕然。

大H问过我一个问题：剩两周就要收假了，你怕不怕？

我说：我不怕，我连死都不怕，还怕上班？

衰老和死亡，是我们不得不考虑的事情；离收假还有多少日子，却不是我要想的。

我是一个随遇而安的人，在不争不抢中，冥冥等待下一秒

星期三是个坎，过了这个坎，周末也就触手可及了。

一周好像只有五天，至于周六和周日，在大多数人眼里它早堕落成凝固的历史，既可以无缝接轨、忽略不计，又可以呼风唤雨、撒豆成兵，足见其傲立山头、牢不可破的霸主地位。

的降临。我是在糊里糊涂、掩耳盗铃似的过日子，即使在收假的前一天，我还会扬扬得意地说："还好，还有24小时！"

至于有人说："你有白头发了。"我会笑着说："我知道。"继而再狗尾续貂："没白头发的是妖怪！"感谢岁月，一直这么惦记我。

假期是按天过，上班是按周过，星期三依然会让我快乐，星期三所昭示的夕阳红，只会让我永远年轻。

年龄是相对的，看你怎么比。30岁和40岁比，嘻嘻，你才30岁，不老！40岁和50岁比，哈哈，你才40岁，不老！50岁和60岁比，嘿嘿，你才50岁，不老！……关键是你得找准参照物。

之所以谈论生与死这个话题，是因为我从经历过很多事情的长者那里学到了平和。

Y不止一次善意地批评我，说我的文字有点小资情调，将"感时花溅泪，恨别鸟惊心"的帽子戴在我头上。我说："言重了，你见过这么快乐的瘦诗人吗？"我不是忧郁、颓废的黑衣大侠，而是"春去花还在，人来鸟不惊"的凡夫俗子。小眼睛的男人大多像我这样只发现美、复制美、创造美。我和我的文字其实都在舒展对生命的热爱，它们都是阳光下的精灵。

牙 颂

停泊在视线内的15路，不紧不慢地吐纳着它的客人。很多次，我都没信心去追，担心在靠近车门的那一瞬车子冷漠地开走。视线的另一头，从街心花园那边疾步而来的挎包男，以舍我其谁的速度，在我目光的护送下，很漂亮地完成了乘车的全过程。

我是一个不会追赶的人，我更是一个不会等待的人，思想和行动十指相扣，一次又一次将我推往"一触即发"的悬崖峭壁上。

从同事口中知道了洁牙这回事。几十年咀嚼生涯，牙齿在

之所以谈论生与死这个话题，是因为我从经历过很多事情的长者那里学到了平和。

我不是忧郁、颓废的黑衣大侠，而是"春去花还在，人来鸟不惊"的凡夫俗子。

漫生活 慢教育

牙刷与牙膏的关照下，并无大碍，只是多了一点黑色的沉积。既然知道了牙齿可以通过机器彻底清洗干净，那就行动吧，让辛劳半辈子的牙齿风风光光地显山露水，值！

牙科诊所里，人头攒动，三张诊疗床上躺满了病人，外间的沙发也坐满了候诊的人。撤吧！我不战而退。走出诊所没几步，又原路返回。今天不做，明天哪有时间啊？我就这样硬着头皮在沙发上坐了下来。

其间，又有不少就诊者鱼贯而入，进一个，我的压力就大一码。这里不需要挂号，没有顺序号，那些经验老到者才不管谁早谁迟，一来就徘徊在诊疗床跟前，床上的前脚下，他就后脚上了，哪有我的份？要不要撤？我犹豫了，耐着性子走到大夫跟前，询问我今天下午有没有希望做。

大夫是个小姑娘，淡蓝色的口罩遮住了她大半张脸，虽然看不见她的表情，但从她眯成一条缝的微笑着的眼睛里，我看到了希望。人的眼睛会说话，在这里，我得到了验证。

她说：里头那个机子是洁牙用的。从她的谈话里，我知道了那位即将给我牙齿"行刑"的男大夫叫"乐乐"。乐乐是个阳光男孩，同样是他那双眼睛告诉我的。

终于轮到我了，我主动走到乐乐跟前，他示意我躺上去，随着机器的轰鸣，我乖乖地张大嘴巴，将自己的牙齿全方位展现在他面前。乐乐一边安慰我，一边很娴熟地操纵着机器，往日只有温柔的牙刷和清香的牙膏才能光顾的地方，被坚硬的器械和难闻的药水所填满，这使我想起了夏天和冬天。牙齿啊牙齿，你这位旖旎的南国青年，今天偶遇北国的苍凉，是不幸还是庆幸呢？

30分钟短暂而漫长，机器沉默了，战役结束了。我从诊疗床上很轻松地走了下来，虽然还没看见整容后的牙齿到底是什么样子，但我已经对乐乐心存感激。离开诊所时，我真诚地对乐乐说："谢谢你！"

打开手机的照相功能，从自拍模式中我看到了奇迹：洁白的牙齿，粉红的牙龈，就连嘴巴似乎也变清爽了！

打开手机的照相功能，从自拍模式中我看到了奇迹：洁白的牙齿，粉红的牙龈，就连嘴巴似乎也变清爽了！

合上了手机，合不上的是手机里美丽的牙齿，它一直笑着、显摆着，继而拉拢上脸部的肌肉，牵动眼睛、鼻子、耳朵一起笑。从眼睛里望过去，林立的楼房、熙攘的人群、长长的街道，都像我洁白的牙齿一样，褪尽黑色的表皮，全变白了！

再次途经15路停靠点，看着行动从容的乘客们，我想我应该和他们那样，要学会等待，这是我用洁白的牙齿告诫自己的。

一只慷慨赴义的猪

8010是我此次入驻酒店的房号，数字下方是胡桃木的底衬，树叶般的造型，和上次的北京之旅颇为相似。不同的是，

酒店是一叶扁舟，我会晕

上次是轻装上阵，这次却是重任在肩。

开门，走下地台，打开窗户，正对面的"瑞成中国餐馆"在暗示我衣食无忧。

月初，雨量充沛，一板一眼地下，从出发到站在赛场前夕，瓢泼大雨一直都干着冷却大地的好事。好雨知时节，叫我好淡定。

透过渐渐升高的电梯透明罩，停车场内整齐摆放的几十辆颜色各异的汽车，一个个袖珍的不得了。我贪婪地想：童年要是拥有这么多玩具小汽车，该是多美妙的壮举！高，是一种境界。站得高，相当于站在了境界的肩膀上，可以让人如释重负，豁然开朗。

电梯升高了我的境界，走下电梯的我，还是在高境界的惯性中狂奔了好一阵。明天比赛，下午6点给大脑放假。走出酒店，原以为要继续在雨中行走，没想到雨驻天晴、云蒸霞蔚。善解人意的天气，与我夫唱妇随。人类一思考，上帝就发笑。现在，我的大脑一片空白，跟木偶别无两样，上帝仍"咯咯咯"地笑不停。

在陌生的城市，随波逐流，想去哪儿就去哪儿，全由双脚说了算，高入云霄的摩天大楼摩肩接踵，压得人透不过气。寸土寸金，点缀在大楼底部的绿荫显得卑微又高贵。

我是幸福的，幸福得像一只猪，一只信步走在玉米地里的温文尔雅的猪。

幸福是什么？在假期里，幸福就是做一只猪，倒头就睡，醒来就吃，无所事事，欲望归零。心中无事，才能吃得好、睡得香。

早晨5：20起床，6：10要抽课题签，做好所有的准备工作，我出门了。少有人烟的街道，大气、苍凉，这个黎明的那一头，本来还在黄昏乃至夜晚闲庭散步的猪，此时多了一丝悲壮，从头到脚，都是慷慨赴义的范儿。第一个到达现场，触景生情，想起了李玉和的"临行喝妈一碗酒，浑身是胆雄赳赳"，以歌代酒，吼了两嗓子，上下通气不咳嗽，好比《红高粱》。

现在，我的大脑一片空白，跟木偶别无两样，上帝仍"咯咯咯"地笑不停。

我是幸福的，幸福得像一只猪，一只信步走在玉米地里的温文尔雅的猪。

130分钟的比赛，酣畅淋漓。

12：35，从赛场所在的校园踏入距离十余里的公园，从稿纸、黑板转向花红柳绿，只是间隔三个小时，兴奋还有，但几乎已是气若游丝。结果是过程的坟墓，过程里的激情、紧张，在水落石出、一览无余的结果面前苍白乏力，甚至有些滑稽。在公园的长凳上，在外人眼里，我和这里的山水草木浑然一体，虚怀若谷。

公园是培植闲散、放置懒散的器皿，不用交流，自然而然，你会想起另外的生活，比如幸福的猪。七日以后，重新回到家门口的小公园，这种感觉尤甚。夏夜，湖边，我坐过的石头，咬过我的蚊子，我想它们都是幸福的。

纠正一个语法错误，我没有用"一头猪"而用"一只猪"自诩，是因为自己没有"猪"的块头、"猪"的分量。

愚公移山

当我把近千级台阶踩在脚下的时候，我想到了愚公，陡坡变通途，村落变都市。

热闹的街道、温暖的热炕头、袅袅炊烟、爱唠叨的村姑、倔老头、咩咩叫的美羊羊、猪圈里的小八戒，都被愚公的大铁镐砸了个稀巴烂，最后羽化成蝶，飞离故园。眼前这块空旷的场地，仿佛大出血的孕妇，大汗淋淋地躺在那儿，疗伤之后，她还得再分娩出一个十来斤重的大胖都市宝宝。

场边，来自原有村庄的七八个村民，挥动着瓦刀，收留着残存的最后几块砖瓦，叮叮当当的敲击声，成为这个村庄新年的绝响。

从行色匆匆的车窗玻璃看过去，夜色里的大台阶光影绰约，孤独与高傲集于一身，让人好生怜爱。从看到它的第一眼起，就有了与之亲近的冲动。假日，让冲动变成了行动。来回四块钱的车费，让我们的旅程多少和"低碳"沾上了边。

漫生活　慢教育

从原下拾级而上，一路陪伴我们的，是从路边形似塔状的小音箱里传出的乡音——秦腔。在冬天听到秦腔，就知道要过年了，喜庆、心安。暗夜里，从灯箱里透出的光芒就是阳光。

攀登不仅可以锻炼体能，而且可以激活智能。

女儿说："台阶设置是一段一段的，它的级数是不是有规律？"

我说："你们是不是刚刚学过'找规律'？"

一旁的老婆接过话茬："三句话不离本行。贝贝，有个教数学的老爸，是好还是不好呢？"

前半句是冲我说，后半句是冲女儿说。

女儿说："当然好！我爸教数学，我数数，证明我是我爸的亲闺女。"

"你俩欺负我！"老婆开始撒娇。

"老妈，别伤心。我爸刚才偷偷给我说了，他说等会儿下去的时候，他背你。"

谎言，女儿编织的谎言。

正想揭穿它，女儿朝我努嘴。我话锋一转："真的！"

老婆多云转晴："这还差不多！"

认真的母女，像我的学生，一丝不苟，专心致志。

数到三百多级，她们就败下阵来。不过，她们有一个重大发现，就是每一组台阶，最后数字都落在了"2"上，不知道是不是巧合。

台阶两边的妆容，让我近距离见识了愚公们的功力。他们的镐法真是高明，两侧的黄土坡，被他们打理得俨然埃及金字塔，错落有致，棱角分明。

站在第三处平台，向上打量，不禁感叹：从头望到头，台阶跟着走，把酒问青天，为何腿发抖？

女儿一直把台阶叫"楼梯"，我更正说："楼内的台阶才叫'楼梯'。"

女儿接着说："我们现在是上到第18层楼房了！"

我只好将错就错。

攀登不仅可以锻炼体能，而且可以激活智能。

他们的镐法真是高明，两侧的黄土坡，被他们打理得俨然埃及金字塔，错落有致，棱角分明。

终于到顶了，期望的欢呼没有出现，取而代之的是三个人的大喘气，气量大小依次是：老公、老婆、小公主。

"老爸，刚才的话还算数不？"女儿向我开火。

"行了，行了，我背你爸还差不多。"老婆立马替我灭火。

从大台阶上下来，英雄变狗熊。三个人中，两个半人腿肚子上的肌肉就没消停过，抖啊！愚公移山功成之后，武松打虎凯旋之后，他们的腿肚子是不是也像我们一样，不听使唤？

顺势背靠一棵树，想休息片刻。老婆叫停："拍张照吧，像当年一样。"

我明白老婆的意思。

N年前，一袭黑衣、带着围脖的我，左手扶树，右手插兜，在公园定格下灰色的青春。后来，我遇到了她。再后来，她成了我老婆。老婆给我揭秘：就是那张照片打动了她的芳心。

N年后的今天，老婆对那张照片依旧念念不忘。那时，我的眼里是迷茫；现在，我的眼里是满足！触景生情，以此动作，怀念过往。

夹在书页里的时光

签 名

飞龙走凤、桀骜不驯的签名，是我的第二张脸，这张脸要比第一张脸风光若干倍。

在陌生的课堂，我会把签名当作奖赏，在课前吊足他们的胃口，且以周杰伦自居。不对称的形象，有了明星的家当，身价陡增。课下，他们会喊着周杰伦索要我的签名，我感觉自己就是一只披着狼皮的羊，可恶又可爱。

签名是早年上学的时候练就的，老师在上面讲，我在下面记。在老师眼里，我大概是最认真的一个，不停地写啊写，似在记录老师的句句真金。老师做梦都想不到，这个专心致志的学生，不是在记录老师的授课，而是在天马行空地大练笔。桌上铺的报纸、作业本的正反面，全爬满了随性而为的大小文字。

以这样的行为逃避课堂，逃避乏味的灌输，是那些年的习惯动作。清静了耳朵，成就了一种叫书法的东西。那些在课堂被解剖的体无完肤的文章，在课外体面地坐在我对面，我闻她的墨香，听她的呼吸，在彼此的尊重里，感同身受，默然陶醉。

看完一篇文章或一本书，会在书页的空白处留下一些字迹，留下最多的是对当时时间和天气的记录，如"1989.4.22　21：32　晴"等。阴晴雨雪，清晨黄昏，在天气和时间的交点上，我把自己夹在了书页里，想长生不老。惜念光阴之心，淡而不浓，如夏日吹来的一股凉风，清爽宜人。只是想留下。

那些留着自己字迹的书籍，被时间的河水冲进了汪洋大海，一本都找不到了。就算找到了，我也找不回那段夹在书页里的时光。

电脑用多了，提起笔，就像得了健忘症，口边的字就是想不起来怎么写。签名就不一样了，信手拈来，轻车熟路。偶尔会在签名的时候想起写在书页里的时间，还有那些好时光。

看完一篇文章或一本书，会在书页的空白处留下一些字迹，留下最多的是对当时时间和天气的记录。

相　片

女儿10岁，个头高了，肉肉多了。

客厅里的茶几抽屉，是女儿牙牙学语时的百宝箱，翻得不过瘾时，她会一屁股坐在抽屉里，借着天时地利人和，将抽屉翻个底朝天。现在，还是这个抽屉，就是放女儿的臭脚丫进去都勉为其难。

不可想象女儿曾经可以轻而易举地坐在这么小的抽屉里。

忽然觉得女儿就是一个变形金刚，年年都在变，变得让我想不起她小时候的模样。

这些相片，如同我夹在书页里的时光，既近，又远……

现在，还是这个抽屉，就是放女儿的臭脚丫进去都勉为其难。

忽然觉得女儿就是一个变形金刚，年年都在变，变得让我想不起她小时候的模样。

看到小时候的照片，女儿问：这是我吗？

赞 美

邮箱里梦清的文字，我是在四月末看到的，缘于一次讲课，一次交流。讲台上的侃侃而谈，只是说出了我真实的想法。台下那些专注的眼神，其实就是对我最好的回馈。梦清的文字让我受用，好话谁都爱听，我也不例外。

我，看您的文章，有一种美的享受，听您的漫谈，更有智慧的文思。

听了您的课，真有一种"山重水复疑无路，柳暗花明又一村"的豁然开朗的感觉，使我对教学工作有了一种新的认识，原来教育可以达到一种"众里寻他千百度，蓦然回首，那人却在灯火阑珊处"的美妙境界。

听您的漫谈，有着唐诗一般的儒雅，有着宋词一样的恬淡，有着元曲一样的豪放，又有着明清小说一样的隽永，富有节奏。总之，在您身上流淌着教育的理性与智慧，有着诗人、画家的浪漫与唯美，又有着哲学家的深度潜质。

我非常崇拜您，因为您的课，让我在矛盾与犹豫之际，看到了教育的希望与明天；感到世界上还有那么多在为教育的明天而默默奉献的前辈与同行。

您的豁达与智慧，敢于直面教育的现实，敢于说真话、说实话是我永远敬佩的，如同在黑暗中行走的太久，突然间看到了灯光，看到了黎明的到来。

您以自己独特的个性与人格魅力影响着您的学生，也影响了我。我也是有个性的人，但是我没有您充满智慧的口才，只有用写来表达我的所思所想。我认为教育就是对生命与良知的唤起，这里充满了智慧与艺术，更需要的是爱。我在认真地努力，让我的教育更加充满人性与智慧。我爱思考，我觉得思考让我的心灵更加安宁。我的冒昧请您原谅，我的直言请您理解，我要向您请教，一解我的难题与困惑。请您赐教。

您真诚的学生，梦清

原本不想在自己的博文里谈工作、说职业，更不想将梦清的话放在这里，有炫耀之嫌。工作和生活就像白天和黑夜，界限很分明。我的空间，和工作无关。博文里所有信手涂鸦的文字，是我在工作之外给自己发的奖品。这个奖品，只奖给"墨涵同学"。面朝屏幕，手指跳动，忘乎所以，什么都淡了、远了。

没有及时回复梦清，一是工作关系，二是梦清的评价太高，让我诚惶诚恐，迟迟不敢接招。

工作就像打仗，而且每天都冲锋，摸爬滚打却不焦头烂额，我很享受工作。最蹩脚的解释是，每天忙上忙下，屁股不挨凳子，权当锻炼身体，就是锻炼得过于苗条。有钱难买老来瘦，这把年纪了，还是瘦了好啊！

梦清的赞美，为我树立了一个标杆，我不会刻意成为什么样的人，只想充实地做好自己。

面朝屏幕，手指跳动，忘乎所以，什么都淡了、远了。

梦清的赞美，为我树立了一个标杆，我不会刻意成为什么样的人，只想充实地做好自己。

刚参加工作的第一年，适逢普及六年义务教育刚刚展开，山区学校一无所有，愣头小伙子很快投入了这场声势浩大的洪流中，血气方刚，废寝忘食，很多工作都是在激情中完成的。验收完毕的总结会上，老校长和上级领导表扬了我，那些自己都觉得很普通的事情，从别人嘴里说出来，再从自己耳朵传进去，就这么一个物理运动，在自己这边，却阴差阳错地发生了化学反应，泪流满面，怕同事看到，用手紧捂大半个脸，把囧态掩藏起来。

由衷的赞美会摧垮人的泪腺，现在的泪腺很多时候都四平八稳，不是缺少赞美，而是自己太强大！

把梦清优美的文字一字不落地放在这里，是想表达对她的感谢。

冬

> 冬天，是我瞳孔里的万里江山，
>
> 丹青水墨，爱无言。
>
> 越过山峦，越过海平面，越过深情的树干，
>
> 凝神，呼唤，
>
> 像燕子的呢喃，是青春的怀念。

季节的钟摆

一

节日，是一群寂寞人的狂欢。

鞭炮、锣鼓、社火，试图打破新年的最后一道宁静，延续着喜庆。

不甘寂寞，却又要在这场繁华尘埃落定之后，再次饱尝长久的寂寞。

明天是元宵节，过了这一天，年味就将消失殆尽。

满大街幸福的人，一起将目光投向一车一车经过的经典的人物脸谱，和他们身前身后的历史传说。

一边开车一边听音乐是我的习惯

满大街幸福的人，一起将目光投向一车一车经过的经典的人物脸谱，和他们身前身后的历史传说。

隆隆的炮声，鸣锣开道，自近及远。高车之上的红男绿女，安然地从大街这头走到大街那头。

听到震天锣鼓的时候，这道节日中式大餐就只剩下杯盘狼藉了。

马路很快又恢复了原来的样子，从身边驶过的一辆出租车，以迅雷不及掩耳之势，猛然吸引住了我的眼球：好家伙，驾驶室的那位老兄，右手正拿着一根长甘蔗，边开车边在那儿津津有味地啃！

车子稳稳当当地开过去了。

这几秒钟的画面却让我偷偷乐了一下午：

小驾驶室PK塞满整个驾驶室的长甘蔗，这两者放在一起，就是一个极具创意的"洗具"（喜剧）。

见过传统的社火，却没见过手拿长甘蔗开出租的兄弟秀给我的这个"社火"。

老兄，你太有才了，新年好运！

二

早年，在小学《自然》课本里，有一课叫《猪的全身都是宝》，令我印象很深刻。在一些场合我提起过"猪的全身都是宝"，比如在妻子跟前。

这个冬天，我又想到了这句话，句式相同，内容相异："我的全身都是电。"感觉自个儿就是发电机或蓄电池，走哪儿电哪儿，只要遇到金属物。受害的不是别人，准是本人，自个儿电自个儿，能耐！尤以开车门时最甚。

被电的次数多了，也就多了心眼，绝缘！用胳膊肘倒关车门啊。这回，手倒是电不着了，受罪的差事就全交给垫背的衣服了——本来干干净净的，这么一创新，新衣变旧貌，一只袖子立刻灰头灰脸，像兵马俑的胳膊。等着出租车师傅这么问："老兄，怎么这么关车门？"我回应："没跟你要擦车费就不错了，老兄！"

本来干干净净的，这么一创新，新衣变旧貌，一只袖子立刻灰头灰脸，像兵马俑的胳膊。

漫生活

慢教育

也有电不着的，Z算一个。我把电流入身的感受给他现场直播，他木讷地望着我："怎么会？"一点互动都没有。不说了，自己的电自己受吧。

亲爱的，我们当初是在什么场合、什么时候电到对方的？还记得吗？

三

2010年的第一天，我是在女儿爽朗的笑声中度过的。

2009年一夜走红的小沈阳用他无厘头的搞笑在银幕上续写着他的传奇，那近乎做作的动作和语言在女儿眼里却是前仰后合地笑，笑得纯真而又深远，整个影厅似乎只回荡着她一个人的天籁之音。

侧过身看女儿毫无章法地蜷在座位上，长睫毛下的大眼睛专注地盯着大银幕，快乐之弦一触即发。银铃般的笑声生成的那一刻，我都要忍不住捏着她的小手，我能感觉女儿的快乐顺着我的手指，流进了我的血液。女儿的快乐就是我的快乐。

2010年的第二天、第三天，我是倚在妈妈的身边度过的，虽然我很少说话，但我知道，妈妈一定是最快乐的！我是妈妈的宝贝，女儿是我的宝贝！

侧过身看女儿毫无章法地蜷在座位上，长睫毛下的大眼睛专注地盯着大银幕，快乐之弦一触即发。

四

喜欢上了小灰灰，喜欢上了灰太狼。银幕上的对白，让我第一次有了这样的感受。

《要嫁就嫁灰太狼》这首歌是我在去影院的路上听到的，当时只是喜欢它优美的旋律，而现在，亲身融入喜羊羊与灰太狼的爱恨情仇之中，我变了。

没有被影片中时尚的2009年网络流行语所打动："哥吃的不是面，是寂寞。""贾君鹏，你妈喊你回家吃饭。"……喜欢它们的理由只有一个，那就是爱的力量！

率真可爱的小灰灰可以和懒羊羊称兄道弟，面对懒羊羊，它可以有口无心地直白："我爸说你总是傻乎乎的，最容易抓了。"在红太狼的谎言中，小灰灰一语道破天机："我要吃羊！"在老爸灰太狼历经磨难时，小灰灰反以骄傲的口吻为爸爸叫好："爸爸会飞！爸爸会飞！"真实的小灰灰，不免让人怜香惜玉，忘了它是灰太狼的儿子，而是大家的宝贝。

饱受平底锅摧残的灰太狼，一次又一次书写了属于它和红太狼的爱情传奇。

在羊族和狼族遭遇困境的时候，一首纯真悦耳的《左手右手》从美羊羊的嘴里流淌出来，原本笑声不断的影厅，悄然无声。我知道，很多人和我一样，心里倍感温暖。

女儿不停地转向我："爸，好看不？"与此类似的问话，同样发生在《阿凡达》的现场，那时是我在问女儿："贝贝，好看不？"主客易位，大有"各回各家，各找各妈"的阵势。是的，怎一个"好"字了得？

正义战胜了邪恶。字幕徐徐上升，散场的灯光亮了，故事结束了。观众陆续离场，我还是一动不动地坐在座位上，沉浸在《我爱平底锅》这首片尾曲之中。平生第一次，被一部动画片所打动。

差点忘了，灰太狼那句"我一定会回来的"经典台词，毫无悬念地在影片最后闪亮登场。听到它时，我笑了，女儿也笑了！

流 年

似乎是一眨眼，我们就从年的脊背上滑落下来。

平静的街道，被亮亮的阳光照个通透，躲在阴影里的年，像睡在角落里的黑衣人，瑟瑟发抖。

年的那边，挥舞着笤帚、抹布，豪情满怀。

我是个长不大的老小孩，年的磁场太强大，我始终挣不脱它的吸引。

当爹妈还是参天大树的时候，我们这些小苗苗就冲杀在迎新的最前线，在我们"一二一"的口令里，瓶瓶罐罐全都规规矩矩、干干净净地立在那儿，檐下横七竖八的柴草，不情愿地蜷起了腿、伸直了腰，瞬间扩大的场地，被我们打理得比孟非的脑袋还光洁。

当我这棵昔日的小苗苗历经风雨成为历久弥新的老树精的时候，年，仍是我久别重逢的新婚燕尔。

迎新就得辞旧，纳新就得吐故，拿出小苗苗时的精神头，大手一挥，扔！

不着笔墨还像新媳妇一样的培训教材，看得让人难受，把它们从书架上请下来，是对彼此的疼惜。

惦念能在泥泞的雨天再穿一次躺在鞋柜里的白胶鞋，能在秋收时节再穿一次躲在衣柜里的"L"牌夹克，能在下次旅行中再戴上挂在帽架上的遮阳帽……最终，惦念成了空想，书柜、衣柜、鞋柜成了垃圾场。

看着摆放在大门外成堆的书报、鞋子、小熊猫、笔、饮料瓶、油桶、纸箱等，我想，解放的不只是家里的空间，还有这些曾经的"宝贝"，它们将跟随拾荒老人的车子，到达它们另一个快乐的家。

听老人说，他的车子一进村，孩子们就从四面八方聚拢过来，在他的车子上翻箱倒柜，寻找中意的宝贝。老人说，他最爱看孩子们这时候无法无天的样子，孩子们高兴，他也高兴。

在梳妆台的抽屉，见到了隐藏很深的两样东西：一样是老照片，一样是老情书。

躲在这里的照片，都是歪瓜裂枣型的，原本是想让它永不见天日，这时一见，却是爱不释手。龇牙咧嘴、惺惺作态、抓耳挠腮的表情，堪比周星驰。丑与美，时间说了算。

那摞用橡皮筋捆扎起来的信件，已经不是什么秘密的秘密了，顺手抽出最上面的一份，打开，看到的是老婆写的肉麻的三个字："亲爱的。"这样的称呼，好像来自火星。

我毕恭毕敬地把它呈给老婆大人，她的眼睛里是害羞，嘴

我们家的三人行团队

巴吐出的是"美得你"。

要知这样，还不如像本山大叔春晚小品一样，提早将"亲爱的"三个字用三个圈代替，好为不再矫情的我们留条后路，打个圆场。

一旁的女儿，听到笑声赶过来凑热闹。母女俩在争抢中，竟将信纸撕开了一道口子，看到闯祸了，老婆说不是她干的，女儿说也不是她干的。

值钱的东西被损坏，是没人敢承认的，就像课本里描写的那个不小心打碎花瓶的人。

> 母女俩在争抢中，竟将信纸撕开了一道口子，看到闯祸了，老婆说不是她干的，女儿说也不是她干的。

那份被撕坏的情书，终被粘好，放回了原处。

这些青涩的文字和不靠谱的相片，会一直站在这里，它们是我生命的留白。

有一些物品进来，一些物品就要被丢掉。

有一些人走近，一些人就要离开，每个人都会在这样狭小的圈子里出出进进，走近、离开。

但有一些东西，却始终伴随一生，不离不弃。

> 周围陌生的陈设，都在偷偷地提醒自己：这里，已是千里之外。

那夜，我枕着秦腔入睡

多年以前，在离家千里的大山，第一次独自独守着一间小屋。夜幕降临的恐惧，使白天的山清水秀顿时变得张牙舞爪，我想家了！周围陌生的陈设，都在偷偷地提醒自己：这里，已是千里之外。

窗外，隆隆的火车驶过之后，我意外地听到了家乡的声音——秦腔！

躁动的心，仿佛一下子回到了自己曾经熟悉的温暖的家。

以往在家乡的时候，黄昏时分，父辈们热爱的秦腔都会响彻在村头的大喇叭里，我们在秦腔咿咿呀呀的曲调中，野马长缰绳地追逐打闹。然后，在父母高一声低一声的吆喝下，乖乖地回家吃饭。手里端着饭碗，耳边响着两种音乐：一种是因为顾了贪玩忘了吃饭的父母的数落，一种是因为父母喜欢所以自己不得不喜欢以致变得越来越喜欢的秦腔。

作为孩子的我们，秦腔更像父母们呵护我们的大手，听到它，就感到自在和安全。今夜，在遥远的地方，听到秦腔，我比以往任何时候都陶醉，我闻到了臊子面香，看到了演绎父辈快乐的大戏楼，我回家了！

多年以后的今天，新年的喜庆，少不了的还是家乡的秦腔。村头的大喇叭、焕然一新的戏楼，是我们过年最踏实的记忆！

以往在家乡的时候，黄昏时分，父辈们热爱的秦腔都会响彻在村头的大喇叭里，我们在秦腔咿咿呀呀的曲调中，野马长缰绳地追逐打闹。

你是我的传奇

宝贝，不知不觉，今天你整整9岁了，阳历生日那天，你吃惊地说："爸爸，我都9岁了！太快了吧？"相框里的你是比现在年轻多了，那是你4岁那年的夏天在人民公园拍的，两个羊角辫把你装扮得像个傻妞妞。

在你更年轻的时候，你上学了，正月十六是你农历生日，正月初九，你就一脚踏进了学校的门槛。

那时，你整2岁。

中午路过幼儿园门口，看见你手扶着栏杆正从一楼向二楼走，七八个小小孩组成的队伍里，你排在最后，在老师的带领下，你很听话地随大部队回"睡觉房"睡觉去了。"睡觉房"这个名字是你说给我们的，

这是女儿第一次和小宠物相处

漫生活　慢教育

形象、稚气，第一次听你把寝室说成"睡觉房"时，我们都乐得合不拢嘴。感觉"睡觉房"不是用来睡觉的，而是用来玩的，就和你常说的跳"蹦蹦床"差不了多少。生活里，你起了不少这样有趣的名字，摩托车的"转向灯"就被你叫成了"拐弯灯"，这个称谓我现在还在用。

宝贝，你还真把"睡觉房"当成玩具室了。"DU老师"（你时不时这样称呼你妈）在你们午休时，偷偷看过你一次，别的小朋友都乖乖睡了，只有你还踢腾着两只臭脚丫，用手使劲去够。还好，这回，你没有把脚丫子扳到嘴巴里，你四五个月的时候，吃脚可是你的拿手绝活。

偶尔经过你们教室，就听见老师在喊你的名字。宝贝，我知道你又光着脚在教室闲庭信步呢！你把教室当成咱家客厅了吧？好动的你，是不想让奇怪的鞋子束缚自己随心所欲的步伐的。

宝贝，当鞋子如同孙悟空的紧箍咒被你当成不能拿掉的道具时，你又大了一岁。第一次目送你独自上学，我站在街的一头，眼睛湿了。你的独立，让我心疼。

其实，爸爸很想天天拉着你绵乎乎的小手，陪你玩、送你上学、给你买好吃的。宝贝，爸爸很多次提着给你这个贪得无厌的小馋猫买的一大包一大包"香香"（你年轻时一直管零食叫"香香"），就会满足得不得了，爸爸骄傲！能为自己生命中的传奇心甘情愿地付出，谁能不骄傲？走着走着，竟飘飘然感觉自己活像一只骄傲的大公鸡，被宝贝黏着，好有成就！

宝贝，拉着你的手，在冬天途经一个卖烤红薯的摊点时，你发现那位卖红薯的老爷爷，正是在夏天卖猕猴桃的老爷爷。上回，老爷爷是提着装满猕猴桃的大篮子，蹲在一个小门店的台阶上卖，你轻轻给爸爸说："老爷爷好可怜，怎么没人买？"上回，你说了说，这回，你恳求爸爸买一块。

宝贝，知道吗？在街边偷偷摆摊的那些老人，都会让爸爸想到你未曾谋面的爷爷，生活的艰辛使我的爸爸显得很苍老。从我记事起，爸爸好像一直这么老，爸爸的头发很早就花白了，大概是为了遮掩，爸爸总留着光光头。生活，让爸爸即使刮风下雨也要上街卖吃食，卖不动的时候很多，害羞的我趴在离爸爸不远的柱子后，悄悄看爸爸做生意，多希望有人来买，好让爸爸早点回家。

宝贝，说完了爸爸的爸爸，接下来说说你的爸爸吧。爸爸也有小时候，爸爸曾经也和你一样年轻过。

秋天的田野，像美丽的画布，那些条条块块不一样的颜色，像爸爸书包里蜡笔的颜色。

稻田边，爸爸将爸爸的爸爸捡给我的小田螺分给了身边的小伙伴，分到最后，还差一个。看着他失望的样子，我说我再捡一个马上给他。于是，不由分说，趴在稻田边用小手去捞，小田螺藏得太深，我用力下去，整个人栽到了稻田里……后来，我什么都不知道了，醒来时，我已经躺在爸爸的车子上。

宝贝，爸爸和你很像。错了，是你和爸爸很像。同情、怕羞，是咱父女俩共同的标签。爸爸想到的，你也想到了，不过，你比爸爸至少还多了一个标签：漂亮。在你未出生之前，爸爸做梦都想你能是个女孩，健康、漂亮。你没辜负爸爸的期望，果真以一个女儿身静静地来到爸爸跟前。

听说刚出生的孩子很难看，我做好了充分的心理准备。正月十六，那个月明星稀的晚上，护士阿姨将小小的你抱给我，又是一个做梦都没想到的惊喜：我的宝贝太漂亮了！你美丽的大眼睛长时间盯着我看，好像在说："小样，还嫌我丑吗？我有那

你没辜负爸爸的期望，果真以一个女儿身静静地来到爸爸跟前。

么丑吗？"

宝贝，你是在所有人的赞扬声中长大的，大家都说你继承了爸爸妈妈的优点。的确，爸爸妈妈仅有的优点在你身上被无限放大。在你的陪衬下，本来就很丑的爸爸，越发的"惨不忍睹"。好在，在别人赞美你时，爸爸多少也沾边了。哈哈，近美者美啊！再说了，一个丑老爸，领着这么漂亮的女儿，就是一种莫大的荣耀！

宝贝，你7岁那年，爸爸受伤的手使你不再以为爸爸是永远的铜墙铁壁，爸爸也是需要帮助的人。

满地的鲜血吓得你从心底哭出来，你急忙从卫生间给爸爸拿来卫生纸，让爸爸将流血的手包起来，在爸爸忙着清理伤口时，你又拿来拖把，将地板上的血迹全部擦去，你是哭着、叫着"爸爸"做这些事的。

或许你以为，受伤的手被包起来，血被全部擦掉，爸爸的手就不疼了。在卫生所包扎伤口时，你又一次背过爸爸偷偷地去哭，你看见爸爸手上的伤口很深，以至于指甲都要被拔掉。从诊所回来的路上，你放心多了，也有了笑容，用手轻轻触摸着爸爸缠着绷带的手，问："爸爸，还疼吗？"我说："不疼了。"

宝贝，只要你笑了，爸爸就不疼了。

喜欢你笑，也喜欢你哭。

从你几个月大时哭喊着拽着爸爸的手不让爸爸上班，到上幼儿园时，同样哭喊着不愿离开我们。你的哭声，让我既难受又幸福。在这个世界上，有一个为你哭的人，你就不会孤单，你就是一个幸福的人。

宝贝，今天是你的农历生日，你说在2月8日这天你已经过了阳历生日，今天的生日就免了。本来答应给你买个小蛋糕，不巧的是，和你同年同月同日出生的ST，邀你到她家过生日了。傻丫头，给别人过生日，得送礼物给人家，爸爸知道你可是一贫如洗的。

在ST家的电脑上，爸爸第一次和你在QQ上聊天了，说了一些不着边际的话，就是没打出"生日快乐"四个字给你。现在，在你上网、写博客、打游戏的地方，爸爸祝你生日快乐！爸爸永远爱你！

听 海

在那样的小空间里，唱着老歌，节拍指挥着手和腿，酒和烟的效力，使嗓子干燥难受。大屏幕上的画面，穿越时空，把已经淡出视线的故事再一次叫醒。

悦耳的、跑偏的、歇斯底里的歌声，在我听来，都是一杯杯可口的咖啡，尝不出苦味道，只有淡淡的醇香。唱吧、跳吧，不论你是夸张的还是害羞的，不论你是孤独的听众，还是激情的歌者，不论你是货真价实、如假包换的，还是犹抱琵琶半遮面的，在这个舞台上，忘我，就对了。

角落的CC，大概是累了，在我们将目光移向TA时，CC不知什么时候睡着了，震耳欲聋的音响没能阻止TA的困意。小E将外套披在CC身上，怕TA感冒。待CC醒来时，说的第一句话是："睡在这里真踏实。"

夜半的凉气让走出户外的我们感到舒服，如沐春风。这个春节，还没有完全过去，气温一天一天回升，真正的春天来临了。

路边的建筑，霓虹闪烁，流光溢彩。街上已看不到人影，橱窗里的模特，坚守着自己的阵地，在每个白天和夜里，她们都以相同的姿势，迎来送往经过她们身边的人。夜里的模特，是不是会给孤单的夜行人一点安慰？

街边不知什么地方隐隐传来张惠妹的《听海》，那是F刚才唱过的歌曲：

> 写信告诉我，今夜你想要梦什么
> 梦里外的我是否都让你无从选择
> 我揪着一颗心整夜都闭不了眼睛

大屏幕上的画面，穿越时空，把已经淡出视线的故事再一次叫醒。

夜里的模特，是不是会给孤单的夜行人一点安慰？

为何你明明动了情却又不靠近

听，海哭的声音，叹息着谁又被伤了心却还不清醒

一定不是我至少我很冷静，可是泪水，就连泪水也都不相信

听，海哭的声音，这片海未免也太多情，悲戚到天明

写封信给我，就当最后约定，说你在离开我的时候是怎样
的心情

…………

打开卧室，灯未灭，妻已睡。

我大舅我二舅都是我舅

听《三枪》片尾曲"他大舅他二舅都是他舅，高桌子底

我和大舅家的孩子，小时候的玩伴

板凳都是木头"，我不由得想起两个舅舅。二舅身体还好，大舅已经病了好些年。初四回家看到大舅，气色比想象的要好，可自由行动却成了他永远的奢望。柜上方的墙上，挂着大舅的全家福，还有他的单人照片，大舅说那是他年前病重住院时拍的，以防万一。说到生老病死，大舅似乎很坦然，我们也只能用"大舅一定会好起来的"话来接住他的话茬。看到大舅，就能想起小时候在大舅家的林林总总，好吃的、好玩的在大舅家都能找到。现在，大舅都七十多了！

　　饭后，我和大舅家的孩子商量去小时候常去的河滩走走。印象中的河滩，靠近崖边有一口泉，清凉的泉水供人们洗衣、解渴，甚至灌溉。河滩中间，瓜果飘香，总能勾起我们肚子里的馋虫。顺着小路往下走，看到的已非从前，下滩的路多少还能找到童年的踪迹，其他的都销声匿迹了。

　　没有了可供回忆的场景，就任由双腿毫无目的地走下去吧。渭河上的芦苇、石子、飞鸟、大桥，从我的眼前一一进入眼底，那是心理意义上的久别重逢，也挺好。

我的唐朝我的城

　　车子驶离家门口的时候，我就有了方向，去唐朝。

　　每次出行，都是一闪念的灵感，没有准备，不去奢望。

　　上高速前的转弯处，视线里的高楼，莫名其妙地让我有了一点懵懂的暧昧，思想的弧线随着车身的移动，恣意飞越千里。谁，是我的唐朝新娘？

　　西安是我走过的最性感的城市，性感源于她曾经风生水起的唐朝故事，似乎用双臂围拢起来的黛色城墙，拥吻着激情。

　　一座城市的历史被蓝砖青瓦定格之后，出没于这个城池的人就会沦为他人眼中的才子佳人。自大唐款款而来的情愫，像条河流经这里的大街小巷。

　　古朴端庄的城墙，没有了萧萧马鸣、狼烟四起，城墙上悦

印象中的河滩，靠近崖边有一口泉，清凉的泉水供人们洗衣、解渴，甚至灌溉。

上高速前的转弯处，视线里的高楼，莫名其妙地让我有了一点懵懂的暧昧，思想的弧线随着车身的移动，恣意飞越千里。谁，是我的唐朝新娘？

一座城市的历史被蓝砖青瓦定格之后，出没于这个城池的人就会沦为他人眼中的才子佳人。自大唐款款而来的情愫，像条河，流经这里的大街小巷。

来西安，只要有时间，我就会在城墙上骑行

然驶过的一辆辆单车，断然就是爱情嘉年华。爱慕的底色打好了，在上面起舞弄清影，就是你的事情。

M说，她在梦中，坐在了王宝钏的寒窑前，与她情同姐妹，嘘寒问暖，继而色胆包天，又一头撞进白居易的《长恨歌》，觊觎李杨的缠绵。

日有所思，夜有所梦。这座爱之幻城，膨胀着柔软的私欲，一发不可收拾。

我说："我梦见了仓央嘉措与葛优，他们坐着冯导的马车，喝着大唐的眼泪频频碰杯呢，你们信吗？"

"信！是你，我们就信！"M坚定地回答，"你见，或者不见我，我就在那里，不悲不喜；你念，或者不念我，情就在那里，不来不去。非诚勿扰啊！"

车子行至半路，脑子听命于肚子，饿了，停车，吃红萝卜馅的菜夹馍，草草了事。

我是怎么吃都不长膘的人，别人减肥我增肥，药物增肥不敢，食物增肥无效，到头来只能是魔鬼身材的命。

丰润的唐朝美女暗示我：每个人都是上帝吃过的苹果，都是有缺陷的，有的人缺陷比较大，那是因为上帝喜爱他的芬芳。

可能我前世是个大肥仔，是上帝太宠我了，把我的肉肉都吃得差不多了，所以今生只配做"排长"（排骨的"排"）。呵呵，在我的唐朝、我的幻城，我"苗条"得理直气壮、气吞走远的故事，如果不经意间被留住的实物，触碰了你的神经，那么你一定是幸福的！如果你只是走马观花、心无旁骛，那么你一定是快乐的！

轮　回

在冬天，我看到了悄然盛开的迎春花；在春天，我看到了漫天飞舞的雪花。四季轮回，少了分水岭，多了些狼牙交错的谦让，你中有我，我中有你。

四季轮回，少了分水岭，多了些狼牙交错的谦让，你中有我，我中有你。

从学校大门进来去值班室，女儿似乎闯进了一个奇妙的童话世界，活蹦乱跳的仿佛一只小白兔。这里，女儿最熟悉不过，现在的欢愉，是因为寂静。白天的喧闹，被少有的安宁取代，谁都感觉新鲜。

夜幕将女儿的玩心五花大绑地锁起来，退回屋内，小白兔本色不改。

校园一隅的我们被黑夜活生生吞下，我们却在它的肚子里点灯熬油，自得其乐。女儿冰冷的小脚丫突然从床边偷袭过来，早早钻进暖被窝的我，用热乎的大脚板稳稳接住，酷似"足球射门秀"。

女儿看书，我看电视，倚在身旁的宝贝，安然的像乖乖猫。不一会儿，乖乖猫打起了盹儿，洋娃娃

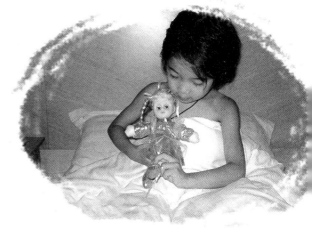

长睫毛的女儿。小时候，别人也这样描述过我

一样的长睫毛忽闪了几下之后，就老老实实地匍匐在眼皮下边，没有了动静。女儿甜甜入睡的样子，比任何一幅张贴画都漂亮。

小时候，那个陪着爸爸在夜里值班的我，想必也是在爸爸的注视下安然入睡的。

从父亲身边的孩子，到孩子身边的父亲，恍如一梦，我就站在了时光的节点上，经历了一个轮回。

爸爸是乡中学的职工，每年寒假都要值班，跟随爸爸值班，是桩乐事。陌生的环境，在孩子眼里满是诱惑。说到底，是玩心在作怪。

爸爸的学校后院有个仓库，破破烂烂的门窗被几根横七竖八的木条把守着，蜘蛛网在房檐晃晃悠悠。经过这里时，我就有了期待，从窗缝瞅进去，滚落在地上的满是跳绳、皮球、手榴弹（教具）……这一切吊足了我的胃口，乘爸爸不注意，我从窗格里爬进去，将它们抱在怀里，每一样都爱不释手，再将皮球抱出，在操场上一个人玩了个够。

爸爸不苟言笑，爱训人，我们父子在一起打闹嬉戏的场景几乎没有。晚上值班，我们也是早早就睡了。爸爸入睡的速度超快，大多熄灯没多久，就有了鼾声。半夜，学校的大铁门不知被什么人摇得哐啷哐啷响，好长一阵子。爸爸说是坏人在捣乱，我的心立刻揪到了嗓子眼，悄声告诉爸爸别开灯，然后捂住耳朵偷偷摸摸睡去，直到入梦。

和爸爸值班，白天欣喜，晚上害怕。夜间猫头鹰的叫声、孩子的哭声，常会被老人们说成要死人的信号。穿着白衣到处游荡的鬼魂，好像徘徊在窗外。农村流传着很多鬼故事，一到夜里，这些鬼故事就不由分说地出现在你脑海，挥之不去。爸爸没让这种恐惧稀释融化，他的严肃反而使我的惧夜症变本加厉。

冷漠的父子、热络的父女，两代人，不相同。站在父亲和女儿中间，我牵时光的手。灵光一现的时光片段，平衡着亲情的砝码。

父亲是我结婚两个月后离世的，一年后，女儿出生。红白喜事，在第一时间都被我们赶上了。一个生命逝去，一个新生命诞生，于我，就是轮回。

漫生活 慢教育

沐　浴

一

澡堂是一个放松的好去处，倾泻的水像溪流，裸露的身躯像岩石。在这里，空气被弥漫的水雾悄悄点燃，所有的人都被融化了。没有遮掩的身心活脱脱地进入了青山绿水间，开始尝到了春天的香味。

第一次这样在澡后懒懒地躺在床上，看不一样的人体在眼前晃来晃去，或臃肿，或干巴，原本被品牌衣服包裹的伤疤、疙瘩，大大方方，招摇过市，生命的原始状态所展现出来的纯净让人肃然起敬。

爱自己就得将附在身体上的污垢消灭得干干净净，爱自己也得将掩藏在身体下的灰尘轻轻拭去。

走出澡堂的时候，我会以心灵的裸体奔走在凡尘的角角落落。大冬天，依然感到温暖！

澡堂是一个放松的好去处，倾泻的水像溪流，裸露的身躯像岩石。

二

已经习惯在短暂的淋浴之后，躺在澡池外的床上长时间休息，这样的休息与其说是身体的放松，不如说是心灵的休整。

对面是一双直挺挺伸过来的发白的大脚丫，脚丫上方的嘴巴吞云吐雾，烟雾笼罩着他头顶的那块牌子"禁止吸烟"。右侧的一对父子用陕西普通话交流着洗澡的感受，六七岁的儿子跳着说着，不亦乐乎。

就这样有意无意地看，看得莫名其妙。早间在岔路口看见一对调皮的小狗，亲密地纠缠在一起，闹个没完。中午路过那个地方，那两只小狗在原地依然那样闹着，似乎就连打闹的动作都一模一样。

小狗的执着，让我想到了同样执着自己：每个周日以这样的习惯休整，已经成了我的固定动作，懒散、固执、单一，是这休整的全部内容。走出这间屋子，我会继续将这样的坚持发扬光大。一直以来，只喜欢一种风格、一种颜色、一个地方，甚至一个人……

雪 歌

老婆像雪地舞者

一出门，女儿就将石凳上的积雪用手收揽在一起，团成雪球，向我开打，我只有投降的份儿。

漫生活 慢教育

睁开眼，就听到老婆惊奇地尖叫："下雪了！"老婆的声带天生宽厚，声音沙哑，像田震，尖叫的分贝比别人低八度。这时候的发声效果，足以表明一个立场：今天，不同寻常！

假后，在温暖的小家，过着猪一般的生活，懒得思考、懒得出门、懒得吃饭、懒得梳洗，早晨起床都在8点以后，今天确实是超长发挥，老婆不叫才奇怪。站在窗边看白茫茫的屋顶，窃喜。我是受到了身边两个女性的渲染，一个是老婆，一个是女儿。老婆报信，女儿侦查，我呢？客随主便，踏雪去！

小孩的屁股上有三把火，大冬天，他们就可以穿着开裆裤肆无忌惮地坐在石头上，神情自若，谈笑风生。初生牛犊不怕虎，没见过小孩说冷。L说，寒冬他坐硬板凳都冷得牙碜。老人与小孩，不在一个档次，由此可见一斑。

一出门，女儿就将石凳上的积雪用手收揽在一起，团成雪球，向我开打，我只有投降的份儿。我也加入了看见雪就冷得牙碜的行列，L说的是真理。

门前不远，是个不大不小的公园，人迹罕至，白雪当家。雪之纯，园之静，情之萌。

想起那首校园民谣——

洁白的雪花飘满天

白雪覆盖着我的校园

洁白无垠的大地上

留下脚印一串串

有的深

有的浅

有的直

有的弯……

踏雪而行的年代，在脚下的雪地上又重现了，听得见叽叽喳喳的喧闹声、你追我赶的欢笑声，看不清是谁在跑、谁在笑……

"梅须逊雪三分白，雪却输梅一段香。"女儿从嘴巴里冒出前半句，我接的下句。雪激发了花骨朵般的女儿的灵感，活学活用，出口成章。我用一首咏雪的打油诗奖赏她："黄猫身上白，白猫身上肿。"

小桥上，一群不惧寒冷的人，拍着、说着，心花怒放，激情飞扬，是七八个学生，他们戴着耳麦，听着音乐。在我这里，却将他们的音乐偷梁换柱，耳边响起的是一首老歌，是周亮的《你那里下雪了吗》。

你那里下雪了吗

面对寒冷你怕不怕

可有炉火温暖你的手

可有微笑填满你的家

你那里下雪了吗

面对孤独你怕不怕

女儿是雪地里的小画家

披上红围巾，我也应个景

想不想听我说句贴心话

要不要我为你留下一片雪花

踏雪寻梅

已成我梦中的童话

花瓣纷飞

飘洒着我的长发

摘一朵留下我永远的牵挂

最寒冷的日子里伴我走天涯

很久以前，在电话两端，我们互报着对方的天气。很巧，大多一端是晴天，另一端是阴天。刚开始，我们把它当作一种奇迹、一种乐趣，习惯在电话里嘘寒问暖。时间久了，看着通完话、静静地躺在沙发上的手机，忽然觉得，和我交流的不是一个人而是异类，我全部的思想、全部的情感，只是说给了一部手机、一个机器。

最美新娘

正月十六，整条大街因为春天这场盛典的结束而变得分外安静，甚至有些落寞，尽管喜庆的灯笼依然高高挂起。但从热情不减的红灯笼里透出的分明只是回忆。春天到了，"年"卸妆了，我们又要重新开始，重新开始新的生活……

已经不是喜欢过年的年龄，不会再把年看成既凶猛又可爱的怪兽而默默等待它的出现。日复一日，酷热的夏天从额头淡然逝去，伴着秋叶和冬雪的继续，这才想起年快到了，竟隐隐有了一种期待。喜欢冬天苍凉的树黧黑的还有厚重的冬衣，没有谁会拒绝这个季节，更没有人能拒绝写在他们身上的浓浓的、暖暖的年味。这个时候年是最猖狂的，整个世界似乎得了失忆症，忘却了夏天的繁华。年，就是在这样的舞台上粉墨登

正月十六，整条大街因为春天这场盛典的结束而变得分外安静，甚至有些落寞，尽管喜庆的灯笼依然高高挂起。

场，从大年三十一直走到正月十五！

每年贴在门上的大红对联我都要精心呵护近365天，想必这是我的寄托罢了——一种乘胜追击的惯性，一种剪不断理还乱的惰性。在新年之前，才会重复"总把新桃换旧符"的诗句，中间的破损，也要小心翼翼、不辞劳苦地粘贴好。大年三十，那副饱经风霜、迎来送往我无数次的大红对联才会光荣下岗，和它一起下岗的似乎还有尘封一年的往事。奇怪的是，随着新年钟声的敲响，这往事都长了翅膀似的，争先恐后地飞舞在我眼前，继而会扇痛我的眼睛，不想再去触及那些往事。新年是带着诸多感慨和感恩的心降临人世的，美丽的烟花无疑是年里最美的新娘。

我在正月十五的寒夜用近乎冻僵的手拍摄下了"新娘"盛开的笑脸、爽朗的笑声……其实，我很想拍下美丽烟花下面正在看烟花的人，她们才是"最美新娘"。当然，她们挽着的肯定是她们的如意郎君、"最帅新郎"。

人流如织，人山人海，我只听得身边幸福的尖叫声，只看到相互依偎的幸福情侣。他们都是看烟花的人，那一刻，谁能说烟花不可多得的瞬间的美，不是他们一生值得挂念的风景？烟花过后，寂寞的夜空下，依旧是牵手的身影。我知道，每一个身影前面都会有一个温暖的家在等着他们。

很小很小的时候，村里谁家结婚娶媳妇，爱热闹的我们这些小屁孩，比过儿童节还高兴。大孩子们说，这是"耍新人"，从新娘子过门后的第一个傍晚，一直要持续近一周时间。大孩子们"耍新人"的花样很多。我们这些小毛毛兵，顶多就是一个"啦啦队"，簇拥着被人流包围的新娘子，大呼小叫，进进出出，像进了水帘洞。我命由我不由天，逍遥又自在。耍完新人回家，我就跟妈妈哼哼："给我娶一个像谁谁家的新娘子。"在我的小眼睛里，新娘子是最美的人。妈妈说："好好好！给我利娃娶。"我再三叮咛："就和谁谁家的新娘子一样，不许变！"

我长大了，结婚了。我的娘子不是我那时想要的模样，但

漫生活　慢教育

我们这些小毛毛兵，顶多就是一个"啦啦队"，簇拥着被人流包围的新娘子，大呼小叫，进进出出，像进了水帘洞。我命由我不由天，逍遥又自在。

她却是世界上最美的新娘。

生命的逻辑

父亲和母亲都是在我的怀里走的，很安详。猝不及防地迎接死亡，无可奈何地松开手中的生命线。本以为时间是最保险的财产，但其实它是最有心机的怪物，总以为来日方长，最后却站在和父母缘分的尽头无能为力。余华说："父母是我们和死神之间的一层垫子。"没有父母的孩子，只有裸奔。会想起从前的点点滴滴，会不自觉地眼里噙满水，会做假设：如果他们都在？

多年前，在医院陪父母。两年前，我也躺在了医院的病床上，而且住院的频率还挺高，一年一次，紧锣密鼓。我从小就特别害怕打针、怕进医院、怕医生，打针就像杀猪一样。直到现在还怕，是心理作用还是痛觉太敏感，说不清楚。每次体检抽血的时候，用指甲使劲掐住抽血部位的上方，同时把头埋过去，不敢看现场。目标转移法，掩耳盗铃法，两法并用。

而当医生告诉我需要做手术时，我倒非常镇定地说："好吧，听您的。"

挨不过去的时候，天大的事都会变得若有若无，举重若轻，这里没有回旋，只有逻辑。

想象中手术室是刀光剑影的地方，进手术室之前，我依然这么想，虽然做好了必要的心理准备，但还是紧张。

脱去衣服，平躺在手术台上，望着头顶的仪器，大脑一片空白，感觉自己是一只待宰的羔羊。想象中手术室还是冷若冰霜的地方，严肃的医生、冰冷的器具，就连空气也应该是凝固的、静止的。但很快，我这种想法被完全否定了。

耳边是她们的说笑，我甚至听到了她们赞美我的声音：身材太好了！皮肤也这么好！

一个病人没有被医生嫌弃、挑剔、指责，就很圆满了。

会想起从前的点点滴滴，会不自觉地眼里噙满水，会做假设：如果他们都在？

挨不过去的时候，天大的事都会变得若有若无，举重若轻，这里没有回旋，只有逻辑。

稀缺的赞美，让我诚惶诚恐。更重要的是，这样的谈笑，让我彻底放松下来，打麻药时针好像也不怎么痛，我也敢说话了："我的腿一点知觉都没有了，好像不是我的了。"医生说："不是你的腿就对了。"

我问："能睡觉吗?"

医生说："你想怎么睡就怎么睡。"

估计很快我就睡着了，不一会儿，我醒了，是医生叫醒的——结束了。

结束了，我还没感觉就结束了。

经历生死，经历手术，然后经历平淡，经历每一个能参与的春夏秋冬、风霜雨雪。活着，就是赚的。

■ 40岁的短章·我的QQ微博

——世上所有的相遇皆有因由，所以好好珍惜。

在我书柜最底层的小抽屉里，有一个小盒子，盒子里盛放的是少年、青年时代的文字脚本。时光，给这些文本镀上黄颜色。这种黄颜色，是"黄昏"的黄，也是"黄金"的黄。这些脚本大小不一，样式各异，从零散的单页纸张，到有"会议记录"字样的整本，再到扉页、插页有明星写真的日记本，它们的脸上写满风霜。

打开，翻阅，映入眼帘的是稚拙的字体，文笔下的人和事却属于"婴儿肥"。未曾长大的心与饱经沧桑的脸，相映成

在珠海的阳光里，沐浴我的40岁

趣。每篇文字下面，我会标注日期，现在看到这些数字，还能还原当时提笔的样子，就像刚刚发生。但算算时间，两头的年份相减，已经是相差了好多好多年。

我知道，这个小盒里的像金子一样珍贵的脚本，迟早会被遗弃。它们也只是我自己认为的"宝藏"。生命凋零，文字的灯迟早会灭。从前喜欢写长文，看到的、想到的，以饱满的姿态在纸页上纵横驰骋。现在，想说的都浓缩成了简单的句式，没有了"是"与"不是"的界限，只剩下概括、朦胧、抽象、意味无穷。

爱是苍穹·57行

很乐意让成片的树林做背景

1

很奇怪，是我打败了光阴，赢得了黎明。一个清晨接着一个清晨，鱼贯前行，像崭新的列车，穿过一个个山洞。西装笔挺，头发峥嵘，我，是永不会老的小顽童。向鲜丽的公交问好，向嫩绿的树叶致敬，在你我走过的路上，印下彩色的吻。就这样一直一直走不停，和你一起，走过一辈子的花样青春，不留一点灰尘。

就这样一直一直走不停，和你一起，走过一辈子的花样青春，不留一点灰尘。

2

老街不老，足以盛放年轻的歌谣。非洲鼓，异国风，喝下去的酒，还是老家的味道。总以为美丽的爱恋只在遥远的他乡，甚至于翻山越岭，云烟袅袅。不想，在熟悉的街角，偶遇，微笑。

漫生活　慢教育

3

那天，我很乖，笑着跟你说再见。一个月，只是一年的十二分之一，很快就到了终点。唇语，装满了一篮，我把这些当成了午餐，开始在樱花树下假装冬眠。我是个贪吃的孩子，一天，就吃完了全部的思念。街面，所有的人类都和我无关，拍下他们，是想主客易位，换你在我眼前，就这么简单。

4

我在床上，壁虎在墙上，虽无两情之悦，却也相安无妨，相伴到天亮。

5

摄山照水，是淡定者的情怀，镜头内外全是幸福。此次出行，没留一张影像，一路的目光交流。我，融化了整个天空。

6

黑白错位，马路流光，坐在年末的末段车厢，温暖地回味。交会的灯光如炬，在白天的夜里，静若安心。我们，相互点亮。

7

一年，很快，从夏天走到夏天。一个轮回之后，起点成了终点。夕阳下的石桥，很美；桥下的河滩，很宽。我们在这里漫步，像是天边从容的华年。小镇的樱花，在那个下午笑得甜，她忘了时光流转，一季繁华，一生绝恋。

8

小虫子在叫，是它们睡不着，还是夜在烧?

我是个贪吃的孩子，一天，就吃完了全部的思念。

行在海南

9

这一天没什么不同，云雾缭绕的山顶，只比往日多了迷蒙，草地上的牛群，不会在意天下没下雨、起没起风。火车来了，带着轰鸣，火车去了，寂静无声。说是闲云野鹤却是万里驰骋，这个时辰，最美的事情，就是合上伞，被雨淋。

10

在文字的边缘已经打坐很久，没有向水面投掷颗石子，看不到纹路，听不到水声。不是不想纪念，而是一直在紧紧攥着你的手，舍不得松开。

11

思念是一朵云，白的是明媚的忧伤，黑的是潮湿的惆怅，还有灰的，那是或大或小、或远或近的墙。山，托举了我的高度，穿透了云的衣裳。是谁，让整个天空富丽堂皇、落纸生香？

12

线段有两个端点，汽车拉出了长长的线，手机让两个点紧紧相连。我们，行走在天上人间，在路上，你很远。

13

做个农夫真好，起风的时候闭户，子夜起来开窗，把凉爽接进来，让安宁入梦乡。依然守着我的农场，看飞机起降，看车来车往，麦青麦黄，我在路中央。

漫生活　慢教育

14

草，你可真会开玩笑。去年，你眨巴着眼睛，盛开在墙角，那么乖巧。今年，你却独自跑出来，紧紧抱着妈妈的腰，这么淘！一年了，怎么就赶不跑？萋萋芳草，不喜欢你，不喜欢你趴在妈妈的坟上，明目张胆地闹。本可以悄悄地想，现在，是你明示了时光，算清了分秒，放纵了眼里的潮。铲掉，铲掉。

15

汽车，不咸不淡，渐行渐远。开始在心里点起一堆篝火，起舞，狂欢。火焰，一闪一闪，映红你的脸。这里是白天，天上却是繁星点点。爱你，早已成为一种习惯，不说再见。

16

你问我，永远是个什么概念，我笑了笑，转头望着云端。永远，是一幢老房子，一排旧栅栏，衣衫褴褛，锈迹斑斑。它比山高贵，比水浪漫。阅读你，等于阅读巧克力一般，丝滑的瞬间。指尖，偷偷划过时间的船，我是船长，你在水边，每一次靠岸，都是永恒的思念。

> 永远，是一幢老房子，一排旧栅栏，衣衫褴褛，锈迹斑斑。

17

城市渐醒，鸟在觅食，我吃早点。灰蒙蒙的天气，是夜里微留的暗。栖息，飞远，折返，留恋。巢边有一扇窗，你在窗台卷珠帘，不是雨天。

18

用脚丈量的大地，敦厚纯朴，不藏不掩。从街的一端到另一端，我看到了你的鹤发童颜、天真烂漫；你看到了

行在珠海

我眉间的痣，和在额头唱歌的春天。偶尔，还会想起风雪里的童话、隆冬里的诺言。天高云淡，季节不远，你，是我融化不了的云烟。

19

音乐是个不错的伴侣，一首接一首，像极了开火车的游戏。如果不慎被某一句歌词探知了秘密，必定会有一个孩子绊倒在地。勿忘心安，你在想念谁？

20

女鬼未出现，飞雪已蹁跹。一千年的树妖，五百米的浪漫。喜欢，喜欢，喜欢。

21

坐我身边，在变冷的春天，望雪花漫漫。十盏茶，一支烟，时间被拦腰折断。我们，如此贪婪，竟然说了二十年。

22

这是怎样的一条路，并未并肩，却又携手，头顶的一方晴空，是我们记忆的路灯。故乡，近了又远，远了又近，可不可以说，我是你的眼睛，在路上，谈笑风生，一起领略曾经走过的春夏秋冬。

23

给你一杯咖啡，让我们在阳光下追逐、起舞，直到炊烟起，倦鸟归。

24

推门，浮尘，印在上面的脚花，封存的流年。如果母亲还在，门是开的，院子是净的，炕是暖的。

25

那些刻在石头上的诗，那些漂在网络里的字，那些在字里踽踽独行的人，只因为一次擦肩时的回眸，这些字不再冰凉，继而灵魂附体，光芒万丈。经过字，就经过了温暖安逸的心。从此，没有远方。

26

可我还是要回去，走吧，顺着来时的路，盛大启航。还是要穿过那片油菜花海，还是要专注地看着前方，不会流连地张望。用我的千里跋涉，换你的千年守候，我已温暖成殇。

27

有一天，我也会成为这样的老人，发如雪、摄如魂。留不住的温情，就用镜头把它们凝固成标本。一生，似乎只是一个时辰，行色匆匆。照片，铺满了墙壁，影集也落满了灰，都是你的明眸皓齿，都是消不去的青春呓语。光影，抹平了千山万水，最后只剩下日升日落，朝霞余晖，如同我和你，伸手可及。

行在西塘

28

以散步的名义，漂在雨中。问候熄灭的路灯，打量淋湿的灯笼，它们都很幸运，不少一秒，不多一分，正好接住全部的雨吻。发上结成了珍珠，脸上也起了波纹，就这样从从容容，爱上雨中的城。

29

在楼顶，阳光雕刻出一个慵懒的思想者，二郎腿，眼迷离。他在做着四件事：晒暖暖，听秦腔，念某人，铸时光。

30

一不小心就踏进了三月，不适应妖艳的光，不习惯突兀的生长，春暖花开，是厚重的皮囊，乱了一季的清凉。使劲往回赶，一不小心就睡到了天亮，三颗秀逗糖，带你回原乡，侧目望，蜡梅吐芳香。

31

我该在这里栽一棵树，名曰记忆树，搜索从前，按揭过往。我在这棵树上的胡言乱语，注定会长成叶、开成花、结成果。某一天，我会把这些果子一个一个摘下来，串成冰糖葫芦，送给逝去的老光阴。

32

本该在地下颐养天年的器物，珠光宝气般登堂入室，重见天日。沉寂与喧嚣，淡然与浮华，偶然之间，乾坤大翻盘。看见，是一种传奇。淡忘，是一种定力。见与不见，我都在那里，不欢天喜地，不迎风而泣。

33

心有所愿，行而成立。把心放大、把世界变小的身体语言只有一个，那就是旅行。不苛求在一个陌生的地方带回偌大的收获，只要来过，即使是一张照片、一个话题、一段记忆，心灵就会安分。

34

与你畅聊了一下午，点了咖啡，要了柠檬，用抱枕抵御着过低的冷气。两个俗人在一起，没有斯文，不言文雅，说天道地，谈古论今，全是不着边际的话题。胡子拉碴的你末了笑着对我说："活着活着就老了。"桌上的半杯咖啡，在我们临走时还无奈地待在原地。事实胜于雄辩，你比咖啡重要。

35

生命，如果从彼此的眼里读出了信赖、欣赏甚至崇拜，请不要慌张，其实，那只是你喜欢上了镜子里的另一个自己，如同在清静的大海边自己给自己的一个深情的拥抱。

36

只有140个字的微博伴随自己已好几个月，它就像盒饭，是忙碌与喧嚣的衍生品，应急而已。我更愿意静下心抽出时间，从从容容地吃大餐。海鸥的新浪博客荒芜了两年多，偶尔进去浏览自己的经历，每次都感动得不可收拾。我想，我该去吃可口的大餐了，为了肠胃，为了感念。

37

在雪地里滑行，却找不到冬天的影子。是阳光太温柔，还是季节太健忘？滑土、滑梯、滑沙、滑草，人仰马翻，一年又一年。

38

青春是一场兵荒马乱的电影，穿行在熙熙攘攘的他们中间，感觉自己是站在行进的拖拉机上，用摄像机捕捉逆袭而来的惊艳，真是很好看的画面！

桌上的半杯咖啡，在我们临走时还无奈地待在原地。

39

车速与思想成反比，速度越快，意念越少。在路上，我们会变成头脑简单的人，车窗外迎面扑来的风光冲刷着眼里残存的温情，让你忘乎所以。

40

艺术的亘古绵长，八十五岁高龄的老人，当这两者在一间屋子同时现身的时候，忽然想落泪。留下的会留下，要走的终会走。只是在这一刻，老人和他的泥塑相安无事，百年不变的阳光，讲述着悲怆。再见，可敬的老艺术家，握你的手！

41

云被阳光洗得铮亮，车被风尘蒙得发灰。天地之间，总有一些物体，被旅人捡起，你留意也好，不留意也好，它们都曾

行在云南

经叫醒了你的目光。

42

你说他的心智不老，我说我亦算年轻。日子，在我们的文字里徒徒添加了文艺范儿。生活如戏，写戏，唱戏、伴奏、化妆，全是我们自己。

43

捧着书，喝着拿铁，懒散至极。二十四小时之前，却是握着方向盘，嚼着口香糖，十二分紧张。高速路上的物质，跌跌撞撞，拉长了时光；书吧里的精神，安安稳稳，静止了生长。

高速路上的物质，跌跌撞撞，拉长了时光；书吧里的精神，安安稳稳，静止了生长。

44

秋天到了，夏天走了，温度低了，广场冷清了。这个时候，会冷不丁地想起夏天，想起翩翩起舞、激情歌唱，想起咿咿呀呀、闲庭散步。一群人的狂欢，是酷夏最清凉的温度，比秋天舒服。

45

衣袂飘飘的白狐，存活在小时候读过的小册里。遥远的蒲松龄，发黄的《聊斋》，记录着至纯至真的人狐之恋。大银幕，挑动了一段情结，幻化如烟的狐仙，在固化着真爱永恒。每一个男人身边都有一位白狐一样的女子，为你哭，跟你闹，骂着你，想着你，少了若如初见，多了细水长流。

46

下雨了，有屋子罩着；天黑了，有圆月照着。今夕何夕，无处不中秋。

47

十年前亲手修饰的家，依旧晶莹剔透地躺在相册里。当年，我是用三只眼不放过装修中的任何一处小瑕疵。现在，我是用一只眼（睁一只闭一只）包容家里的"百孔千疮"。新与旧、美与丑，在悄悄地转换着角色。

48

灰色的小巷，怀旧的厂房，让人想起爱情。我从那里走出，与浪漫的青春结伴而行。过去都是青灰色的，缥缈的印迹又一次刷新了我的眼。爱情的主角不是我，深情张望那些灰色的建筑，却又分明看到了我自己。深秋的落叶拍打着我的额头，叫人回忆，却又无从想起。一个时代落荒而逃了，我，老了。

49

爱，是一箩筐的收成，有苹果有葡萄，有草莓有雪梨，有安慰有倾听，有依靠有回声。这些，合在一起，就是不堪一击的感动。留下的，即永恒。

50

来到你的地方，看到了盛放你灵魂的盘子，呼吸到了这里的空气，接收到了这里的山水和阳光。从此，你的地方不再是一个名称，你不再是一个飘摇的印象。我呼吸到的空气有你那里的味道，我看到的地方有你那里的情状。

从此，你的地方不再是一个名称，你不再是一个飘摇的印象。

51

带我去你的家乡走走吧，看看你家的门，看看你上学的路口。就把它当成一个任务，并且，越早越好。我怕哪一天，我没有了这个想法，我不再喜欢你，你不再回应我。

52

从前，街道很热闹，你在熙熙攘攘的人流里游走，我在岸边千百度。众生稀释了欲望，想你，若隐若现，慌慌张张。如

漫生活 慢教育

今，空气中了毒，世界戴上了口罩。白天，像黑夜一样静，无车，无人，无声响。小屋，变成了大乾坤。你，无处躲藏。我的心路很直，我的目光很亮。这里，到处是你归来的芬芳。

53

我是海，你看不见我的眼泪，因为我本来就是水。我是海，你看不见我对你的责备，因为宽容是我一辈子的积蓄，我怎么忍心，去冷落曾给我生命的小溪。我是海，风平浪静的时候，再请你到海边来晒晒日光浴，就让海风为你拂去岁月的尘灰。我是海，浊浪滔天的时候，也请你别给我莫须有之罪，因为胸怀海阔天空的万千活力，我必冷酷到底。

54

一直都没有说，说你给了我很多。一直都没有做，做一只灯下的信鸽，连接你我。你喜欢雨夜的星河，无声无息，闪闪烁烁。我也依恋平静的湖泊，而非冬天的花朵。你也默默，我也默默，相信牵挂会是一种迷人的错。你也会说，我也会说，轻轻地我走了，正如我轻轻地来过。

55

麦子黄了，我们的节日也到了。夏天的第一声吟唱，来自我们期待的这一天。那时，我们是花，盛开在成长的路边。那天，我讲了很多自己童年的故事，第一次上学的尴尬、被河水吞没的小伙伴。那天，我讲了很多自己童年的游戏，玩泥巴、打鳖……直到口干舌燥。

行在香格里拉

56

有些话我不想写出来，但想说出来；有些话我不想说出来，但想写出来。想说出来的是快乐，想写出来的是悲哀。

57

零时零分零秒，你在玻璃墙的那边，我在玻璃墙的这边。时光走远了，转个圈，我们重新面对面。我们是拿着烛火捉迷藏的人，幕布是这个情境里的河山。落幕，启幕，循着亮，应着声，再见！在见！

落幕，启幕，循着亮，应着声，再见！在见！

漫生活　慢教育

第三辑

我仰望的世界 03

你变了，世界就变了。

听与看的交响

　　我是一个长不大的人，尽管华发上头、皱纹上脸。正如宫崎骏所言："岁月永远年轻，我们慢慢老去，你会发现，童心未泯，是一件值得骄傲的事情。"我在想象我的80岁、100岁，岁月埋葬的将是我陨落的躯壳，还有永远青春的不甘的心。还好，我一直和可爱的小豆豆们在一起，他们的美好童年，我的满眼青葱。

■ 45岁的事·我的教育情思

——时间的尽头，一切物理特性失去意义。

女儿在宿舍拍的我们仨

2018，是我教育生涯的拐点，我在期望、追寻里甄别。西安，这座美丽的城市成为我们一家三口的聚合地。在某时某刻，我们在同一个地点，三个人，去往三个不同的方向。背影，是我们彼此坚定的告白：仰望世界，不惧风雨。喜欢村上春树的一句话：不必纠结当下，也不必太担忧未来，人生没有无用的经历，所以我们一直走，天一定会亮。

时间轨迹

> 一个高贵的教育者，
> 从来不是疲于奔命的机器人，
> 而是有童心大爱、浪漫情怀和学术仰望的人，
> 你的心灵是彩色的，你的学生才可能五彩缤纷。

生活即教育

女儿小时候有一个网名——"麻辣公主"，取其名是因为她爱吃麻辣食品。周日，我带她去一个小店吃麻辣串。我喜欢看女儿吃饭的样子，专注、贪婪，所有的爸爸都是这样的吧。吃饭当中，传来前台吵闹的声音，寻声望去，是店老板和老板娘在吵架。细听缘由，大概是老板娘漏收了一个顾客的两瓶啤酒钱。

老板不依不饶："你怎么能少收呢？"

老板娘："那两瓶啤酒是你拿过去的，我不知道。"

老板："是我拿过去的，但你结账的时候为啥不问问我？"

老板娘："你不说，我怎么知道？"

老板："这还用我给你说！"

…………

我的麻辣公主

店主人争吵声越来越大，他们已经忘了顾客的存在。继而，听到女主人嘤嘤的哭声，男主人仍没有偃旗息鼓，继续一浪高过一浪地声讨。

女儿可以跟我比个头了

我们没有兴致再吃下去了，草草吃了几口，准备撤离。

这个时候，女儿转身翻弄放在身后的背包，然后站起身，要离开座位。

我问她要干吗，她摇摇头，没回答我。

女儿径直走向前台，在女主人跟前停住，从口袋里掏出几粒巧克力，放在她的手里。

巧克力是我今天在超市给女儿买的，之前，还没打开包装。

女主人先是怔怔地看了看女儿，又看了看手中的糖果，她停止了哭声。她俩悄悄说了什么。女儿轻轻拍了拍女主人的肩头。

在离开这家小店的时候，女儿回过头向女主人招了招手。女儿看起来很开心。

我问她和女主人说了什么。

女儿说她给女主人说了五个字："乖，不哭了啊！"

女主人回应她说："你像我的女儿。"

> 一场硝烟弥漫的战火，不经意间被扑灭了。解决的方式很萌宠，忽然感觉女儿很伟大。

一场硝烟弥漫的战火，不经意间被扑灭了。解决的方式很萌宠，忽然感觉女儿很伟大。

女儿的性格很内敛，像我。从遗传学来分析，孩子眼睛像妈妈，睫毛像爸爸；鼻子像妈妈，皮肤像爸爸；智力像妈妈，性格像爸爸。这些特征，在我们家是完全吻合的。

在这次与我们似乎毫不相干的故事中，女儿的表现超出我的想象。这已经超出了性格的范畴，而是一种潜在的素养，细腻、温婉、坦然、勇敢。

女儿问过我："爸爸，你的性子急躁不？"我说是的。

女儿说："我的性子也急躁，咱们都得改！"我说是的。

结果是，当我出现急躁的端倪时，都是女儿在提醒我，而女儿很少有急躁的时候。

我的父亲母亲、我、我的女儿，一家三代，在完成教育出口的交接，或剔除，或继承，或优化。而最终，我们要找到教

漫生活 慢教育

育的终极，那就是做最好的自己。

爱的日记

一次学校周例会，校长在会前向全体教师展示了我给学生布置的家庭作业。这本非同寻常的作业，在二十年之后依然闪现着无尽的光芒。这本家庭作业的名字叫"数学日记"。

1995年，应该是一个久远的年代。在社会人的眼里，我是老师。在父母的眼里，我也只不过是多了一个身份，学着前辈的样子，学教书。年轻气盛，工作有热情但缺少方法，在近乎打压式的教学方式下，我所带班级的数学成绩一路领先，但遭到了学生的抵触。苦恼、纠结，让我夜不能寐。

"双赢！我要双赢！"

我非常清楚，只有赢得分数的同时赢得学生，才是一个好老师。

交心，以心暖心，打通横在师生之间的壁垒，是赢得学生的第一步。怎样打通？用什么打通？在语文早读的课堂上我突然找到了灵感。我看到了摞在小组长桌子上的学生日记，忽然想起了学生说起过的歌谣：

"我的日记我来记，日记里边有秘密，谁想偷看我日记，必须经过我同意。"

日记是秘密的容纳箱，把秘密通过日记这种载体羞答答地呈现给老师，并无声地转达，有化干戈为玉帛的神奇功效。想想自己小时候，也是通过这种曲线救国的方式和老师沟通的。

想到这里，我心中一喜："有了！数学学科也写日记。但语数都写日记，组长收日记的时候不好区分，怎么办？"

"干脆就叫'数学日记'。"我一拍脑门，"数学日记"四个字脱口而出。

好一个"数学日记"！在那个信息闭塞的年代，不经意的一个词语，却成了日后新课程改革的一个时尚元素，被国内教

交心，以心暖心，打通横在师生之间的壁垒，是赢得学生的第一步。

好一个"数学日记"！在那个信息闭塞的年代，不经意的一个词语，却成了日后新课程改革的一个时尚元素，被国内教育界同行大面积采用。

育界同行大面积采用。虽然未能考证我是不是命名"数学日记"的第一人，但这种求新求异、挑战完美的教学勇气，可圈可点。

"数学日记"，有始无终，伴随我的数学课堂整整二十年。

"师傅，你也是个长不大的孩子！我们喜欢你！"

"师傅，今天作业有点多，你不爱我们了吗？我们可是你的亲徒弟。"

"下雪了！下课铃声一响，我们就像疯了一样跑出了教室，拥抱雪花……"

"数学太好玩了，写下我的奇思妙想，考考咱师傅！"

我和我的学生

"师傅""徒弟"的称呼是我和学生之间的一种约定俗成。热络、亲和、幽默、友善，"数学日记"，给了我和学生最温暖的能量。

小玲是我的第一届学生，现在她和我成了同事。在新学校的第一次见面，小玲第一声喊出的还是"师傅"这样的称呼。二十年过去了，她对自己的"数学日记"里的"桥段"还是滔滔不绝。

"在给我们教检验的时候说'要相信手，不要相信眼睛'。

"还有，我们课堂出错了，你不但不生气，反而很兴奋。

"知道师傅为什么兴奋吗？错误是课堂的夜明珠，时不时用这颗夜明珠照照，课堂才会柳暗花明。"

小玲说，她当了老师才深刻理解了我的初衷，错误是一种有效资源，容错、试错、纠错、将错就错，是教育者的大智慧。

在小玲的一次讲述中，她这样说："赵老师的课堂是绿色的，这源于他'教学即艺术'的理念与'平和、包容、赏识'

漫生活　慢教育

的心态；他的课堂是幽默的，生活之趣，课堂之味，一张一弛，文武之道，使他的课堂明亮而灵动。读书造就了他善于思考的品质，也因此塑造了他独特的个人魅力：既有数学教师的缜密、严谨，又有语文教师的浪漫才情。"

无意间，小玲还透给我一个小秘密："师傅，日记里我们都叫'师傅'，但私底下我们对你还有一个称呼？你知道吗？"

"什么称呼？"

"你得先答应我，不许生气。"

我笑笑说："说吧，不生气。"

"我们私底下都叫你'巧克力'！"

其实，这个称呼我很早很早就听到了。第一次听到学生叫我"巧克力"，我的心里是不悦的，给老师起外号，是不礼貌的表现。但后来，我想通了，学生给老师起外号是很普遍的事情，学生喜欢看到的、听到的都是夸张的卡通形象或姓名。赵科利——巧克力，读音惊人的相似。能把赵科利读成"巧克力"，不需要点化引导，几乎是一触即发，不得不佩服他们的想象力。再说，"巧克力"也不是什么难听的名字，那是浪漫和爱的代名词。

尽管已经默认了这个代名词，但我不声张、不捅破，我把这份秘密一直压在心底。我知道，人是要有隐私的，给学生留一点空间，等于是给教育留足尊严、留足面子。

> 人是要有隐私的，给学生留一点空间，等于是给教育留足尊严、留足面子。

成长接力

2015年10月28日，以我命名的"陕西省赵科利名师工作室"启动仪式在陈仓区实验小学阶梯教室举行。这场别具一格的仪式主题是"成长接力·榜样力量"。

我以工作室主持人的身份从专家手里接过了工作室的牌匾，6位优秀的教学能手、工作站主持人接过由我颁发的"导师

工作室一角

杯"，18位青年教师又从新聘的导师手里接过期望满满的"成长笺"，"成长接力"一脉相承。

18名青年教师在导师的带领下，依次走过红地毯，穿过由6名学生组成的"成长之门"，在签名墙上郑重地写下了自己的名字，也写下了成长的期许和承诺。

我始终有这样的认知：能把仪式做好的人，是纯真的，是认真的，他的工作必然也是较真的。仪式感，带给青年教师的是一种使命和责任。

2014年12月，我被省教育厅、人社厅评选为陕西省首批教学名师工作室主持人。工作室的成立，为我的课改之路注入了无尽的力量。

来过我工作室的人，不约而同会有这样的感受：休闲、时尚、温暖。我说，这是一种心理暗示，又渗透着"工作即生活"的理念。在我的工作室，有这样一些人，一直给我勇气，苏霍姆林斯基、于漪、吴正宪……他们是我前行的榜样和力量。

能把仪式做好的人，是纯真的，是认真的，他的工作必然也是较真的。仪式感，带给青年教师的是一种使命和责任。

漫生活　慢教育

工作室照片墙的左侧是教育大家，右侧是宝鸡市小学数学学科的陕西省优秀教学能手。践行墙是成长中的80后的专属区，这里有他们"我在这里"的成长足迹。最能引起青年教师注目的，是我历年来参加省级教学能手评委工作带回来的资料，这是为了让青年教师零距离闻到大赛的气息。有青年教师这样说："走进工作室，就感觉自己离省级教学能手不远了。"

我将工作室的成员称作"导师"，对以他们为榜样、渴望成长的青年教师而言，"导师"名正言顺。我为他们每人制作了一个"水晶杯"，杯身雕刻了导师的姓名。

"爱不释手"是工作室成员对"导师杯"的评价，这种评价包含三层意思：一是晶莹剔透，很精美；二是雕刻的是自己的名字，很耐看；三是玻璃易碎，得用心。

工作室的组成可以说是"豪华阵容"，6名成员来自金台、

参加大赛前的省级教学能手们

渭滨、陈仓、高新、千阳四区一县，都有自己的工作站或工作坊。道相同，可以谋。成员都是从大赛的现场走过来的，又以评委的角色见证了相互成长的历程，因道结缘，彼此仰望，素心前行。友谊，让这个团队不仅走得快，更能走得远。

我从来没有认为我就是"名师"，我也仅仅是一个教学的实践者和研究者而已，但"名师"却是我努力的方向。我明白：名师之名，在于它的细节；名师之名，在于一份坚守。这是潜心耕耘杏坛结出的一份口碑、一身能力、一种情操。名师，是用背后的汗水与智慧"垒砌"起来的，他们"有根、有形、有魂"。名师的高度，看似拔地而起，实则积沙成塔。

永远怀着好学和慈悲的心做老师，既仰望星空，又脚踏实地，做课改最坚定的推行者、实践者和课改舞台上最美的舞者！

我和我的团队就想成为这样的一群人：永远怀着好学和慈悲的心做老师，既仰望星空，又脚踏实地，做课改最坚定的推行者、实践者和课改舞台上最美的舞者！

行走的思辨

2017年，我的工作坊被评为陕西省示范工作坊。工作坊或工作室，是要"工作"的，什么样的工作才是工作坊、工作室的"工作"？我想，这个工作一定是"知、情、意、行"的统一，一定是"价值感、尊严感、成就感、幸福感"的唤醒。

我们的视野之下包括写作、网站、外研和悦读。

我们工作室有一本专刊——《凤凰月刊》，自己创作，自己编辑。《凤凰月刊》涵盖28个标签，每一个标签后面都力求有一个柔软向上的故事。成员的原创《弦歌集》《系列绘本》等，则印证了教师思考的习惯。

工作室同期开设网站，栏目设置与专刊大同小异。网站点击量累计已逾17万。

工作室成员21人次分别赴洛阳、南京、苏州、上海、西安、香港、加拿大等地参加"名师之路""千课万人"等专题研讨会。与吴正宪、华应龙等数学大家的零距离接触，是他们无上的光荣。工作室先后赴咸阳、榆林、上海、甘肃、内蒙古、宝鸡各区县等17地参加了交流活动，上课节次83节，微讲座42场，报告25场。近两年，工作室有10名成员先后被评为陕西省教学能手，其中1人为优秀。

我在给工作室成员的赠书中写过这么一句话："爱孩子的最短路径，就是给孩子好课堂。"我的耳边此时同时响起两个人的声音，一位是清华附小窦桂梅校长，她说："上好课，是教师最大的师德。"另一位是成都武侯实验中学李镇西校长，他说："试想一个上课一塌糊涂、成绩惨不忍睹的老师，还有什么资格说爱学生？"

课堂主体，学生立场。永远记得自己曾经是学生。我们重点解决两个问题：一是课堂教学，二是跟踪研修。课堂教学则是校本研修的冰山一角。

我们的共识是：课即案例、课即话题、课即教学、课即起点。

如果说课堂是工作室最美的遇见，那么课题研究则是课堂行走的风。"致力思，致力行"，才有风调雨顺的好课堂。

工作室课题《小学数学"牧场式"教学的实践与研究》，取得了阶段性成果。成果之一是开发了"牧场式"教学思维导图，有理论奠基，有操作路径；成果之二是改变了课堂结构；成果之三是创新了课案结构；成果之四是提升了数学内功。

课题组实施"自留地"式耕作，实验以"111"的方式进行，即一周一次专题会、一月一次关门会诊课、两月一次展示课，以此积累和丰富课堂教学案例。

"你无趣，是因为你缺乏仪式感。"仪式感渗透在校本研修的方方面面，我们眼里的仪式感是：有意义、有意思、能走心，不忘初心，一心一意。比如教材研备，我们的思考是：在哪里研？是在办公室还是在教室？环境对研备有没有暗示作用？几时几分开始研？研备什么？是研课案、研课本、研课标还是研学生？怎么研？是事先安排好1名主讲人还是现场抽签，谁中彩谁主讲？抽签主讲的幕后用意是什么？组内的研备能否

我们的共识是：课即案例、课即话题、课即教学、课即起点。

"致力思，致力行"，才有风调雨顺的好课堂。

沉浸在教育家的光芒里

分享给全员？怎么分享？等等。

我们知道，方法的欠缺，其实就是道理的欠缺。思考并落实了这些问题，研备才算得上有仪式感，也必然是有意义、有意思。

无论是工作站、工作坊、工作室或者教研组、备课组，其实就是引领和服务，我们引领的是一种情怀、一种技术、一种品性，服务的是一群天使般烂漫的生命！

我想到了三种动物：鹰、狼和羊。用鹰的视野探路，用狼的倔强创新，用羊的平和接纳。

2017年，我被评为"陈仓名师"。在颁奖词里，我这样自描自画：教育最怕三个字，一是钝，二是躁，三是浅。他像舞者，在这三角形的界面，开垦、播种，不畏流年。

井底之蛙的满足，会让人"一叶障目，不见森林"。我们应该有视野、有远方，能一览众山小。所以，我想成为一只鹰。外出学习和培训是教师最大的福利，在那里可以遇见教育最美的风景。既仰望星空，又脚踏实地。这里的脚踏实地，我们的理解是"学以致用""活学活用"。我们不想让培训变成"无花果"，既来之，则得之，哪怕是一根羽毛，我们也得让它成为自己身上美丽的羽翼。

电影《战狼》让我们看到了一种血性、果敢和胆识，一只狼引领的一群羊可以打败一只羊引领的一群狼。所以，我们想成为狼，能引领的狼。

关于课改，关于研修，我们不人云亦云，我们自己说服自己、完善自己。这个过程，就是校本研修。我们所有为课堂聚焦的研修方式，都是为课堂点起了一盏心灯，这盏灯的可贵之处在于，它是我们的团队亲手点亮的。

我工作室的理念是"懂生活、懂教育、爱生活、爱教育"，我们的教育，我们的生活，应该有"轻装上阵"的从

外出学习和培训是教师最大的福利，在那里可以遇见教育最美的风景。

漫生活

慢教育

容、"轻歌曼舞"的美好。教育的红舞鞋下有旋舞的生命，要让学生快乐期许着未知路上的每一段行程。为此，我想到了喜羊羊，绵软温顺，温文尔雅。我们应当不急功近利，不揠苗助长，永远怀着好学和慈悲的心做老师，虚怀若谷，谦卑地低下头，深深地扎下根。

无论是冰面上的课堂教学，还是冰面下的校本研修，最终，我们都要走近这样的目标：成为一个学生喜欢的老师，成为一个在终身学习中自主发展的老师，成为一个用头脑、双手和心灵从教的老师，成为一个"百度不知道"的老师。

2016年11月，在西安的社会主义学院，97位陕西省中小学幼儿园名师工作室主持人和22位小学幼儿园组的"至亲"相聚一堂，使我邂逅了一群敬业、深邃、可爱、温暖的教育家，教育如此美好！与你们同路同心同行，相同的心灵尺码，让我们一经相遇，不忍分离！4日的午后，我们陆续离开，落寞的电视塔见证了我们的匆匆而来、匆匆而散。再见，24日上海见！

"再见不是最痛苦的，最痛苦的是再见时我没有任何的进步。"

期待再见，我又拿什么再见你们？一次培训能让我们百分百地感动、激动、回味，但人生的轨迹能因此有多大的转变？让心灵冷却后剩下的才是我们真正得到的。

任何培训、研修，都是让我们的教育人生变贵的过程。贵，就是让自己的人生变得更美好，和学生在一起，我们都会变得更美好。

> "再见不是最痛苦的，最痛苦的是再见时我没有任何的进步。"

牧场式教学

我对牧场有一种特别的情结，我总感觉那里很美。2014年，我第一次将"牧场"和教学连接在一起。三年后，我在北师大向教授请教，桑教授提出了不同意见。他说，牧场有什么好？那里全是牛粪。桑教授是青海人，他眼里的牧场和我认牧场式教学是一种动态体验式教学和原生态教学，体现的是自由选择、自主探索、自行吸收和积累，更是一种自我管理、自我成长。

知的牧场存在偏差。一个写实版，一个浪漫版。我界定了我的"牧场"。

牧场式教学是一种动态体验式教学和原生态教学，体现的是自由选择、自主探索、自行吸收和积累，更是一种自我管理、自我成长。学生在行走中，体验、认知、明理和发展。

如果把课堂比喻成牧场，学生就是真正的主体，教师则是"放牧者"，负责把学生引领到营养丰富的"牧场"，并做适时的点化指导，要想尽办法使课堂"水草丰美"。

牧场式教学形在"场"，实在"牧"。"场"即行为体验的生态场、开放式对话的生活场和反思性表达的生成场。"牧"即课情"晴雨表"，具体体现在两个方面：一是教师合适的陪伴，二是学生成功的体验。

怎么才是合适的陪伴？有三个指标，即看得见的规则、看得见的和解及看得见的效率。牧场式教学是相对自由的教学系统，是将教学限定在可控范围，学生在可控范围内"觅食"，集放、导、创、主、收为一体。牧场式教学应该是师生之间情感交流、思想沟通和生命融合的过程，两者都以活动主体的身份共同步入教学领域，在那里双方精神相遇，在经验共享中创生教学的意义，提升生命的价值，享受诗意的人生。

怎么才是学生成功的体验？简言之，就是学生的"三自"，即自告奋勇、自知之明和自得其乐。这种学生成功体验的背后，是牧场式教学的新"三本"观，即用"以人为本"替代"以知识为本"，用"以生为本"替代"以师为本"，用"以学为本"替代"以教为本"。新"三本"是牧场式教学建设的三个"触发点"。

牧场式教学的课堂学科本位是"理性思维，诗意表达"。"理性思维，诗意表达"似乎是两条永不相交的平行线，但正是这两条平行线，可以使课堂更具张力。"以理科的思维教语文，会让语文思维更清晰；以文学的语言讲数学，会让数学思维更形象"就是这个道理。

毫无疑问，学生的数学理性能力是在数学学习过程中自然孕育和生成的。数学课应该充分体现、表达数学特点和数学思想，并让学生在数学的光芒照耀下，形成与之适应的学习风格、思维特点。

　　数学课堂，是学生和教师理性思维的训练场，也是学生和教师生活的"诗意"栖居地。我们的每一堂课都应当有诗一般精巧融汇的教学设计，诗一般一咏三叹的起承回环，诗一般情真意切的致美语言……一堂好课，本身就是一首诗，是教学的诗意灵动，是诗意灵动的教学。

　　任何事物都是形式与内容的辩证统一。如果说"诗意表达"是教学形式的基本要求，那么，"理性思维"则是教学内涵的本质要求。"理性思维"贯穿于"诗意表达"之中，并通过"诗意表达"来表现，"理性思维"与"诗意表达"是水乳交融、密不可分的。

数学课应该充分体现、表达数学特点和数学思想，并让学生在数学的光芒照耀下，形成与之适应的学习风格、思维特点。

"好课堂"好在哪里

　　2015年6月，在某地评课，一天九节课，上午四节，下午五节。按理说像这样高级别的比赛，应该是好戏连台、精彩纷呈，但现实是期望未出现，瞌睡来捣乱。让人打瞌睡的课堂，肯定不是好课堂。工作密度大、天气热这些因素都不足以左右听者的专注度、持久力。反之，好课堂可以绝地反击，可以赶跑瞌睡、振奋精神。今天一天听了十节课，多位青年教师的课堂可圈可点。

颜　值

　　03号老师的颜值无疑是所有参赛选手中最高的。我留意03号老师是从她脱稿说课的那一刻开始的。在别人都是照本宣科程式化的机械运动中，她脱稿了，自然流畅，清新脱俗。这种表达，不是有口无心地背，而是用心讲述，用眼神交流。心中有，口中优，眼睛这面窗户才会清澈见底。两米的距离，我们近距离看到了她的"修饰"：睫毛翘翘，眉毛弯弯。精心打磨的痕迹，传递给我们的信息是尊重，这种尊重包括对大赛的重视和对课堂的敬畏。

教师本身就是一本活教材。我反对浓妆艳抹，同样反对素颜朝天，登堂入室之前，把自己的这本"教材"先处理好，这是好课堂的一号指标。教育就是一堆细节，外在的精心雕琢，影射的是内在的潜心修炼。一位不修边幅、举止随便的师者，他的课也好不到哪里去。说课之后的30分钟课堂教学，03号老师继续舞动雕琢的魔棒，设疑、倾听、追问、激辩。一节看似平淡无奇的数学课，在她手里就是一部跌宕起伏的悬疑片，丝丝入扣、出神入化。从这个意义上说，颜值不仅是指光鲜的外表、得体的装扮、通畅的表述，还有课堂的不拘一格、玲珑剔透。颜值，已经超脱了简单的粉黛，它是内敛的素颜在常温下的爆表，是长期修炼而终成正果的水到渠成。

教师本身就是一本活教材。我反对浓妆艳抹，同样反对素颜朝天，登堂入室之前，把自己的这本"教材"先处理好，这是好课堂的一号指标。

从这个意义上说，颜值不仅是指光鲜的外表、得体的装扮、通畅的表述，还有课堂的不拘一格、玲珑剔透。

可 爱

"可爱"是个性化的词汇，它似乎是纯天然的，可遇不可求。胖乎乎的05号老师，把她的课堂经营得和她本人一样，萌萌哒。在成人眼里，"可爱"大多和"稚拙"联系在一起，憨憨的、好玩，但不实用。但在孩子眼里，"可爱"是同他们平等交流的"官方语言"。"可爱"的学生，"可爱"的老师，门当户对。05号老师用她卡通的手势、学生的口吻，将正襟危坐的课堂魔术般地变成了知识的游乐场。心灵一旦对接，火花四射是必需的。课后，学生围拢着05号老师，说长道短，眉飞色舞。"亦师亦友"才是真正的"师道尊严"。05号老师的"可爱"，赢得了学生的"芳心"。因为一节课而喜欢一位老师，因为喜欢一位老师而喜欢这门课，这种连锁反应，你懂的。

"可爱"，还有一个角色定位，就是它对应的似乎只是孩子和女人，如果一位男教师也和05号老师一样用紧皱的眉头

漫生活
慢教育

表达思考、用嘟起的嘴巴表达质疑、用撒娇的肢体表达否定，那将是课堂的灾难。"可爱"有形，形在于心。成都武侯实验中学的李镇西校长，就是一位"可爱"的校长。我看过他的一张照片：校园，秋天的树林，满地金黄，李老师和孩子们一起抓起脚下的树叶，跳跃着抛向空中，树叶飞舞，他们飞翔。李老师的孩子气可见一斑，和学生能想到一起、说到一起、玩到一起、笑到一起的人，是可爱的。纯天然的"可爱"是出水芙蓉，为学生的"可爱"是怒放的玫瑰，十里飘香。

可爱就是孩子气。你把自己当学生，学生把你当知音；你把学生当成人，学生则把你当巫师。师生关系就这么简单。只做寒暄，只赏芳草，既为人师，你就是学生，可爱一回又何妨？

可爱就是孩子气。你把自己当学生，学生把你当知音；你把学生当成人，学生则把你当巫师。

磁　性

语言不是磁铁，但可以吸东西。一开课，08号老师就展现了他语言的"磁性"。音量、速度、节奏，像痒痒挠，舒服。而他语言的组织、修辞、句式的变换更像是给课堂注了一剂强心针。语言，是课堂的抚摸，学生能否入境，靠的是老师的功力。一个人的语言素养，说到底是一个人的人文素养。讲人如见其人，讲事如临其境，讲物栩栩如生，讲景历历在目，披文入情，引经据典，滔滔不绝的背后，是厚重的积淀。这在他课前的答辩环节得到了印证。

语言不是"磁铁"，但可以吸东西。

阅读和写作是教师专业成长的一双隐形的翅膀，他在读，也在写。当别人只是在微信里转载他人的养生秘籍、成功之道、滚滚红尘时，他却在用微信原创记录生活、感悟教育。

磁性是有条件的，也是有代价的。付出得越多，磁性越强，磁场越大。课后我提示他："语言要是再简洁一些、幽默一些就更好了。"他笑着点点头。

本　真

高高大大的09号老师，上课的第一句话是："老师，我是没有什么学问的。"稍顿片刻，又言："我还是有些学问的。"这么耳熟的两句话，出自清华国学四大导师之一的梁启超之口，他上课的第一句话是："兄弟，我是没什么学问的。"然后，稍微顿了顿，等大家的议论声小了点，眼睛往天花板上看着，又慢悠悠地补充一句："兄弟，我还是有些学问的。"头一句话谦虚得很，后一句话又极自负，他用的是先抑后扬法。08号老师盗用这两句话做开场白，似有"效颦"之嫌，但细细品味，却有"先学后导"之实。

要"先学后导"，就得先有导学的工具，这个工具不是"教案"，而是"导学案"。导学案是对学习内容的"三维"式网络化设计，是严格按照"知识与技能""过程与方法""情感、态度与价值观"三个维度来全面呈现生命化的知识形态，力求让知识不再单单是一个符号、一种信息，更是散造发着诱人的泥土芳香的"活知识"，是承载着知识原创者的生气与灵气的"活知识"。

好课堂的内核只有一个，就是尽可能地"抑教扬学""以教辅学"。教师通过课堂教学，应努力实现学生学习效能的最大化、最优化，推进学生学习活动的自主化、自助化。好课堂需要启动一场面向学生学习的重心"沉降运动"，低重心、亲学生、强基础。只要是落在学生学习层面的教学活动，就会生根发芽、产生效果；只有真正能启动、加速学生学习活动的教学活动，才算得上是"高效"。好课堂不是如何让教授活动变得多姿多彩、花里胡哨，不是让教师在课堂上尽情展示、恣意挥洒，而是要为学生的学习活动提供一个舞台，创造一种情境。促进学生学习是教学活动的永恒旋律，提高学生学习的效果是高效课堂的本真追求。对好课堂而言，需要固守的"根本"就是学生，就是学习，就是如何让教学活动"沉入"学生

好课堂的内核只有一个，就是尽可能地"抑教扬学""以教辅学"。

漫生活　慢教育

的心底与灵魂中去。

08号老师的课堂鲜有教师的大出风头、话语霸权，学生的无畏和自信似乎将高高大大的他压入了湖底。潜水是为了更好地托举，学生的精彩就是教师的精彩。智者乐水，仁者乐山，生为山，师为水，山水相依，方显课堂本真。

还有01号老师的随性、02号老师的沉稳、04号老师的灵动、06号老师的亲和、07号老师的理性、10号老师的清新，十位老师的课堂我都分别贴上了两个字的标签。因为疼爱，所以宽容，不毒舌，口下留人。重锤敲击，可以塑造棱角分明的形，却无法磨平褶皱的心。放大亮点，是为了让暗无处躲藏。

老谋深算的课堂所显现出的深刻、生动，是用时间砥砺出来的沧桑。好课堂得用十五年的时间来完成：用五年的时间让课堂"正确"，用五年的时间让课堂"精准"，再用五年的时间让课堂"通透"。这样的好课堂才算得上名副其实。就像射箭，首先保证射中靶标，不脱靶，学对、教对，谓之"正确"；其次保证射中靶心，十环，目标明确，重点突出，难点突破，脉络清晰，谓之"精准"；最后保证射穿靶心，劲道十足，融会贯通，举一反三，高瞻远瞩，运筹帷幄，谓之"通透"。

好课堂是相对的。善待诸如"颜值、可爱、磁性、本真"等这些闪耀着人性光芒的标签，并将"正确""精准""通透"走下去，老师就是好老师，课堂就是好课堂。

研修"心"思考

"如果想让教师的劳动能够给教师带来乐趣，使天天上课不至于变成一种单调乏味的义务，那你就应当引导每一位教师走上从事研究这条幸福的道路上来。"对这句出自苏霍姆林斯基的妙语，我的关注点在两个字上："乐趣"。能给教学带来乐趣的也只有教研。但教研何其多，乐趣渺茫茫，说到底，还

智者乐水，仁者乐山，生为山，师为水，山水相依，方显课堂本真。

老谋深算的课堂所显现出的深刻、生动，是用时间砥砺出来的沧桑。

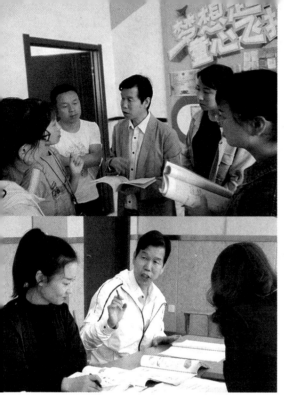

和老师们一起研讨，是很提神的事

是走不走心、触不触底的问题。"心"教研，如果满足以下六个特质，即"想得远的预设、变得出的趣味、叫得响的规则"和与之对应的"摸得着的心跳、看得见的成长、嗅得到的品位"，定会"妙趣横生"。

想得远的预设

任何看似简单的事情（活动）其实并不简单，简单的外衣之下是暗流涌动、杂草丛生。这就要求我们就事论事，想得远、想得全，做精密的预设，让暗流涌动变成深情款款的涓涓细流，让杂草丛生变成诗情画意的芳草地。心有光芒，必有远芳。

> 任何看似简单的事情（活动）其实并不简单，简单的外衣之下是暗流涌动、杂草丛生。

比如2016年的一次教研活动，主题为"名师进校园——数学教学分享会"，要求所有学科教师参会听课。听起来很简单，简单到可以用四个字表述：你上，我听。但我们静下心细想的时候，"你上，我听"会衍生出一长串的问题，从两个角度来思考：听者的角度和讲者的角度。

1. 听者的角度

（1）本次分享会的主角无疑是讲课教师，听课的教师是不是也是主角？

（2）如果是主角，主角应该做什么？

（3）这是一节数学教学分享会，我是其他学科教师，我为什么要听？

（4）你让我听，可以，我可以边搞"副业"（补笔记）边听。人在报告厅，心在万里外，我是在"佯听"，你能把我怎么样？

（5）我是想听，可不是我教的学科，我听什么？

2. 讲者的角度

（1）会场的氛围、细节，听者的礼仪（包括掌声等），这是一个学校品质的晴雨表，这个晴雨表测量的是素养。

（2）听者来得多不多、齐不齐，听得好不好（包括专注度等），是对讲者是否尊重和讲者对自身认同的量尺。这把量尺测量的是讲者自身的专业尊严。

有了以上认知，"你上，我听"就变得丰满起来，"简单"就变成"不简单"。

基于这样的思考，我们就要在分享会的"前、中、后"做精妙的预设。

（1）用PPT呈现讲课人的简介并隆重介绍，这是一种常识。

（2）用PPT呈现听课意图，解决为什么听的问题：学科整合跨界教研。用PPT呈现的视觉效果要好于听觉效果。

（3）用PPT呈现听课指南，解决听什么的问题。

听什么：听理性思维，听数学思想，听课堂智慧，听数学味道，学数学简洁美。

评什么：评简洁独到的教学设计，评拿捏有度的教学技艺，评思维释放的学生学习。

（4）用PPT呈现听课纪律，解决怎么听的问题。把纪律放在前面，并有效约束，是一种正向唤醒。

例如，听课期间禁止随意离开会场，有特殊重大事情需要办理，须请假之后再离开；听课期间禁止做任何与本次研讨无关的事情。

（5）用PPT呈现活动流程，概览全貌。

第一环节：示范观摩课。

第二环节：现场随机点评，即将所有参会教师的名字放在抽号箱内，随机抽取3～5人，每人点评不超过2分钟。

第二环节的设计，是本次观摩研讨活动"在场"的触发器，它能解决听的"质"的问题。我听了吗？我听到了什么？我用心听了吗？我的感悟是什么？有感悟，你得把它说出来，怎么说？这就得深度思考，而深度思考的先决条件是你得认真地听，外化于形，内化于质，学以致用，活学活用。

如果按部就班，只限专家点评，那又会是一个怎样的局面？事不关己高高挂起，泛泛而听，泛泛而记，像雾像雨又像风，一场本应有的"名师"效应就会大打折扣。教研因无趣而功力全无，更可怕的是，一旦当这种"无趣"成为习惯，教研就真成了摆设。

课后随机抽号，至少起到了这样两个作用：一是有效度的问题，听了、想了，然后才可能用了；二是参与度的问题，教研不是一两个人的秀场，得让每个人都参与进去，人在，心在。如何验证参与度？一场人数较多的研讨活动，在活动之初就要宣读规则，如课后随机抽号点评，让大家带着任务去听，通过目标驱动，相信每位老师立刻就会变成一个"上课认真听讲，课后大胆发言的好学生"，而被抽中的老师无疑就像中了大奖，心跳、兴奋，回家之后，他会把这份"展示的荣耀"有意无意地分享给家人，生活因工作而精彩。"在别人的故事里，流自己的眼泪。"在别人的课堂里，成就自己的梦想，这就是"心"教研的力量！

有长远的"预设"，就有"趣味"和"心跳"蕴含其中，而这种"趣味"和"心跳"往往隐含在小小的细节当中，就看你想到了没有、做到了没有。

有长远的"预设"，就有"趣味"和"心跳"蕴含其中，而这种"趣味"和"心跳"往往隐含在小小的细节当中，就看你想到了没有、做到了没有。

变得出的趣味

长远的"预设"还必然包括学校教研工作的顶层设计，教研得有方向、目标、措施、效果。我们必须思考：我是谁？我从哪里来？我要到哪里去？找到原点，走向终点。

比如，我们教学教研的出发点有以下这些方面：

做真教研，搞真研修，将教学研究成果转化为现实生产力，是教学研究的初心。学校围绕"课堂中心、学生立场"，以"展学"为突破口，师退生进，让学生在"自告奋勇、自知之明、自得其乐"中经历"乐学、会学、学会"的自主学习奇妙之旅。为实现这一目标，学校从课堂结构、课堂支撑两方面进行了大胆实践，用自研和群研两个空间全面夯实"教师基本功、教材研备、日记体微课题研究"三大板块，让课堂教学有底气；通过"常态课、成品课、优质课、影子课、创课"五课实操训练，让课堂教学有抓手；通过"学练评、限时训练、日清周结、错题问诊、学科评级、学习共同体"六条通道，让教学结果有尊严。

比如，我们教学、教研的兴奋点有以下几个：

1. 创课——基于敏锐观察大胆求证的新课型

我们学校有一种课叫创课，是教师课堂实操"五课"之一。创课的核心是将一种新的教学想法化为教学现实，即"创课=想法+做法"。创课有多种形式：创设新理念、落地新教材、设计新教法、组织新教学、开展新评价、撰写新反思。创课是基于教师的独立思考，从学生的兴趣和需求出发、指向教学的艺术，更关注教学的意义。

如果把"五课"比作五个手指，影子课就是小拇指，常态课就是无名指，成品课就是食指，优质课就是中指，创课就是大拇指。四指握紧，大拇指收尾，恰似把门的大将军，横刀立马，这正是创课本身的要义：只有创新，时刻创新，才有课堂的风调雨顺和学生核心素养的瓜熟蒂落。

"时间+汗水+题海战术"是我们摒弃的，我们要的是"兴趣+方法+不断反思"，有反思就有创意和创造，这是创课的初衷。

2. 日记体微课题研究——基于自主思考能研、乐研的新研究

"人人会做课题"是我们提出的口号，但要落实这个口号，得有切实可行的方略。对于如何让课题研究不至于成为阳春白雪、烫手山芋，或者独坐阁楼的"空空道人"，我们想到了课题研究的初衷：问题即课题，行动即研究，成长即成果。带着问题行动，在行动中成长，课题研究仅此而已。写日记谁都会，那何不开辟一条新路？于是，日记体微课题研究应运而生。

这不仅是课题研究，更是一种童心集和智慧集；不仅是严谨的科研成果，还是一味心灵鸡汤，又是可读性很强的文学著作，是中国版的《窗边的小豆豆》。

这是一本在课堂发生的学生真实学情和认知实录反思集，是一本将学生的"错误"变废为宝的化错典籍，是让学生敢错不错的精神支柱，它为教师提供了拨云见日的日常教学"前车之鉴"。

以一个学生，一个组，一个班的日、周、月变化为脉络，以研究主题为中心，以情境故事为载体，通过日记体实录，以观察者、介入者和思考者的身份对研究主体进行跟踪分析，客观描述，主观引导，让研究自然化、通俗化、平民化、人文化、文学化。这不仅是课题研究，更是一种童心集和智慧集；不仅是严谨的科研成果，还是一味心灵鸡汤，又是可读性很强的文学著作，是中国版的《窗边的小豆豆》。

3.《课堂千千结》校本教材——基于本真课堂"容错化错"的新思维

这是一本在课堂发生的学生真实学情和认知实录反思集，是一本将学生的"错误"变废为宝的化错典籍，是让学生敢错不错的精神支柱，为教师提供了拨云见日的日常教学"前车之鉴"。

一题多解、一题多维，是数学课堂赋予我们的一种"远见卓识"，我们要在学生看似漏洞百出的答案中，透过蛛丝马迹寻找"错误"的光芒，聊着聊着就会了，错着错着就对了。在层层迷雾中发现曙光，在心心相印中恍然大悟。有化错，才有我们期待的主动学习。

叫得响的规则

老子的《道德经》中这样说："道生一，一生二，二生三，三生万物。"从研修的角度讲，我想这里的"道"应该是"规则"。有规则，研修就能立得起、走得动、跑得远。

比如，课题实验教师中期汇报会，从组织程序、汇报形式、评分依据等环节都要全面考量。

会前抽签决定汇报顺序；汇报形式为PPT演示、脱稿讲解，PPT上只呈现汇报的提纲，不能将所有要汇报的内容全部罗列出来，仅仅用图片、数据说话；考核流程：15分钟汇报——现场答辩——评委打分——现场公布打分结果（计入期末常规考核）。

评委由七名学科首席导师担任，主要从总体印象、基本素养、实验绩效三大方面十个小项进行评分。十个小项即实验教师十个"维度"操作规范，这是经过科学论证的，是具有实操和引导性的指挥棒：

（1）普通话标准度。

（2）语言表达流畅度。

（3）PPT制作精美度。

（4）现场把控游刃度。

（5）牧场式教学理念的认知度。看答辩，了解牧场式教学思维导图，并有自己的思考。

（6）实验研究的深入度。看评价。学生个人、学习共同体评价经常能起到激励、凝聚的作用，调动学生学习的内驱力和团队合作学习的扩张力。

（7）实验研究的特色度。看专项。在某一方面有点子、有实招、有生产力，人无我有，人有我优。

（8）实验研究的辨识度。看现场图片。具有与实验研究同步的过程印证。

（9）实验研究的有效度。看学生。围坐是有讲究的，独学是有方法的，合学是真实的，展学是必需的，监测是科学的，评价是常态的，学生是有规矩的，成绩是节节攀升的。

（10）实验研究的文化度。看专辑。能自觉自愿在网站学习，乐于参与群活动（QQ群、微信群），乐于将外出学习的感悟用文字记录并分享，善于梳理整理自己实验的足迹并形成具有个人鲜明特点、图文并茂、设计精美的《弦歌集》。

答辩环节，选手围绕三个问题现场作答：①我实验了什么？②我拿得出手的实验特色是什么？③我的感悟及设想是什么？

正是有了以上各环节的规则，才使中期答辩有声有色、有理有据。答辩人是在"精心"中梳理，在"心跳"中展示，在"欢心"中收获。这就是一场看得见、摸得着的"心"研修。

"规则"具有连续性、可持续发展性，既是对每一个活动个体的评价和总结，又是对下一个活动的引领和规范，从这个意义上讲，规则就是"有始有终的递进运动"，习惯和素养就是在这种运动中水到渠成的。

"规则"具有仪式感。规则的棱角，仪式感的庄重，其实都是指向"趣味"。"你无趣，是因为你缺乏仪式感。"仪式感本身就包括有意义、有意思、能走心，不忘初心，一心一意，一板一眼。

方法的欠缺，就是道理的欠缺。思考并落实诸多有棱角的规则问题，研修才算得上有仪式感，也必然是有意义、有意思的。

美国思想家梭罗曾给教育下了这样一个充满诗意的定义："如果你在地里挖一个池塘，很快就会有水鸟、两栖动物及各种鱼，还有常见的水生植物，如百合等。你一旦挖好池塘，自然就开始往里面填东西。尽管你也许没有看见种子是如何、何时落到那里的，自然看着它呢，这样种子开始到来了。"

研修的理想境界就是给老师挖"一方池塘"，用这方"池塘"打破老师生存的"鱼缸"，让他们在"池塘"里成为"最好的自己"！

人不是慢慢长大、成熟的，而是因为一个人、一件事，甚至一句话、一首歌突然成熟，这或许就是所谓的"顿悟"吧！凡经我手必美丽，我们的每场教研、每场研修，应该都具有"顿悟"的力量、"心动"的力量。唯有这样，所有为课堂聚焦的研修方式，就是为课堂点起了一盏心灯，照亮学生前行的路。

喜欢·不喜欢

1997年，得益于"数学日记"，我收获了来自孩子们的认同。课堂已经不只是知识的探究场，更是情感注入的生命场。若干年后，我与心智教育相遇，我用心智理念中的"心之维"与"智之维"回看，比对我那时的课堂，甚是欣慰。"温暖，有力"这四个字可以概括那时的课堂样态。

凡经我手必美丽，我们的每场教研、每场研修，应该都具有"顿悟"的力量、"心动"的力量。唯有这样，所有为课堂聚焦的研修方式，就是为课堂点起了一盏心灯，照亮学生前行的路。

那年周三的教研组会议上，等我发言的时候，我将"蓄谋已久"的感悟倒核桃似的讲了出来，让本该是一次很理性的数学学科学术交流变得不伦不类。好在，那天太阳很大，老师们很宽容。世上有两种最耀眼的光芒：一种是太阳，一种是我们努力的模样。

我很愿意以我独有的风格给他们上课，或许缘于我小时候的感受。大概小时候我就缺少一点学数学的天分，数学老师生硬的面孔、苍白的说教使我对数学有一种"老鼠见猫"的畏惧。我讨厌数学，这种紧张、恐惧、厌恶的心理一直伴我十多年。

每每接触应用题，我更是如坐针毡。曾幻想，有朝一日，我能成为一名数学老师，我一定要做一个让学生喜欢的人，喜欢老师这个人，从而喜欢老师所教的这门数学课。从情感到方法，从艰涩到易懂。

我不喜欢板着面孔面对所有的孩子，因为我知道这无异于初次见面就已经重重地回了孩子们一记闷棍。

我不喜欢拿着教鞭，哪怕只是为了指点黑板，因为我知道这或许会重新唤起孩子们对恐惧的回忆，至少我是这样想的。

我不喜欢把数学上的概念真的放在只会发音的嘴巴里，既无色也无味，不知源头、不明去向，因为我知道坐在下面的是一群十一二岁的小孩子。

我不喜欢对所有的应用题只停留在"太实际"的字眼上，"一堆煤、一段路"固然不可少，而神奇的变形金刚、聪明的西瓜太郎又何尝不可以走进我们的数学课堂？

大孩子和小小孩

我不喜欢整个课堂"一鸟入林，百鸟绝音"，因为我知道有一种"乱"比"静"更可取，泯灭了孩子的天性也就泯灭了他们求知的欲望。

我不喜欢人们固守的所谓数学老师语言的"简练"，岂不知

"简练"之下有多少成分不是"贫乏"。直到长大后的一天，有人给说我："我本以为数学老师都是苍白的，因过于理性而失去'人性'。直到遇见你我才知道'语言'所隐含的爆发力。"

数学教师不仅要有所谓的"简练"语言，更要有风趣、合群的艺术语言。想想孩子们更喜欢的动画片，你就会明白好多。确实点说，我们中的许多人一而再、再而三地犯着前人的错。"一池平水"不是我的追求，我要的是创造，因为我知道，只有这样孩子们才会更喜欢我，并喜欢我的数学课。

我不喜欢在孩子们出错的时候，脸上出现由晴转阴的景观。因为我知道，孩子们的出错，其中有很大一部分是因为我的失误产生的。何况，错误本身就是一种珍贵的资源。

我不喜欢我的课堂永远充斥狭隘的"数学"专业知识，因为我知道，数学是一种工具性学科，既为工具，那么"语文、地理、历史、体育、音乐、美术"等知识，何尝不可以悄悄渗透进来？

我不喜欢我的课堂只有黑板与粉笔，因为我知道，所有先进的数学手段都可以运用，只要孩子们喜闻乐见。

我不喜欢在课后留好多作业，因为我知道，"多"的另一种含义是"无用"。何况，这又使我想起笼中鸟，无忧无虑的孩子，应该放飞高天，去吟唱他们看得见、摸得着的童年之歌，而非雾里看花、水中望月。

我喜欢在课堂中与孩子们交朋友，更多的时候，孩子们是我的上帝，我在他们中，是他们在领着我走。

无论遇到什么情况，我都愿意也必须把微笑带给他们，这是我的权利，也是我的义务。何况，一想起课堂，我又有何种理由不笑呢？

我喜欢偶尔在我的课堂装聋卖傻，让孩子们取笑我，并在笑声中重塑一个漂漂亮亮、精精干干的我。重要的是，因为我的"难得糊涂"，使孩子们悄无声息地弄懂了那么多的数学算理、数学概念以及数学应用题。

我喜欢我的身影能停留在课堂内的每个孩子身边，并认真看过每一位伸给我的作业，说声"对"，或悄悄告诉他（她）"对不起，错啦"。

我喜欢在数学作业中留下不可思议的批评，或一个"？"，或一个"！"，或一个"苹果"，或英文"good"。或许是故弄玄虚，可就在这疑惑中，孩子们却深刻地领会了。

我喜欢在孩子们困倦的时候中断自己的教学，我更多考虑了孩子们的生理与心理。顺应自然吧，我告诫自己。于是一个趣味的数学故事、一个脑筋急转弯，就会回天有力，这能说是无谓的"浪费"吗？一棵歪斜的树，要叫它重新站立，得先压下去，它才可能反弹回原来的位置。

我喜欢课堂外有干扰时，无可奈何却又心安理得地停下课稍稍地喘息，我知道"身在曹营心在汉"的典故。知道了"逆反"，也就知道适度地放开。

我喜欢在课外给孩子们一个微笑的面孔，视而不见，你会失去不少光彩。

我喜欢在我的课堂中不时渗入爱国、爱家、爱集体、爱他人的思想，每当我讲这些的时候，无异于在做一次演讲。我爱我的祖国，爱我们的学校，爱与我们朝夕相处的这个集体，我在感动中教给他们做人的道理。而这种说教，却是一个充满情感色彩的数学老师说给他们的。我为自己骄傲，因为我说服了他们……

我喜欢在称呼孩子们时略去他（她）们的姓氏，因为我知道这样孩子们会是另一种感受，在"数学日记"中，他们曾这样写："这种不带姓的称呼，听起来挺舒服的，就像是我家的什么人在叫我，我真高兴！"

我喜欢解答孩子们提出的各种问题，因为我知道，在这不厌其烦的后面，隐藏着一种爱。

我喜欢把数学课上得有趣而不显紧张，因为紧张之下，必然会制造很多思维障碍。

是的，我喜欢的与我不喜欢的还有很多很多。我期望多年

我喜欢解答孩子们提出的各种问题，因为我知道，在这不厌其烦的后面，隐藏着一种爱。

我期望多年以后，会有更多一点的孩子能把自己的数学老师当成谈论的焦点，老师的故事就是他们成长中的背景音乐。

以后，会有更多一点的孩子能把自己的数学老师当成谈论的焦点，老师的故事就是他们成长中的背景音乐。

课改"三重门"

2005年，在教学《化简比》一课时，我曾把"化简"形象地比拟为"进去两个胖子，出来两个瘦子"。一进一出，站在起点和终点的两组数据，华丽转身，圆满礼成。也期待有另外的一种机关，从这头进，从那头出，来完成课堂的蜕变。不需要很多的工序，不需要艰涩的调教，入则行，行则通。但课改远远没有想象得这么简单，更不是"胖子瘦子"的调侃，而是一个庞大的工程。中间的起承转合、滚滚狼烟，是我们必须要面对的现实问题。要从原点到终点，越过很多坎，穿过数道门。

信念之门——觉者

看见了，想到了，想通了，然后才有下文。犹如星星点灯，照亮未知的前程。

信念不是空穴来风，那是觉者的登高望远、深思熟虑。看见了，想到了，想通了，然后才有下文。犹如星星点灯，照亮未知的前程。

在柴米油盐中打坐，在青青校园里修行。爱教育，是我们此生不二的选择，既然无路可退，那就浴火重生。爱教育不是循规蹈矩、低头拉车、人云亦云，而是要"三思而后行"。"三思"什么？思方向、思教法、思人性。

莫言有一首诗：

烟恋上了手指，
手指却把香烟给了嘴唇，
香烟亲吻着嘴唇　内心却给了肺，

漫生活　慢教育

肺以为得到了香烟的真心却不知伤害了自己！

是手指的背叛成就了烟的多情，

还是嘴唇的贪婪促成了肺的伤心。

　　"课改"是一个时尚的词语，时尚意味着生机，从它诞生之日起，就给我们带来希望。什么是课改？可以概括为三句话：让学习发生在学生身上就是课改，尊重学生的方式就是课改，动就是课改。

　　为什么要让学习发生在学生身上？以牛为例，牛不喝水，硬灌不行，对牛弹琴，共鸣难寻。喝不喝水是牛自己的事，愿不愿意听琴声、能不能听懂，也是牛自己的事，《高山流水》再美妙，也仅仅是子期与伯牙的传说，与牛无关。说到底，学习更是学生自己的事情，学生说了算。老师把知识讲得越细、越清楚，学生自主探究、思考的意识和能力就会越薄弱。

　　为什么要选择尊重学生的方式？教育的秘密就是尊重学生，经历就是尊重，喜欢就是学习力。有经历才有经验，包办替代，只是一厢情愿，解决不了学习的问题。学习就像投篮，第一次失败了，别怕，失败是成功之母；我再投一次，又失败了，基于两次失败，那么在失败中就会找出经验，从中总结与反馈；第三次投篮，进了，这叫成功是成功之父。一切学习的起点都源于失败。失败，反馈、矫正就是学习的规律，也是学生最感兴趣、最喜欢的学习方式。杜威的兴趣中心坦言："天冷了，毛衣就是兴趣中心；肚子饿了，面包就是兴趣中心。"找到适合学生的方式，才有真正的学习。

　　为什么说"动就是课改"？让学生不开小差、不打瞌睡的最好方式就是让学生"走两步"，没有运动员在跑道上睡着的，动是身动、互动，更是心动，一动解千虑。静止的课堂，一定是教师的主场，我来讲，你来听，我来问，你来答，这种保姆式的所谓的"启发、诱导"是佯动，掩盖不了学生思维的静止和短路。等来的问题，无异于守株待兔，是冰冷的，即使这个问题有很高的含金量，但从老师嘴里抛出，就是那样的乏善可陈，没有一点热乎劲，哪还有什么胃口？

课堂应该是培养学生学习能力的主战场，不仅是为了学会，更是为了会学，当孩子学会吃饭走路，才意味着妈妈真正的解放。光有学会，那是穷人的教育。在一个乞丐的眼里，吃饭只是为了填饱肚子；在一个富人的眼里，吃饭是为了享受美食。学会、会学、乐学、创学，是课堂的"四大金刚"，承载的是维系学生学习态、发展态的生命教育。课堂教学，不只是一个个简单的40分钟。

"信念"在百度里是这样解释的：信念是情感、坚信不疑的想法、认知和意志的有机统一体，是人们在一定的认识基础上确立的对某种思想或事物坚信不疑并身体力行的心理态度和精神状态。

信念不是空穴来风，那是觉者的登高望远，深思熟虑。有信念的课堂犹如星星点灯，照亮未知的前程。

智慧之门——行者

"当你的才华还撑不起你的野心的时候，你就应该静下心来学习；当你的能力还驾驭不了你的目标时，你就应该沉下心来历练。梦想，不是浮躁，而是沉淀和积累。"学习、历练、沉淀和积累，这是行者的智慧。

课改的指向是高效课堂，是实现教育信念的前沿哨所。新教师、新课堂、新学校、新学生撑起了高效课堂的大厦，只有完成"教的方式、学的方式、评的方式、发展的方式"的转变，大厦才能高耸入云、流光溢彩。模式是信念的代言人，具体在"课堂流程、小组建设、导学案、管理评价"诸多层面，一个都不能少。课堂流程是底，小组建设是形，导学案是神，管理评价是魂。

以安徽铜都双语学校为例。他们带给我们最大的震撼莫过于他们的课堂，课堂的精彩源于课堂的导演者们精心设计的"学道"（又名导学案）。道即规律、方式方法。一个告诉了学生规律和方式方法的导学案才叫导学案。铜都的学道分为三大基本模块：自学指导、互动策略和展示方案，在这些模块里，明确规定了学生自主学习的方法、合作学习的路径和任务及展示的具体方案等，且规定了每个环节的执行人和时间限定。学生在这样的学道指导下，学习效率不言而喻。学道突破了"知识本位"的传统学案，承载了高效课堂的模式，以灵活细致的指导方案把学生导向了目的地。什么是导学案？导学案是学生全方位学习的线路图，是学生自主学习的指南针、合作学习的媒介、探究学习的桥梁、展示的策划方案。道可道，非常道。铜都的学道，才是真正意义上的导学案，而不是习题的堆积。

有了学道这个有效载体，三模五环六度模式才那么得心应手、顺风顺水。在课堂上穿行的小导生、2人对子、5人互助组、10人共同体，就像一个个可爱的小精灵，阳光洒脱，自信满满。在展台前口若悬河、激情飞扬的孩子，更像是在《我是演说家》节目的现场，他们身后独具匠心的板书，让黑板美成了一幅画。淹没在孩子们中间的老师，形消神显，法力无边，所有的精彩都来源于他们的精心策划。

不得不提铜都对学生的培训细节，比如对学生课堂用语的指导——

对他人的观点没有明白：

我没有听明白你（你们组）的观点，是不是再讲一讲；你是不是这个意思……；你能不能再讲一讲……

点评用语：

（1）我是冲锋队的××，我来给你点评。你的优点是……，你的缺点是……，另外通过你的展示我学会了……，我给你的建议是……，我给你评9分。你说得很精彩，给我很大的启发。（如果需要补充：我认为有个地方，还可以通过这样的方式来讲解……）

（2）你读书的时候很有感情，很投入，完全把我们带到文章中去了。你的阐述很有条理、很清楚。我很同意你的说法。

我也有同感，你把我想说的都表达出来了。你表达意见的时候口齿伶俐、声音响亮、仪态大方，在气势上让我折服。你在课外做了很多准备，搜集了很多资料，这点我要向你学习。你们小组的同学团结协作，分工清楚，很有效率！你这次发言比以前进步大很多，表达流利很多，请大家给点掌声！

聚焦提示语：请大家把目光投到第×页第×自然段。请大家再看看这里的描述。请大家和我一起读这个句子（段、句型、例题、练习题）。这个地方最能引起我的思考，请大家把目光集中到第××页这一句话。我们组的看法是……，我们的理由是……

展示卡壳时用语：

想到这里，下面该怎么办我就不知道了，请问老师和同学们有什么好的建议，或者好的方法吗？

展示结束用语：

大家对我们的发言有什么疑问吗？大家觉得我讲清楚了吗？我的发言结束了，你们有什么要问的吗？我讲完了，欢迎大家提问。我说完了，请大家发表意见。谢谢大家的鼓励！谢谢大家的掌声！谢谢老师的指点。

补充用语：

××同学的发言给了我灵感，我突然想到……带着这个问题，我把文章又读了一遍，有了一点更深刻的认识。

插话：

这个过程我还有点迷糊，你能再慢点讲一遍吗？

质疑用语：

你这样说，有什么根据吗？我想听听你是怎么推导出来的。请大家把目光飘移（聚集、集中）到这句。请大家把目光从第××页转移到××页。刚才听了××同学的发言，他说……，我认为……同样一句话，我和刚才那位同学评析的角度不同。我现在试着从另外一个角度来说说这个问题。我想反驳××的观点（我再次反驳××的观点），我了解过一段历史背景，想和大家分享一下……我反对作者的这个观点，我们小组的同学讨论后认为……我们小组有个共识，大家都觉得……我们小组的同学对这个问题进行了一点小研究，我们的看法是……我们小组的同学愿意为大家来演绎一下。

细微之处见功夫。那是相当于在一幅巨型地图上一针一线精心绘制的十字绣，大视野，小雕琢，美轮美奂，需要的是时间、毅力和胆识。

行百里者半九十。高效课堂依然是在泥泞中蹒跚学步，不是我们的理念不先进，不是我们的精力、体力、耐力跟不上，而是我们还缺少方法的引领和强大的抗击打能力。怀疑和否定是维持原状、裹足不前的挡箭牌，并且在很多情况下，只有否定结论和验证结论的三言两语，似是而非，不经推敲。

比如，小组合作学习，学生学不会怎么办？其必然结论是：小组合作学习，学生学不会。

正答：给学生一根足够长的杠杆，他们就会撬起地球。发挥集体智慧，借助各种资源手段，初期可精讲，后期只点拨，方法和荣誉心可以解决孩子不够上心的问题。

比如，展讲太费时间，影响教学进度怎么办？其必然结论是：取消展讲，改为小组代表讲或老师讲。

正答：如果学生没学会，你要进度干什么？如果刀磨快了，不就有了加速度吗？

比如：高效课堂似乎只是多了一个给学生印制导学案的环节，比以前更忙了。其必然结论是：高效课堂不好。

正答："勤于课前，懒于课中，思于课后"是新教师的课堂行为指南，而非"抄于课前，勤于课中，苦于课后"，课中用减法，课前、课后用加法。课前做什么？编制导学案，课后做什么？修补导学案，备好课后课。高效课堂从来不是以增加教师的工作负担为代价的。如果高效课堂还仅仅停留在给学生印制导学案的阶段，说明你还是个门外汉，但是得恭喜你，你毕竟已经站在了高效课堂的门口。

比如，在课堂渗透高效课堂理念就行了，要那么多形式做什么？其必然结论是：颠覆现有的课堂教学结构是偏激的，改

细微之处见功夫。那是相当于在一幅巨型地图上一针一线精心绘制的十字绣，大视野，小雕琢、美轮美奂，需要的是时间、毅力和胆识。

良就行。

正答：任何高明的理论，如果不落地，找不到支撑点、操作柄，无疑都是画饼充饥。"教无定法，贵在得法。"我更看重后一句"贵在得法"，用什么样的"法"才有效，不是自己说了算的，而要借鉴前人和别人的研究成果，才能少走弯路。"不识庐山真面目，只缘身在此山中。"借鉴比自己的"独门绝技"更有效，也更科学。

比如，模式未必就是最好的，水土不服怎么办？其必然结论是：模式是僵化的，不用；模仿是低级的，不学。

正答：最好的学习是"拿来主义"，最短的路径是"模式"，最实的操作是"模仿"。模式未必最好，但一定"好用"。比如傻瓜相机，就让每一个想过摄影瘾的人满足了自己的梦想。傻瓜相机不就是我们说的"教学模式"吗？传统的课堂教学无法让每个老师都上出好课来，但是模式解决了这个问题。传统课堂就是老师的爬楼梯比赛，比的是脚力如何。"按电梯"让每个教师不因有脚力的差异产生效益的差异，按电梯就是"教学模式"。模式是机制，规范"教"与"学"。

课堂教学首先是科学，然后才是艺术，成功的课堂一定是科学的，而科学的课堂一定是可以复制的，不可复制的课堂即使成功了也是一种偶然，不具备普遍性和借鉴意义。模式是干什么用的？是让大多数人"富"起来的万能钥匙，不是独家秘籍，不是开小灶，解决的是大家的问题。个人素养、个人风格与教学模式不可等同。

至于说水土不服，好比晕车，坐车的时候晕，等你成司机了，看你还晕不晕。老老实实待在家里，那肯定不会晕。

学习一种新的教学模式，如果一开始就强调具体问题具体分析，强调结合实际灵活处理，那么学习必然会走样，甚至慢慢回到原来的轨道。因为人总是有惰性的，不是万不得已，如果没有必要的强制措施，改革就不能真正深入。

理想之门——歌者

教育是一种信仰，课改更是一种信仰，选择课改就意味着选择了责任和创新。教育的舞台很大，让我们一起书写精彩，让我们一起许民族教育一个美好的明天。

关注三种媒介：一种人、一份报纸、一所学校——课改先行者，《中国教师报》，安徽铜都双语学校。称他们为媒介，是因为他们都是课改的推手，也是我的榜样、教育人的标杆。还因为，我和他们的零距离接触。

课改先行者。当所有人只是在不痛不痒的抱怨中心安理得地接受中国式教育的时候，他们站了出来。处在风口浪尖，他们的选择是义无反顾，一路向前。课改先行者，来得正是时候，或者说，来得晚了些。"向着特定目标前进的人，全世界都会为你让路"，这就是他们的课改理想。

《中国教师报》，有人把它叫作"中国课改报""课改的说明书"，它如一位温文睿智的长者，关注着蹒跚于中国教育最基层的我辈，让人感到了默默的温情和殷切的期待。

安徽铜都双语学校。相机里的317张"铜都印象"，将教育的理想国定格在了金秋十月。我无法用语言描述这所校园那么多的不一样，那么多的美好。每个学生都能在这里找到自己的存在感、归属感、优越感，学习真的是一种幸福的事！模式已经天衣无缝地融化在课堂的每一个细节，看得见流程，找不到痕迹。当我们还在纠结该不该用这个模式、能不能用这个模式、怎么用这个模式的时候，他们早已轻车熟路、健步如飞。蓝色信念、红色激情、绿色成长和青春浪漫，在这里调制出了中国课改最美的色彩和乐章。

看看这些课改的推手吧。他们的平均年龄只有25岁，他们没有太高的学历，没有值得炫耀的职称，甚至没有可资利用的经验，但正是这样一支队伍创造了领跑铜陵教学质量的非凡业绩。在总校长汪兴益的眼里，铜都双语学校的每一位教师都是好教师。因为在铜都，他们重新定义了"好教师"的标准：好教师不在于自己讲得多么精彩，而在于如何把学生带入一种自主学习、放飞思维的状态，是否能成为学生主动学习的点燃者、点拨者。

在这一新的评价标准下，铜都双语学校成长起来了一大批优秀的教师。他们把课堂作为自己专业成长的"洼地"，争相为自己的成长"投资"。他们学会了以一种"归零心态"走向新课堂，又以一种"空杯心态"走向学生，他们在无数次的观点交锋中厘清了曾经迷失的课堂方向，打通了新教师快速成长的通道。他们身上所表现出的种种特质和精神，无疑打上了鲜明的"铜都"标志。他们每一个人都是一个符号，每个人背后都有一批同道者，他们对铜都双语的课改文化有一种集体的表达：教师要像相信自己一样相信学生。谁经营了课堂，谁就可能撬动教育的支点。

距离学校2公里的地方是我们的住处。正对我窗户的对面有一座山，山顶有一座灯塔，夜幕降临，塔顶辉煌，我似乎看到了课改的光芒。那是久违的相遇，那是寻梦者的喜悦，那是青春的释怀！

距离铜都1000多公里，还有一个地方，我们叫它凤凰城，这是我们支教的地方，也是我们续梦的地方。这里与传说中的凤凰有关——名曰"凤阁岭"，山大沟深，路途遥远。我们豪迈地说"我们只要凤凰不要岭，我们要让山里飞出金凤凰"，我们所说的"凤凰"，就是我们的高效课堂文化。在即将出刊的凤阁岭教育杂志《凤凰月刊》封二，刊发了一首诗《面朝大海春暖花开》，与君共勉。带着铜都的林林总总，我们快乐出发。

从明天起，做一个有梦想的人
备课、上课、播撒纯真
从明天起，关注课堂和学生
我有一个梦想

正对我窗户的对面有一座山，山顶有一座灯塔，夜幕降临，塔顶辉煌，我似乎看到了课改的光芒。

漫生活　慢教育

面朝大海，春暖花开

从明天起，给每一个孩子正能量

告诉他们我的感动

那成长的喜悦告诉我的

我将告诉每一个孩子

给每节课都留下萌动的声音

陌生的种子我也为你感动

愿你有一个诗意的旅程

愿你发芽成长

愿你在春天看到希望

我们一起

面朝大海，春暖花开

孩子，愿你有一个诗意的旅程

旅

这是2014年一个平平常常的下午，我照例收到了很多信息，内容大体相同：你在哪里，哪里就是一片生机盎然。我知道，这是媒体的效应。

从陈仓电视台、《宝鸡日报》、《陕西日报》到《中国教育报》，那些光鲜的浮光掠影，归根到底是对教育的关注，我们只是一个符号。

媒体是一个神奇的魔术师，它让镜头前的我们思维短路、语无伦次，剪辑之后，一切又都是那样顺溜，几乎找不到破绽。10个小时的录制，2小时的素材，20分钟的播出，浓缩的都是精华，大片想必就是这样诞生的。

一年，可以用两个学期来表述，可以用春夏秋冬来表述，可以用8个月来表述（除去假期），也可以用"夏天"这一个季节来表述。站在七月的夏天，很自然地想起同样还是夏天一样的九月，这中间的时光，无论如何是不可以浓缩的，因为深刻，所以怀念。

130公里，从闹市到远山，我们说这是一次奇妙的旅行，一场心灵的沐洗，是换一种方式的精神突围。和众多远足的驴友的区别是，我们的旅行是要用一年的时间走相同的路，用一年的时间在相同的地方安营扎寨。

高山、河流、石桥、山果、蓝天，在诱惑着我们的眼睛，也在安抚距离的遥远。临山水以静对，访草木以素心。几乎每一次的出发，都和湿漉漉的天气一样，说不清道不明。回来，就不想再离开。

7月5日，是离开大山的日子，曾经精心装扮的宿舍卸下了妆容，办公桌椅、床板、书柜、雪白的墙壁恍如从前，去年夏天来的时候，也是这个样子。推着拉杆箱出门的一瞬，我们也没忘记和彼此留影。

媒体是一个神奇的魔术师，它让镜头前的我们思维短路、语无伦次，剪辑之后，一切又都是那样顺溜，几乎找不到破绽。

几乎每一次的出发，都和湿漉漉的天气一样，说不清道不明。回来，就不想再离开。

漫生活　慢教育

走了，出校门了，转过弯了。想象过最后一刻离开的场景，但没有想到我们最终选择了恬静乐观的方式。没有刻意的告别，没有煽情的言语，就和每次回家一样，听着音乐，谈笑风生，感觉还会再回来似的。

我们是快乐的，快乐地来，快乐地走。快乐是什么？快乐就是一群没心没肺的人，做着有鼻子有眼的事情。我们，就是这样的快乐家族。大山给了我们俊美和威仪，我们回馈给了大山美美的色彩。

> 大山给了我们俊美和威仪，我们回馈给了大山美美的色彩。

夕阳下的石桥，很美
桥下的河滩，很宽
我们在这里漫步
像是天边从容的华年
小镇的樱花
在那个下午笑得很甜
她忘了时光流转
一季繁华，一生绝恋

青春、阳光、浪漫，这些与我们渐行渐远的文字，因为与山结缘，我们变得简约、时尚。

旅行的过程，就是学着吸收能量的过程，也是让自己冷静的过程。这种冷静，不是让情感冷却，而是学着如何让情感细水长流。支教之旅，我们把智慧、热情、友善留了下来，也让这支团队的"五朵金花"收获了友谊，见证了成长。

天使之花——梁。天使爱美丽。在她眼里，一棵树、一面墙、一个小屋都充满灵性。与花草树木情牵一脉，与山川河流息息相通。她是满足的，也是幸

就是在这座石桥下，我们捡拾远方

福的。风在摇它的叶，花在结它的籽，与她，无言地融入，浅浅一笑，就已经相当美好。那些洒落的倩影，无一例外地定格在了镜头里。照片与生活共舞，无关其他，只因热爱和嘴角上扬的青春。

纯真之花——庞。她说："跟着啥人学啥人，跟着梁学会了穿衣打扮，跟着赵学会了舞文弄墨。"这是她第二次进山。她跟我们说起她十一年的山区工作经历，如数家珍。再次说起，是在酒桌上，我们受依然在山区工作的她的老同事之约。花间一壶酒，林下一杯茶。酒香是源于尘封后的开启，茶香是源于重逢后的感念。

达观之花——关。关是我们一路的"新闻联播"。不谈风月，只言国事。车窗外是后移的风景，车窗内因为关的健谈，三小时的路程不再遥远。关是我们的摄影师。当你在不知不觉中听到"OK"的时候，一张动感十足的画面就"秒入"他的镜头，他的摄影秘籍是"抓拍"。他嘴里的"OK"是绝对正宗的，因为他的英文和普通话同样标准。

稳健之花——王。一个人的冷峻或随和，和他的爱好是有关联的。象棋，需要理性的思维，需要温和的步调。象棋与王，神同步。相隔两年，王再一次出现在了支教的队伍里，对这个团队来说，多了一个好向导，或者说，多了一份可以依托的坚强。

五个人的出行是抱团式的，任何一个的缺席都会有一点点荒凉。尤其是我的缺席，对于他们来说就好比大难临头。因为公务，不能随大部队前行时，在最后时刻我才不得不将不能成行的消息发布出去，发布的唯一对象就是王。"好的，知道了"是王的答语，他再将这个信息传递给其他人。他的语音是从容的，像他的棋路。我是用这种近乎掩耳盗铃的方式，折中着自己的"残忍"和无奈。王每每在这个时候充当我的挡箭牌，延迟着其他人的平静。

狗尾巴花——赵。狗尾巴花喜温暖湿润的环境，喜光照充足；宜植于肥沃、湿润之地，也耐瘠薄，适应性强。它不娇艳，然而坚韧；它不芬芳，然而温柔；它不华贵，然而亲切。

故自喻之。

铎铎是"五朵金花"之外的花骨朵，他是梁的孩子，五年级，随支教的妈妈一起到了山里。这个爱笑爱闹的小小男子汉，在这一年经历了和别人不一样的童年。讲故事、唱歌、睡觉、晕车到难受地哭出声，童年在车里拐了一个弯儿。尽管有妈妈在身边，但面对黑魆魆的大山，他还是忍不住哭着要回家。

相比之下，梁要比铎铎坚强很多倍，这里的坚强是指不流泪、少流泪。其实，梁哭过一次，是最后一次离开凤阁岭的路上。离人是高兴不起来的，我们看似快乐的调侃，终究抵不住两个女人柔软的对话。梁说起了铎铎，说起了庞对铎铎的关爱，继而说起了这个团队的温暖……先是庞的应和、客气，然后是梁嘤嘤的哭声，再然后是庞也在哭……

哭吧，离别总要伴着眼泪。离别，意味着很可能没有下一次。她们的眼泪没有洒在离别的校门口，却在半路喷涌而出。不是眼泪迟到了，而是我们提前关紧了心里的阀门。不是这里不苦，而是我们不说；不是这里很美，而是我们只把最美的这面晒了出来。

快乐可以放大，悲伤可以缩小，随心所欲的，是高不可攀的灵魂。

有一个遥远的地方，叫凤阁岭。

有一个美丽的传说，在凤凰城。

> 快乐可以放大，悲伤可以缩小，随心所欲的，是高不可攀的灵魂。

教育的村庄

2014年，我把教学比作"牧场"；2016年，我把教育比作"村庄"。我肯定我的目光柔软，内心锋芒；我还肯定，和同道们在一起，我们是阳光下的孩子、风雨里的大人。

从西安到上海

从渭河到黄浦江

我们说这是一次精神的漂流

远非地域的流放

这是一群人的整体迁徙

向水而动，初春踏浪

二十多天的时间不长

但它足以搭建一个教育的村庄

牛博是村长

我们在这个村里

男耕女织，参悟修行

彼此仰望

…………

牛　博

牛博是我绝对佩服的人，"博士""80后"，对于做梦都想坐在大学的教室里学习的我来说，是极尽奢华的两个词。当70后"艳遇"80后，当中专生邂逅博士生，那不是天女下凡，就是天上掉馅饼。现在，这个人径直从"画"上走了出来，而且是我们的"村长"，我也是醉了！

席间，牛博叫我"老赵"，第一次听人这么称呼，内心陡然升腾起一股沧桑之美。在年龄这道坎跟前，我是"博士"的长者，嘚瑟！心智，从某种意义上说是和外形高度契合的。牛博少有"80后"的青涩，他的随性、沉稳、机智、老辣、开阔，在举手投足间显山露水，谈笑间浸染"樯橹灰飞烟灭"的灵光，语言一针见血，言简意赅，既戛然而止，又余音绕梁。

"赵特"，是牛博给我的第二个称呼。从他手里接过"课题立项证书"并要求和他合影时，他说："赵特，你还要这个？"

我明白牛博的意思。这次培训，我是"漏网之鱼"，牛博说我是"逆生长"。他开玩笑地说："我看要给你的这'大满贯'制造点障碍吧，不能太顺了。"

所谓的"大满贯"，就是我将囊括骨干体系的所有名头。但我深知，名头越大、越多，心里越发虚，越感觉自己的欠缺太多太多了。

我只是一条小鱼，在小池塘里还可以将就，但在大江大海里，我几乎难觅踪迹。"光环"需要能量的补充，当"光度"足以照亮自己时，才有资格照亮别人。以慈悲和好学的心慢慢积蓄能量，是我此行唯一的目的。心虚，更需要虚心地"越狱"。

我虔诚地从牛博手里接过证书，说："谢谢你给了我这么厚重的福利，你是我的贵人！"

吴教授

我没想到在电梯里遇到的朴素和蔼的老人是吴国珍教授，更没想到吴国珍教授主动向我伸出手。

初见吴国珍教授是在学前师范的电梯里，快人快语的安瑛老师向吴教授介绍了我，还没等我伸出手，吴教授的手已经从袖口伸了出来，谦和地笑着说："你好，你好！"

握手的一刹那，我既高兴又自责，我为什么比吴教授慢半拍？

"人生若只如初见"，初见的吴教授用她自然流露的"一个握手、一个微笑"，给了"初见"最美的定格。

成熟的谷穗都是低着头的。一个走在人群里立刻就会消失不见的老人，一个在与你交流的瞬间就能让你心生敬畏的老人，一个内心宁静、思想纯粹的老人，德高望重而平易近人。她用她的佛心禅语，娓娓道来，传递着谦卑与尊严、修养与善良。

吴教授特意叮嘱工作人员，不要在电子屏和介绍中称呼她为"教授"，她说她喜欢别人叫她"老师"。遵从老人的意愿，我们都尊称她为"吴老师"。

相隔数日，我在网上购买了数本吴老师翻译的《教学勇气》，见到它们，如同又见到了慈祥的吴老师。

我只是一条小鱼，在小池塘里还可以将就，但在大江大海里，我几乎难觅踪迹。

她用她的佛心禅语，娓娓道来，传递着谦卑与尊严、修养与善良。

"喜欢这本书，是因为和吴国珍教授的一次握手。将吴教授的体温通过这本书传给你，让我们彼此再多一些教学勇气！"这是我给友人的赠书《教学勇气》扉页上写的一段话。以此延续我对吴教授的崇敬。

唐记者

2016年1月4日，我在邮箱里收到了唐记者的回复。2016年的3月，我在上海第一次见到了唐记者，一位可敬的教育推手。但真正和唐记者搭上话，还是缘于杨老师的牵引。

中期汇报时杨老师点到了我，她让我以起立的姿势，"示众"在所有人面前。我知道，这是杨老师对我的又一次感谢，但其实我对她的帮助少之又少。

事后，她问我不会生气吧，因为事先没和我商量。我说不生气，因为我的多场报告里同样有她的故事。你中有我，我中有你，好比一朵云推动另一朵云，一棵树摇动另一棵树。不刻意，不提醒，彼此照亮，同向而行。

在我起身站立时，前排的唐记者回过头，悄声问我："原来你就是赵老师？！"眼前的这个赵老师和唐记者心中的赵老师差距有多大？我不得而知。在随后的交谈中，她说我比照片中的更精神。我理解的"精神"就是"清瘦"，这是我的专属标签，很多人都这么评价。不说"清瘦"说"精神"，是另一种包容式的文字表达。

因为一篇稿件，我贸然走近了唐记者，而对唐记者的回复，却一直没有下文。

我是一个对文字特别滞后的人，会很容易迷失在现实的人情世故里，却在第一时间找不到合适的文字与之匹配。我以往的很多文字都是时隔多日，从记忆里翻出来，重新晾晒、过滤、发酵得来的。这种处理文字的方式人称"懒人思维"或"沉淀思维"，因此荒废了不少灵感。错过唐记者的回复，就是一大罪证。

我是一个对文字特别滞后的人，会很容易迷失在现实的人情世故里，却在第一时间找不到合适的文字与之匹配。

在上海，我过度地开发了眼睛，却封存了书写的手。

自知罪孽深重，在返回的当日留下了这样的文字，以示
忏悔：

在文字的边缘已经打坐很久

没有向水面投掷一颗石子

看不到纹路

听不到水声

不是不想纪念

而是一直紧紧握着你的手

忘了松开

杨老师

2012年的秋天初识杨老师，因课结缘。2014年6月，在西安
的赛场上再次相遇，她叫我"师傅"，未拜先叫等同于先斩后
奏。她不止一次地提起我的那次评课，她说从那次起，就认定
我是她的师傅。

世界上有各种各样的偶遇，或电石火花般的一见钟情，或
乱箭穿心般的寝食难安。还有一种偶遇，安宁而深邃，我不牵
你的手，但我会跟你走。

交集的时间寥寥无几，但彼此都会给对方留一盏明灯，你
点燃我的激情，我点燃你的梦想；你照亮我的前途，我指引你
走过黑暗的旅程。

如果"真""善""美"三者之间只能留下一个，我会留
下"美"。因为任何的"真"和"善"，必然是"美"的。教
育的本质是"美"——优雅的"美"。而"优雅"本身，又何
尝不是穿透岁月的"美"呢？

我一直以为，教育就是优雅者塑造美的事业。如玉兰花一
样的朱乃楣校长，温婉、倔强，她眼角流出的宝石般的过往，
真的很美！

我一直以为，教育就是优雅者塑造美的事业。如玉兰花一样的朱乃楣校长，温婉，倔强，她眼角流出的宝石般的过往，真的很美！

杨老师说朱校长的灵魂带着香气，这香气让她的眼眶湿润，不能自已。两个宛若芝兰的女人，用眼里的一泓清泉，给了教育的村庄不一样的风情。

迎风飘飞的彩色丝巾、装点头发的小帽、窗边慵懒对望的猫咪、行道上长长的身影、"你站在桥上看风景，看风景的人在楼上看你"的画中画……这都是风情，都是优雅，都是美！静如清池，动如涟漪。

在不同中找相同，在相同中觅真经。不约而同的奇迹，一个接一个就显摆在你眼前的时候，谁都会笑得合不拢嘴。而这种奇迹，正在经历：一个测试一个测试的同项，一个观点一个观点的统一，甚至对服饰款式图案的认同，都是相同、相同、再相同。这倒印证了杨老师回程的那篇车厢之作——《同道有幸，道同幸福》。

花有万种，人有千色。上海之行，与众优秀者同行，感受学友风采，体会同道有幸、道同幸福。

观照即欣赏，欣赏即快乐。学习结束，恋恋返程，回忆十天相处，我给宝鸡学友画画像，用拙笔记录相处感受，以做纪念。

安姐，一位有大姐风范的女子，行事大气，格局开阔，心中常系宝鸡团队。如此有气场的姐姐，却也是女人中最娇媚的铿锵玫瑰，坚强、执着、柔软、唯美。

辉哥，一位可靠宽厚的温暖男人，诙谐幽默，常在自我调侃中流露大智慧。九天的笔耕不辍让我敬佩，随性记录中绽放个人思想之美。

赵特，一位深敛不露的才子，胸中有气象万千，表面却风轻云淡。爱生活，爱教育，爱世间美的一切。

谊人，一位可爱的女子，语言丰富精辟，姿态千娇百媚，心中常存大家的美。温暖、真诚、善良、担当，出色胜任谊家人会长一职。

宝弟，一位可爱的阳光大男孩，细腻温情，机警调皮，语不惊人死不休。年龄不大，却是最会照顾人的一个，暖心一万分。

琳妹，聪慧灵动的小女子，思维行动总是快人一步，凡事考虑打点得妥妥帖帖。贤惠贤淑的好妻子，细腻担当的好妈妈，活泼个性的好学友。

静止的火车，流动的时光

糖糖，率真上进的80小妹，既有70后的踏实，又有80后的果敢，活的真诚、率性，天空中总是阳光满园，心灵中总是激情满满。

至于我，自画还是作罢，风格特色，留给他人评说。如果说每位学友都是一部经典的立体小说，我只是撷取其中我稍作熟识的某一章节，并不足以表达每个人所有的优点。

学习虽已结束，谊家人故事还会继续……

记得用笔记本记录的李志，记得热情爽朗的孙喜仲，记得同课异构上课前换上高跟鞋的崔敏，记得胡子班长郭锐，记得感冒中送来雪地祝福的何军华，记得陕北的"婆姨"孟秋菊、记得未到上海的"林妹妹"——薛长琼……

没有称呼他们的职务，没有在每个人的名字后面加任何后缀，我们只是同学。

女儿说，她不感觉学习很累，因为学校有她的同学。

我说，我不感觉学习很累，因为我们前后用20多天搭建起了一个教育的村庄，那里炊烟袅袅、鸟语花香，那里足够牢固、足够温暖……

蛙

徒步5公里到大岭山深处，一路人迹罕至，路边高大的核桃树古朴沧桑，远处的小土屋炊烟袅袅。散落在山间的牛羊，孩子一样东奔西跑。没有见到牛羊的主人，闲适一定挂在他们的眼角眉梢。他们在这里出生，在这里终了，一辈子顶着头顶这方天，像极了井底之蛙——不离不弃，不急不躁，不紧不慢，稳稳当当。山不是山，水不是水，在方寸之地，他们舒展着家园的宽度。精神归野，井底也会变汪洋。井底之蛙的生活不见得不好，只要具有蛙的定力、鹰的胸怀，这里就是生命的道场。

寻一处静地，安心地待下来，喝茶，聊天，做只目光短浅的蛙，遁形于世，也好。一壶茶，六个茶杯，举杯，轻饮，从《凤凰月刊》而起，漫无边际。我们的每一口茶，尝到的都是教育的味道，清香甘洌。

认识红艳老师是在两年前的高新一小，缘于一次评课。或许是因为怕我走丢，课间她几乎与我形影不离，这个细节我一直记着。第二次遇见是在陕西省教学能手大赛的现场，很巧，两个人在同一个评委组。两次交流，她缜密的数学逻辑、宽泛的人文素养、灵动的语言表述、执着的职业情怀让人肃然起敬。再次走近，是与她空间里的文字相遇，感性、敏感，几乎每篇文章都浸润在爱的池塘里，温暖、走心。我们在网上的交流可以说是凤毛麟角，也很少电话联系，唯一的一次是在一个清晨，我突然接到了她的电话。她说，她正在开车赶往学校的路上，在车载收音机里听到我被评为陕西省教学名师候选人的消息，就立刻拨通了我的手机，语气里流露着惊喜。她问我她是不是第一个将这个好消息告诉给我的人，我说是，她说她太幸运了！将与自己不相干的人的幸运看成自己的幸运，那只能说明一个问题，我们已经走上了相同的路，坐上了同一艘船。因为相同的志趣，我们相互欣赏。我称她为才女，她不认同，倒反过来把"才"强加于我，我更不认同。认不认同不重要，重要的是，当我们把彼此看作标杆的时候，本身就在成长。

武宏是我的同学，我们的谈话是用地地道道的宝鸡方言开启的，乡音乡情，力透纸背，而每一次谈话几乎都和教育脱不了干系。听他说话，我们仿佛坐在谷底，而他则站在山顶。他绝对的话语权，让一场貌似公平的角力变成了力量悬殊的单

井底之蛙的生活不见得不好，只要具有蛙的定力、鹰的胸怀，这里就是生命的道场。

漫生活　慢教育

边倒。在他跟前，你会感觉，倾听是一件特别划算的事，你的耳朵在吸纳着一场饕餮盛宴，你的眼睛和着他的绘声绘色，与他一起神采飞扬。我们，就像一匹匹被他精心喂饱的骆驼，驼峰高耸，满载而归。教育不是一个命题，而是一种生活；教育不应规整，而是顺势；教育不是挤压，而是释放。在武宏那里，你会看到教育的另一张面孔，他嘴里的教育，土得掉渣、美得惊艳，正如他的名字：武宏——文韬武略，气势恢宏。他达观的性格，铠甲一般抵御着功利和非人伦，让教育回家。

慧敏是我在上海特级教师培训期间的同学，渭南人。虽叫"同学"，却仅仅是在同一个地方学习而已，全班近100人，紧张的学习使人完全忽略了人际交往。后来，她从我们的合影里吃惊地发现，我原来就站在她的身后，这么近，又这么远。之后两次的遇见都是在陕西省教学能手比赛的同一个评委组，第一次她还称我"赵老师"，第二次就直接叫"赵科利"了。年龄相仿是一个原因，她的直爽和我们的熟识度才是她"肆意妄为"的根本。向她约稿，她说："你留意一下我的空间吧。"后来一次通话，我说："原以为你是'女汉子'，其实你才是'女神'的核，佩服！"她笑了，说何以见得？我说是她的文字告的密。慧敏的文字，质朴的真。她说她可以给我提供更多的资料，只要我看得上。最后她笑着说："说说稿费吧？"我说稿费很实惠的，来宝鸡请她吃擀面皮外加岐山臊子面，她说好，成交！

广平是我的同班同学，快人快语，真诚实在。当年棋艺精湛的他现在正统领着一方人马在下另一盘教育之棋。几年前，我在市里上公开课，他是我的点评人，那是我们走出校园之后的第一次工作交集，印象里的青涩稚气还在。在现场，各自呈现给对方的不一样，也仅

吸引我的是牌匾上的字

仅是在专业上，其余，似乎都没变。他一剑封喉式的评价，和我半调半侃的说课，珠联璧合。同学之间，能有一次这样的合作，是有一种穿越感，追忆必不可少，当下妙不可言。而这种穿越，还在继续。2014年市级教学能手比赛，广平也参赛了，正好在我们组。上一次公开课，我上课，他点评。这一次，他是选手，我是评委。这是我第一次听他讲课，他对课堂拿捏的精度、生成的张力游刃有余。课后，我向他表示祝贺。他说，说问题吧，别客气了。我说，课上得这么好，先请客再说。请客，是表示祝贺的另一种说辞，直到他评上陕西省教学能手，这个"客"依然没"请"，但，我们都乐在其中。"同学"不是"客人"，"请"太牵强。在西安再次遇到他，我把《凤凰月刊》送给他，他第一时间把刊物的图片发到了朋友圈里。他是以这种方式表达对我的支持，他说他认识的人多。

丽丽老师是这个团队的小蚕虫，她是最刻苦的一个。这个跳着孔雀舞、说着一口流利英语的人，现在的身份是一名小学数学老师。她说起她那年参加比赛，答辩环节对评委老师一连串的问题对答如流之后，她突然感到后背发凉，她在怀疑：是不是上课表现得不够好，或者是破绽百出，才引发评委老师这么多的疑问？回到住处，她放声痛哭，关掉了手机，终止了和外界的一切联系。三个月的魔鬼训练，五年的潜心修行，功亏一篑，是铁人也会流泪。事后，她说她的眼泪流错了方向，是她错误地估计了评委老师的初衷。当小组第一的成绩摆在她面前时，她倒变得平静如水。第一时间，她打电话给我，她说她现在高兴不起来，压力很大。我说先放空自己，什么都不用想。荣誉是可有可无的东西，失之，我认；得之，我幸。额外的压力或动力，都不是好事情，顺其自然就好。她说："师傅，你误解我的意思了，这个压力是一种惊醒，从现在开始，我要静下心来，做一只小蚕虫，然后，吐丝，化蛹。"她的工作站，我是她的课题组成员；我的工作室，她是我的核心组员。我说我是在给她打工，她说她是在给我打工。看似紧密的工作联络，也仅限于"研修之家"博客和QQ群的对接，面对面交流的机会很少，即使是在一起的研讨沙龙，她的表情也永远都是那样的恬静和悠远，一点也热络不起来，这和她色彩感浓烈的数学课堂形成了很大的反差。其实，这种表情由来已久。还在虢小的时候，一次教师例会，安校长表扬了她开会时的专注状态，说到了她的目不转睛。尽管后来提及这件事她说自己很不好意思。专注和认真，不是自己能够感觉到的，当旁观者一语道破天机的时候，你已经走出很远了。丽丽老师就是这样一位行者。

道生共鸣。说着，喝着，翻阅着，与其说我们是在咀嚼教育的盘根错节，不如说我们是在品味生活的茶香。2015静秋的午后，天空很大，我们很小，但我们的心里可以包含大世界。握手，我可敬的同道们！

与其说我们是在咀嚼教育的盘根错节，不如说我们是在品味生活的茶香。

数学课堂"五行说"

2001年初春，书友推荐我一本《易经》。关于这本书，他说了三个体会："其一，不学一定不会；其二，学了不一定会；其三，学会终身受用。"探问缘由，他秘而不答，摇头晃脑道："闲坐小窗读《周易》，不知春去几多时。"我说："你就酸吧，能不能食一点人间烟火！嘚瑟啥？"

他笑答：《易经》就是宇宙的全息图景，是经历几千万年实证的科学。你是教数学的，科学数学是一家，应该看看。

"再透露你一点，尾数3、8为木，2、7为火，5、0为土，4、9为金，1、6为水，你说神奇不神奇？"

在书友的指点下，啃书一个月，得道一小勺。《周易》万有，以客观自然解读宇宙人生。五行学说，五行思维，促使我用哲学立场定义和考量我的数学课堂。

五行说是中国古代的一种物质观。五行说认为大自然由金、木、水、火、土五种要素所构成，随着这五种要素的盛衰，大自然产生变化。我们的课堂教学，也应该具有"五行"的形态，彼此兼顾，相互平衡，和谐统一。

一、金——让课堂有金一样的错误

课堂是生成问题、解决问题的地方。问题从哪里来，问题从教师的点燃中来，从生生互动的碰撞中来，从学生自己摔倒、自己爬起的惊醒中来。一节课成功与否，不在于教师预设得有多么完美，而在于在教师预设之外出其不意的生成。好比一笼刚刚出炉的包子，热气腾腾，酥软可口。现做现卖，是商家最高明的营销策略，因为刚出炉，烫手是情理之中的事。此时，从学生口中和笔下自然流露出的"错误"，比金子更贵。这些"热乎乎"的错误，我把它们称作"美丽的"错误。

课堂无错要不得。课堂没错会怎么样？只能说明两个问题：第一，假的；第二，无效的。如果一个错也没有，这样的课还需要上吗？我们的教学既应该防微杜渐，也应该亡羊补牢，放弃经历错误也就放弃经历复杂性，远离谬误实际上就是远离创造。正确的，可能只是模仿；错误的，却可能是创新。错误，影射的是学生当前真实的认知状态和情感体验，是教学的原发力。课堂教学的本质，就是问题和错误的逐级交接和层层推进，不藏不掩，敢于暴露，最终方可实现一网打尽。可怕的不是学生犯错误，而是老师错误地对待学生的错误。

好的课堂一定是"错误百出"的课堂，出错是学生的权利，帮助学生不再犯同样的错误是老师的义务。因为民主而敢言，因为敢言才会口无遮拦，怎么想就怎么说，怎么想就怎么写。错误无罪，且是一种难得的资源，就看老师敢不敢用、会不会用、能不能用。前提是，老师得接受"错误似金，潜力无穷"。

二、木——让课堂有木一样的质朴

教育是农业，不是工业。教育要像栽培植物那样，是让植物自然生长，而不是像工业那样用模具去铸造成批的产品。课

问题从哪里来，问题从教师的点燃中来，从生生互动的碰撞中来，从学生自己摔倒自己爬起的惊醒中来。

堂教学更是如此。具有木质感的"原生态"课堂，素面美颜、端庄淑雅，传递的是师生间的一种智慧、一种默契、一种真实。让数学课堂从雕琢回归质朴，是我们必须思考的问题。

1. 回归宁静

数学课更像是一位温文尔雅、戴黑边眼镜的学者，静思是他最美的语言。没有适度的宁静，思维就会短路。数学教学，要符合数学学科本身的特点，体现数学的精神实质，要把数学课上成真正的数学课，力戒"创设情境"形式化、"合作学习"表面化、"多元评价"复杂化、"常态课"示范化、"公开课"表演化，"激发兴趣"导致"多兴趣"变成了"多闹趣"，"让生活走进数学课堂"导致"生活味"冲淡了"数学味"等现象。

2. 回归简约

简约并不是简单的压缩和简化。相反，它寓丰富于简单之中，是一种更深广的丰富。数学教学简约化，是对课堂教学的情境创设、素材选择、活动组织、结构安排、媒体使用等教学要素的精确把握和经济妙用，使课堂变得更为简洁、清晰、流畅、凝练、深刻，以实现课堂教学的审美化、艺术化、高效化。在这里，简约是一种操作要领，是一种教学方式，是一种理想目标，也是一种教学理念。理想状态下的简约化数学课堂特质应该是这样的：课堂结构——清晰、明快，整体感强；教学素材——经济、高效，少而精练；节奏控制——匀称、舒缓，张弛有致；活动展开——自然、流畅，环环相扣；教师上课——轻松、自如，胸怀全局；学生学习——愉快、主动，学有成效。

简约数学课堂，是在教学中尽量排除一些形式的、不必要的、闲散的东西，最大限度地追求课堂教学的最优化；是用最低的教学成本取得最大的教学收益，真正做到从"形式"走向"实质"。

3. 回归生活

生活与教育是一个东西，不是两个东西。创设生活场景来

数学课更像是一位温文尔雅、戴黑边眼镜的学者，静思是他最美的语言。

简约并不是简单的压缩和简化。相反，它寓丰富于简单之中，是一种更深广的丰富。

生活与教育是一个东西，不是两个东西。

学习数学，是数学生活化的第一步，但仅仅结合生活情境提出单一问题是不够的，学生得到的仍然只是一个数学答案。数学课堂的实践问题应当回归到原生态的现实生活中，教师设计的生活问题应当是真实的、有思考价值的问题，这样学生在解决问题的过程中，获得的就不再是一个数学答案，而是解决实际问题的一种策略、一种方法，从单一思维扩展到多向思维，有了思维的深度和广度，学生才能真正感受到数学与实际生活的紧密联系，体味到数学的价值所在。

三、水——让课堂有水一样的灵动

"水"的意象，让我们想到随遇而安的灵活。水本无华，相荡乃成涟漪；石本无火，相击而生灵光。从结构上看，灵动的课堂是一渠淙淙流淌的溪水，有击石而起的浪花，有舒缓起伏的节奏，有峰回路转的神奇，有起承转合的映衬，有此时无声胜有声的飞白，有众里寻他千百度的悠远与光鲜。

从本质上说，灵动的课堂是令学生两眼发光的课堂，灵动的课堂是有童趣的课堂，灵动的课堂是学生真情流露的课堂，灵动的课堂是有生成的课堂，灵动的课堂是超越知识的课堂，灵动的课堂是有生命关怀的课堂，灵动的课堂更是不断相遇对话的课堂。

日本教育家佐藤学的讲座，有句话让人记忆尤其深刻："学习是相遇与对话的学习，是对意义与关系的再编。"灵动的课堂，一定是新旧知识间的相遇，书本知识与学生课外生活的相遇和师生情感的相遇。学生间的对话、师生间的对话、书本与生活的对话，不仅仅是面对面的对话，还是心对心的对话……

叶澜教授说："课堂应是向未知方向挺进的旅程，随时都有可能发现意外的通道和美丽的风景，而不是一切都必须遵循固定路线而没有激情的行程。"教学过程是师生互动、生生互动的多维度动态过程，开放、互动的课堂具有较强的资源性。这种资源不是教师预先设计好的，而是在教学中随机产生的，包括学生的兴趣、积极性、注意力、学习方法与思维方式、合

学习是相遇与对话的学习，是对意义与关系的再编。

漫生活　慢教育

作能力与质量、发表的意见和观点、提出的问题与争论，以及错误的回答等。课堂动态生成性资源是课堂生命的"活水"，有效地利用能让课堂更加灿烂、更显生机。

我们希望看到的课堂是灵活开放和生成发展的课堂。课堂的灵动并非遥不可及，关键在于我们对数学教学的理解。关于学生立场，我们永远记住一点：心在哪里，智慧就在哪里，厚积而薄发，那么智慧的、灵动的、充满童趣的课堂也就不远了。

四、火——让课堂有火一样的激情

数学课一定要有数学味，但如果数学课太"数学"、太规整，同样是一场灾难。于是，我想到了"火"，想到了冬天里的温暖，想到了激情。

什么是激情？"激情"一词在《现代汉语词典》中的解释是："强烈激动的情感。"我们在教学中正是需要这样一种强烈的情感，释放我们炽烈的热情，感染我们的学生。

教学的艺术不在于传授的本领，而在于激励、唤醒、鼓舞，只有激情才能产生激情。要让学生在我们自身充溢的激情感召下，自觉走完"不动—激动—感动"三段式心路历程。

课堂需要激情。教师进取的激情可以调动学生的学习兴趣，使学生产生强烈的求知欲望；教师感动的激情能引起学生的注意，调动学生探究问题的主动性和积极性。没有激情的教学，如同生锈的钝刀，形似刀，实无力，激情就是一把利刃，它能将坚硬的骨头肌肉切开，对人的精神施行复杂的外科手术，由表及里，标本兼治。

激情从哪里来？首先，要有一张"铁嘴"，能把话说"通"、说"活"、说"准"、说"趣"、说"美"。其次，需有一手好字，板书"精、美、严、实、新、活"，能巧妙地用简笔画上课、板书，使枯燥的文字变成有趣的形象，变"死课"为"活课"。最后，要有好的教态，情绪、声调、眼神、动作、姿态等诸多要素，一个都不能少。教师本身就是一本活教材，衣着整洁朴素，动作协调优美，表情自然和善，声调抑扬顿挫，目光亲切敏锐，都是激情燃烧的火花，美丽、明亮。

五、土——让课堂有土一样的幽默

课堂上最接地气的东西是幽默，性价比最高，但同时又最容易被遗忘。哭是一种本能，笑是一种能力，幽默是一种气场。

每次听名师讲课都非常轻松，他们妙语连珠、妙趣横生，让我们欲罢不能，学生也乐在其中。追根求源，除了因为他们拥有丰富的教学经验、深厚的教学功底、精湛的教学艺术，还因为他们在教学过程中善于运用幽默语言来激发学生的兴趣，活跃课堂气氛，让学生在笑中接受新的知识。苏联著名教育家斯维洛夫曾说："教育家最主要也是第一位的助手是幽默。"幽默的教学语言充满了"磁性"和魅力，能为教学增添亮色。

幽默是和谐师生关系的润滑剂。"亲其师"，才能"信其道"，"信其道"才能"亲其教"。学生只有在亲其师的氛围中，教学效果才会达到理想的境界。如果教师缺乏幽默感，就会筑起一道师生互不理解的高墙。

幽默是有效课堂教学的兴奋剂。一个人的情绪、思维在不同的状态下，接受新事物的快慢会不一样。当人们的情绪、思维处于兴奋、积极的状态时，接受新事物就快，反之则慢。教师要想让学生长时间处于兴奋的状态，最好的教学手段首选幽默。因为幽默就像"兴奋剂"，能消除学生的疲劳，点燃学生的注意之灯。

如何才能拥有语言表达的幽默感呢？首先，保持乐观、开朗的心境是进行幽默教学的前提。幽默也是一种心态，只有心境稳定，才会以幽默的"趣味思维方式"对待一切。其次，知识丰富、思维敏捷是进行幽默教学的关键。教师要与幽默结缘，有赖于丰厚的文化底蕴、思维的敏捷、口语的畅达和过硬的教学基本功。平时教师要博览群书，多搜集富有幽默感的格言、警句、趣联、小故事、笑话等。只有广撷博采、汲取精华、内化吸收，年深日久，运用时才能信手拈来、随心所欲。最后，适可而止，为教学服务是进行幽默教学的保证。

幽默之所以受到教师的青睐和学生的喜爱，不仅在于它能博学生一笑，而且在于它能在笑声中给学生以智慧的启迪。教师要清楚地认识到幽默在教学中只是"调味品"，量不可太大。成功的幽默不是浓墨重彩地渲染，而是最佳时机的疏笔点染。从表层看，不显山、不露水，但蕴藏着机敏、智慧与期待。

说到底，藏在幽默背后的是快乐，藏在快乐背后的，就一个字，那就是"爱"。

让你的课堂有温度

在2013年陕西省小学教师教学论坛上，我谈到高效课堂的三种境界：一是"形先于神"，二是"形神兼备"，三是"人课合一"。我讲了语言的魅力，讲了幽默，讲了知识以外的教学管理体制，讲了高效课堂的原发点。我说，高效课堂首先就得从"形"开始，就像新女婿第一次去丈母娘家，那霸气外露的高档礼品包装盒就是对"爱"的首场秀，那是由外而内的一场革命，相当于"一见钟情"，高档礼品盒是"形"，礼品盒里的干货是"质"，干货好不好，那是日久见人心的事情，我们首先要解决的是"面子"问题、"形"的问题。

语言是"形"，课堂教学模式也是"形"。在和参加培训的备课组长们互动的时候，我说："高效课堂首先是语言的高效，这种高效刻骨铭心。遗憾的是，这样的老师太少，与此同时，我们涉足高效课堂的研究领域却对'语言'这块高效课堂敲门砖视而不见、舍近求远。任何高效课堂模式的推介都是语言泛陈乏力之后的无奈之举，新模式恐怕是高效课堂的最后一根救命稻草了，语言不占上风，模式就一定要后来居上，做个上山虎。""模式是个好东西。相当于人家已经修好了路、造好了车，我们只是驾驶它安然出行即可。""教学有法、教无定法、贵在得法"，"法"说的就是"模式"。

面对"模式"的条条框框，怎一个抱怨了得，这是一个正

幽默之所以受到教师的青睐和学生的喜爱，不仅在于它能博学生一笑，而且在于它能在笑声中给学生以智慧的启迪。

常人面对"改革"新面孔的正常反应。相当于我们已经习惯在泥泞的路上开拖拉机，而对在高速路上开宝马却充满恐慌。面对将课堂70%交给学生的失控场面，老是怀念"我讲你听的一言堂"，那些一声令下、当头棒喝、快刀斩乱麻快餐式的传统课堂教学模式成就了形式上耗时少、节奏快、大容量的课堂假高效。没有学生先入为主的独学、预习，没有学生间生生互助地对学、群学，没有学生课堂上一试身手般的展示，没有学生跃入水中冷不丁喝下几口池水一般的真反馈，任何喂到学生嘴巴里的"结果"都不会让他们吃得津津有味。要想可口，自己动手，经历过，才深刻！

要想可口，自己动手，经历过，才深刻！

模式就是一条路，只要你愿意走，并执着地走下去，最终你会忘记脚下的路，转而欣赏赞美路旁的大好风光。定模是为了破模，临帖是为了破帖，等真正领会了"形"所固化的本质，"神"也就水到渠成，此时无招胜有招。在没有领会高效课堂教学新模式之前，老老实实在"形"里摸爬滚打，是我们当下必须要做的事。不是模式不好，而是火候未到。

在没有领会高效课堂教学新模式神韵之前，老老实实在"形"里摸爬滚打，是我们当下必须要做的事，不是模式不好，而是火候未到。

还是在那次教学论坛上，一位青年教师问我："你所说的'人课合一'到底是一种什么样的课？能给我们描述一下吗？"我说："人课合一，就是让学习发生在学生身上，学生全身心地投入在问题里，投入在讨论里，投入在争辩中，在解决问题的过程中，又生成了一个个金子般闪亮的问题。同时，又将讨论的过程、结果原汁原味地展现给你，能言善辩、争先恐后、妙语连珠、绘声绘色、掌声笑声辩论声声声入耳，这就是'人课合一'。似乎遁形于课堂的老师，不是可有可无的附属品，而是屹立于高空的'如来'，佛光普照，傲视群雄，该出手时才出手。"

"勤于课前、懒于课中、思于课后"，一个好老师，就是这样愿意为学生鞍前马后精心策划而近乎消失的"活宝"。学生的精彩就是老师的精彩！

课堂上，老师一定要学会"偷懒"。老师"懒"一点，学生才会"勤"一点。一名"懒"老师会培养一班"勤"学生。相反，一名"勤"老师，就会培养一班"懒"学生。课堂上，老师一定要学会"装傻"。老师"傻"，学生才会聪明，否则，老师太聪明，学生一定变"傻"。现在，我们的教育最大的问题就是老师太"聪明"。课堂上，老师一定要学会"踢皮球"。学生是课堂的主体，是学习的主体，教师不要当"保姆"，什么事情都包办，要学会把皮球踢给学生，让学生学会自己解决问题。

我是一个喜欢拍照的人，女儿说："爸爸，你还是改名吧，别叫赵科利了，就叫赵相（照相）吧。"拍照与高效课堂也有一比。最初拍照，我只喜欢照自个儿，还有"非常6+1"的造型。慢慢地我喜欢照山、照水、照风景了，因为那里可以让人浮想联翩，什么样的伊人进去，只是大脑一闪念的事情。后来我又喜欢照人了，不过这次不是照我自己，而是随手抓拍擦肩而过的路人，一个人一个故事，只要你愿意拍，故事就会无穷无尽，抽象加直观，形神兼备，人课合一。

寻找核心素养

"核心素养"成为热词，是教育的必然。2015年仲夏，我们以研讨沙龙的方式在课堂教学中寻找"核心素养"的影子。两节课后，我以观察员的身份，咬定热词不放松。我抛出五个问题，让大家一起思考。

什么是核心素养？什么是数学的核心素养？数学是要讲理的，这个理在哪里？数学只讲理就可以了吗？维系数学核心素养的母体是什么？

1. 什么是核心素养

爱因斯坦说，把在学校学过的忘掉，剩下的就是教育。我说，把在课堂学过的知识忘掉，剩下的就是核心素养。想一想，除却知识，剩下的有什么？

学生到学校来干什么？一个是学习，一个是生活。怎么学

把在课堂学过的知识忘掉，剩下的就是核心素养。

习？学会学习。怎么生活？健康生活。

打个比方，我们知道，地球分三部分：地壳、地幔、地核。从物理意义上说：核心在地核。从生存意义上说，核心在哪里？在地壳。能让人生存、生活的地方，理应是核心。地壳之上，山川秀美，比深不见底黑洞洞的地核要好得多的多。同理，数学的核心素养，也应该是知情统一，遵循天生我材必有用。这个"材"指的是方法、原理和思想，是能让我们踏遍千山万水，万变不离其宗的道与法。

人与人之间最稳定、最长久的吸引力，不是盛世美颜，不是才华横溢，也不是富贵荣华，而是传递给对方的温暖和内心的踏实，以及传递给对方的积极向上的能量。

他们可能会忘记你讲过的话，但他们永远不会忘记你曾带给他们的感受。感受是什么？是温度，是方法。说到底，就是带给对方的核心素养。

教室里的每一个孩子，都是某些人的全世界。核心素养是面向个体的教育。

2. 什么是数学的核心素养

通过小学数学的学习，必须习得一定的数学素养，方能立足于未来。当然，这样的数学素养由于要伴随人的一生，一定得是基础的；而且是人人必需的，具有普遍性；还要通过数学，通向生命成长，所以这样的素养也务必具有高度关联性。这样的数学素养，就是小学数学核心素养。即小学数学核心素养指的是：通过小学阶段的数学学习，为了满足自身发展和社会发展所必备的数学思维与数学文化。

这样的数学思维与数学文化，又怎样才能赋予可教、可学、可测评、可分学段阐述的特质呢？可以这样讲，数学的本质是数学思想，数学的动力是数学人文，数学的基点是数学意识。小学数学核心素养的构成要素就应该包括数学人文、数学意识、数学思想。

（1）数学人文：是指对数学的持久兴趣与好奇，对数学美有追求，会数学交流。其关注点是动机、审美、表达。具体就

他们可能会忘记你讲过的话，但他们永远不会忘记你曾带给他们的感受。

是：学生愿学数学；脑海中经常性构建数学问题；知道数学学习的过程会遇见困难，但不逃避数学困难；懂得欣赏数学结构的真与美；懂得数学简洁、缜密，乃至答案唯一、规则统一的价值；喜欢数学阅读，会用数学语言交流与写作。

（2）数学意识：包含运算能力、空间观念、符号意识、解决问题的策略。其关注点是学会、基础、方法。具体就是：学生会从数学的角度解释生活，也会从数学本身解构数学；有属于自己的良好的解释与解构的方式；能运用数学的本质拓展智力边界。

（3）数学思想：包含抽象、推理、建模三种数学思想。其关注点是会学、理性、智慧。具体就是：学生在愿学的基础上，在数学思想的引领下，提升思维品质，提高数学学习的效能，成为会学数学的学生。即能把较为复杂的数学问题，通过合情推理转化为熟知的数学知识；能把较为复杂的生活情境，抽象为数学问题，再运用数学的模型予以解决。

3. 数学是要讲理的，这个理在哪里

理来自"四基四能"。"四基"即基本知识、基本技能、基本思想、基本活动经验。"四能"即发现问题、提出问题、分析问题、解决问题。

对"四基"的定位是掌握基本知识、训练基本技能、领悟基本思想、积累活动经验。概念注重于基本知识，计算注重于基本技能，数学广角注重于基本思想，图形与几何注重于活动经验。基本知识和基本技能是数学教学的主要载体，基本活动经验是数学教学不可或缺的形式，而基本思想是数学教学的精髓，是统领课堂教学的主线。

从众多的数学思想里可以抽离出三种核心思想——抽象、推理、建模。通过抽象，从客观世界得到了数学概念、法则，建立了数学学科；通过推理，得到了大量结论，发展了数学学科；通过建模，把数学应用到客观世界中，又反过来促进了数学学科的发展。我们也可以了解一下从以上三种核心思想派生出来的数学思想。抽象思想派生出来的有分类、集合、数形结合、变中有不变、符号表示、对称、有限与无限；推理思想派生出来的有归纳、演绎、公理化、转换化归（转化）、联想类比、逐步逼近、代换、特殊与一般；建模思想派生出来的有简化、量化、函数、方程、优化、随机、抽样统计。

4. 数学只讲理就可以了吗

数学是冰与火的传奇，冰冷的美丽和火热的思考。冰冷是因为数学得讲理，讲理就是要有数学味。火热是因为顺"理"成章、顺"势"而为的探索路径的通畅。要通畅，还得情理交融。

5. 维系数学核心素养的母体是什么

核心素养来自新课标。从新课标的四大板块（数与代数、图形与几何、统计与概率、综合与实践）寻找数学学科素养，深度解密教材埋伏的机关。

核心素养来自三维目标。我们可以将数学的三维目标倒过来这样表述：乐学—会学—学会，乐学是一种生态，会学是一种生活，学会是一种生成。情在前，理在后。

核心素养来自数学情商。数学就是讲故事，就是捉迷藏。数学就是在绳子上打结，然后让学生从井底顺着结往外爬，数学就是培养一群快乐的"青蛙"，让他们看到外面的世界。

核心素养来自平等对话。我听到过幼儿园小朋友的对话：

"大人们总说我们挑食，他们怎么不挑食？"

"因为他们买的都是他们爱吃的。"

站在自己的立场，永远不知道学生的真实想法。老师得换位，用你的同理心融化他们。用目标多元化看懂学生；用教学层次化看准学生；用方法多样化看透学生。有了平等意识，然后才生发出"人同此心，心同此理"的同理心，最后才有了立人达人的利他心。这个逻辑一定是这样的：平等心——同理心——利他心。

核心素养来自观课立场。观课有四个维度：学生的学、教师的教、课程性质、课堂文化。有五看：看师情——师放权、师生合作、共同发展；看状态——看动作、听声音、观表情；看参与度——个人、小组、全班；看流程——自学、展示、反馈；看效果——自主程度、合作效度、探究深度。

核心素养来自教学方式。教学方式不改变，核心素养难生长。教学就是主体和客体的相互作用，主体有两个：一个是老师，一个是学生。客体是相对于主体而言的。我们的客体是什么？是环境。不同生命个体自主生长，又依靠像森林一样的教育生态：发现与倾听、连接与交互、共享与共建。

改变教学方式，第一件事是研究资源环境。目前所有的好课都是学生参与性很强的课，老师在课上要往后退。老师往后退，课堂质量如何保证？那就是学生对资源的相互作用在增强。如果老师后退之后其他东西没变，课堂质量还能提高，那得出的结论就是老师是多余的，所以老师的作用是让学生与资源环境的作用增强，体验性增强。

如果资源环境没有创设好，让教师改变教学方式是不管用的。如果老师要改变教学方式，要先花时间研究环境与资源，有了这个之后再去思考认知方式和活动可以发生怎样的改变。

第二件事是指向教学内容的问题或者任务的开放程度，影响学生探究的深入程度和多样化程度，应该给学生尽可能大的研究开放程度和多样化程度。

心智觉醒

> 如果你是教育人，
> 只要你天性能够感受，
> 只要你尚有一颗未因年龄增长
> 而泯灭的承受启示的心，
> 你就应当去宝鸡高新三小走一走。

随风潜入夜

2018年8月，我以一个观察者的身份"潜入"高新三小。经历和组织过多场次校本研修活动的我，在这里见到了不一样的洞天。从校园到研修室，每一处都新奇，我感觉我像是刘姥姥进了大观园。"掌声、笑声、讲述声"的背后是"精彩、幽默、深刻"，从三小的心智之师身上，我看到了心智教育的"悟性、灵性、魔性"。

8月7日，德育故事分享：

7日上午，是德育处的主场"心智故事分享"，我一一记录每个故事的标题，仔细聆听故事里的慢教育。

《和调皮大王"战斗"的日子》《念念不忘必有回响》《你是我的开心果》《不同角度不同收获》《所有的糖都不及你甜》《发芽的种子》《换种方式也许会好》《心心相印唯爱相伴》《与你"斗智斗勇"度过二年级》《在教育的路上我们静待花开》《让爱之花在心灵起舞》《就这样陪伴着他们成长》《捏在手里的沙子》《从"告诉"说开去》《爱如春雨》《我和小周同学的故事》《爱的萌动》《师者为爱而生》《我和小Z的"爱恨情仇"》《多用微笑鼓励学生》《水柳缆孤舟飘

飘万里秋》《调皮小王》……

这不是一出好戏，而是好戏连台。在别人的故事里，流自己的眼泪，绽自己的笑容。

正像"你在桥上看风景，看风景的人在楼上看你。明月装饰了你的窗子，你装饰了别人的梦"。

一个人的故事，变成了一百个人的故事，每个人都是男一号或者女一号。

7日下午，师德师风学习。学习内容有三：《心智之师应知应会》《心智之师行为语言规范》《心智之师十条标准》。

学习有多种方式，其中最简单的一种就是照本宣科，说其简单，是因为它省时也省力，二三十分钟就可以搞定，并且每个人都不用耗费脑细胞，不劳心劳身。而三小却采用了一种"演"的方式，看似费时又费力，但指向很明确——走心。

任何与"心"无关的培训都是"伪"培训，让人生厌。

师德师风是严肃的话题，更是一辈子的修行。培训方式的改变，缩短了道与术的心路。

听过，就忘了；看过，就记住了；做过，就理解了。学过了——讨论过了——演过了——做过了，这种"曲径通幽"的方式，就是"体验"。子非鱼，安知鱼之乐？换位、体验、感同身受，轮番上阵，你来我往。成长就在这样的情境中，悄然发生。

8月8日，德育"情境答辩"：

再回过头看我们的德育培训清单。

分享：爱心点亮智慧——心智教育故事分享。

演示：品质铸造智慧——师德师风学习。

模拟：责任创新智慧——班级管理情境答辩。

答疑：互助迸发智慧——优秀班级工作管理沙龙。

从行文、关键词，可见设计者的良苦用心。现场抽题，即时作答，是对个人素养和管理智慧的最大挑战。

我很喜欢主持人对班主任和护导教师工作关系的比喻，不是一家人，不进一家门，家要用心经营，班级更是如此。李校长在总结时说道："得班级者，得教学。"意义深远。如

一个人的故事，变成了一百个人的故事，每个人都是男一号或者女一号。

师德师风是严肃的话题，更是一辈子的修行。培训方式的改变，缩短了道与术的心路。

果把每个人分享的智慧拼接起来，我们就会看到一幅色彩斑斓的"智慧拼图"。不一定招招鲜，但可以让我们多一些谋略，少一些弯路。策略共生，方法共享，拥抱错误，以柔克刚。

8月9日，少先队主题培训：

少先队这方面几乎是我的盲区，每周参加升旗仪式是我对少先队认知的最大范围。我只是一个旁观者，没有"入乎其内，出乎其外"，更没有理性悟性和实践悟性。

大队辅导员糖糖老师和资深的中队辅导员给我恶补了这一课。

"凡经我手必美丽"，从大块头、好质地的红领巾开始，我认识了它的型号，边长——60cm、60cm、100cm或72cm、72cm、120cm，我学到了"红领巾议事厅"里那么多的金点子。

"初升的朝阳为心智的羽翼镀上金色的光芒，鲜艳的五星红旗开启一周新的希望！"多美的开场词！

"演得精彩，讲得出色"怎么做到？细节！

认识演讲与朗诵的区别；队形队列，男女搭配；女同学丁字步，男同学标准站立；如何传递话筒、选择发型、搭配背景音乐……

教育就是一堆细节，细节铸就仪式感。

2018年6月，陕西省少先队教学能手比赛的赛点就在我们学校，程益霖和杨柳两位老师获得省级教学能手殊荣。我们何以取胜，凭的就是设身处地的体验和近乎严苛的行动力！

8月10日起，属于教导处和教师发展中的"教学频道"：

一场没有咖啡的咖啡屋教研沙龙，一桌、四椅、一花，开启了关于课堂教学的心灵对话。这是孙主任的创意。

智，可以理解为学习的方式方法；心，可以理解为成果表达的个性化。

阅读文本，就是要探究编者之意、作者之意、文本之意。

发现是有层次的，发现也是有路径可寻的。

发现修辞手法、发现文字架构、发现文本的魅力，包括观察顺序，如从听觉到视觉、从全局到局部等。

教学思想和方法不少，"发现法"无疑是带有鲜明指向和实操意义的法中之法，抽丝剥茧，一锤定音。我们用发现法，催生了学生的自主与探究，让学习发生在学生身上；我们用发现法开启了老师的第三只眼：向学生学习，还教育常态。

郭校长总结这场沙龙时说了三点：一是内容最精彩，这是她想看到的；二是态度最真诚，她用了"了不起"和"伟大"这两个词语；三是状态最丰盈，那是研究的状态。

董主任的《修炼深耕传扬——心智之师成长路径》，条分缕析，高度凝练：

终生学习——教师专业发展的前提保证；行动研究——教师专业发展的基本途径。

教学反思——教师专业发展的必经之路；同伴互助——教师专业发展的有效法方法。

专业引领——教师专业成长的重要条件；课题研究——教师专业成长的有效载体。

走出舒适区会很痛，但那是生长痛。痛过之后，便已华丽转身。

文字是有温度的，乘着热乎劲，笔耕下那份温存。否则，故事荒芜，笔头生锈，有智无心。

教材是课堂教学的第一脚本，研读教材是课堂教学的第一要务。

"会当凌绝顶，一览众山小。"从本册教材的整体架构到单元内容的前后衔接、教学目标、重难点，从整到零，从内而外，由此及彼，需要一个知识的路线图，更需要一个认知的思维导图。

乐见我们的老师，组内或一个人单挑，或组团互补，比较熟练地掌握了这种让思维归顺的方法。把教材高高举过头顶，把自信和专业尊严牢记于心，这是一种格局。

8月11日，教材研读：

以数学组王蕾老师的课标解读为例，她的题目就很吸引眼球——《例谈如何解读教材》。我可以毫不夸张地说，她的数

> 文字是有温度的，乘着热乎劲，笔耕下那份温存。否则，故事荒芜，笔头生锈，有智无心。

> 把教材高高举过头顶，把自信和专业尊严牢记于心，这是一种格局。

学课标解读是我迄今为止听到的最振奋的解读。何以这样讲，因为她的解读是策略性解读，全而不乱，深而不拗，将"伪经验"与真理论进行比较，去伪存真。更值得肯定的是，她用课例和案例进行支撑，让课标变得温婉亲和，课标于教材，就像形影不离的邻家小妹。

从总体架构来讲，她对小学数学2001版与2011版新课标删改的内容进行了粗线条的解读，对老教师有提醒功能，不犯经验主义错误。

对《数与代数》这一知识领域，她从一到六年级按照"数的认识、数的运算、式与方程、正反比例"四个板块进行了梳理。有比较才有鉴别，同一板块内容，哪一个年级该教什么、不该教什么、教到什么程度，只有认真梳理过，明确了大方向，课堂教学的预设与生成才可能自然衔接。

任何培训，几乎都是三段式的，即是什么、为什么、怎么做。王蕾老师从什么是教材，解答了"是什么"的问题；从研究背景和目前存在的问题，很好地解答了"为什么"的问题；她从教材研究思路、宏观整体架构、微观分层研读（包括怎样读单元主题图、习题研读）等，给"怎么做"找到了出口和抓手。

跳得进，就是工匠。匠心独具，成就工匠精神。

在自由交流环节，数学组的伙伴们对王蕾老师用了"膜拜"和"女神"等词语表达了真实的心声，也是对自己蓄势待发的无声承诺。

8月11日，备课研训练：

做了这么多功课，该备课了，怎么备？什么时间备？

董主任开出了药方，在开放、共享、融合的理念下，集体备课。应做好如下几步：

二研（研课标、研教材）、四定（定时间、定地点、定内容、定重点发言人），六备（备教学思想、备教材、备重难点、备教法、备学法、备教学手段）、六统一（同一进度、统一目标、统一重难点、统一每节课的共性内容、统一作业、统一检测题）。

关于备课，也可以倡导老师们这么做，即四步备课法：

裸备（查找认知盲点）、比备（发现认知拐点）、研备（分析认知基点）、精备（形成认知支点）。

在闲适的状态安静地自我成长，就像是牵着蜗牛在散步。

暑假的这段体验学习之旅，是连接灵与肉的学习，是心智教育必经的桥梁。

不怕同学是学霸，就怕学霸过暑假。三小，赢在路上！

"随风潜入夜，润物细无声。"在这里，我被滋养，从眼，到心。

在闲适的状态安静的自我成长，就像是牵着蜗牛在散步。

这里是一处高地

心智之眼

第一次正式走进高新三小，我用两个词语表达我的心境，一个是"仙气"——那是我远眺三小时的崇敬；一个是"福气"——那是我融入三小时的喜悦。2019年7月，就在今天，我还得再添加一个词语，那就是"锐气"——那是三小心智教育给中国基础教育带来的重大变革，那是对我个人教育生涯的颠覆式重建、涅槃式重生，因为我触摸到了教育的根。

昨天，在打开微信的时候，我看到了一张图片，就是大家都很熟悉的微信登录界面，映入眼帘的是一个庞大的蓝色星球，一个背影站在地平线上，远远地眺望。

我把这个背影想象成自己，那个蓝色星球，就是我触手可及的心智教育的版图。这个版图让我如醉如痴，流连忘返，沉醉不知归路。

2019年4月，我拜谒大儒张载，听到著名的横渠四句："为天地立心，为生民立命，为往圣继绝学，为万世开太平。""四为"句，或许是张子脱口而出，越接近原汁原味

那是三小心智教育给中国基础教育带来的重大变革，那是对我个人教育生涯的颠覆式重建、涅槃式重生，因为我触摸到了教育的根。

高新三小管理团队与张威院长

的，越显示一个人的格局，越原始，越本真。心智教育，其实就是张子"四为"的现代表达。通古博今，立志心智。立行心智，"四为"是东方文化的支撑点，张子的主张和心智教育一脉相承，和民族复兴一脉相承。

理解的过程，就是提升自己的过程，心智教育找到了自己的理论依据。

高新三小的校训是"人人都是发光体，人人都做思考者"。发什么光？正义、真理和生命之光。思考什么？世界观、方法论。

用"横渠四句"呼唤教育格局，高新三小已经站在了中国基础教育的最前沿。

2018年12月，全国首届心智精课大会在高新三小精彩绽放，来自全国32个省市区（包括台湾）的600余名专家、局长、校长们，共同见证了心智学子超强的学习力、思维力。"让能力长在学生身上是师者真正的成功"在这里落地了，而且掷地有声。

任亚萍老师这样说："我从来没有想过，美丽的翠鸟能从课本飞向全国，课堂的闪耀能产生巨大的回响。"

2019年3月，作为教育部首批领航名师，我在北师大见到了

漫生活　慢教育

我的导师、中国小学数学理论与实践研究的泰斗级人物吴正宪老师，她的"读懂儿童、读懂教材、读懂课堂"以及她儿童数学的教学目标"传递知识、启迪智慧、完善人格"，和我们的心智教育"心智识"三维非常契合。吴老师的资源价值是丰富的，既有学术的，也有人格的。我给了吴老师一份礼物，那是一本书，书名叫《士志于道》。这是一个人的教育传奇，这是心智教育的清澈源头。

在来高新三小的第一次见面会上，我说"在我的大脑里，始终缠绕着两个词语，一个是'从容'，一个是'坚定'。一个从容的人，可以称得上'精神领袖'；一个坚定的人，可以称得上'专业导师'。精神领袖+专业导师，正好是'心'和'智'两个维度。如果把这些词语和维度立体化，她一定是我们的领航人、心智教育的创立者，我们敬爱的郭冬梅校长。"

《士志于道》这本书，勾勒的是郭校长几十年行走教育一线的心路历程。吴正宪老师打开了这本书，很专注地读了起来，我拍下了她捧读这本书的照片。书里书外，是两位教育人的哲与思。

在教育部"名师领航"工程中，我遇见了众多的先贤、大师，我在他们的故事中穿越，带着心智的眼光，和他们隔空对话，蔡元培、马相伯、闻一多、聂耳、苏霍姆林斯基、杜威、老舍、梅兰芳、于漪、李镇西、吴正宪……他们给我的，不再只是一个概念，而是流淌在骨子里的血液，我听到了他们的呼吸声。

他们给我的，不再只是一个概念，而是流淌在骨子里的血液，我听到了他们的呼吸声。

身边的刘濯源教授、李红路教授、Power先生、刘彬校长，让心智教育向阳生长，根深叶茂。

教育部黄贵珍处长、中国教育学会未来教育家发展学院张威副院长、中国好老师基地张威主任、北京师范大学教育学部朱旭东部长，还有上海建平实验中学的李百艳校长、云南大学附属小学的谢静校长、香港的郑丽娟副校长、谭蕴华主任、山东青岛的于伟利校长……他们对心智教育的未来饱含深情，充满期待。

心智教育，既是理念、方法，又是一个教育概念，要想真正认知、理解，把握和实践它，一定要先解决格局和境界的问题，做到道、法、术、器的统一。高高山顶立，方能深深海底行。

心智之微

2018年9月的第一周，第一天，在郭校长的办公室，我聆听了郭校长的一节不足20分钟的漫谈式的"微型课"。郭校长授课的方式是委婉的，表情是微笑的。在我听来，却是严峻的。每节课都要有教学目标，郭校长给我的目标是课堂革命——革传统课堂的命，心智赋能，全面开花。

我的阵地在课堂，从领命那一刻起，我是亢奋的，但同时又是迷茫的，就像一根烧红的铁棒放入冷水里，滋啦啦过后，一股白气。

要课堂革命，首先得找出问题，从细节入手。我设计了《课堂研究一日工作清单》，从课堂教学、课堂管理到课堂研究，从学科研究、问题研究到主题研究，从关注教学、关注活动到关注整体，从关注点位、策略预设到跟进时效，每天3节课，直面问题。与此同时，一个困惑产生了：听课越多，发现的问题越多，这种愚公移山式的劳作，让"低效率，低产出"，硬生生横在自己面前，成为前进的障碍。直到有一天，郭校长授予我们一个秘籍——结构化。

高新三小的思维可视化工具——学科思维导图，像一个神经布列图，宏观总览，微观洞察，"提要素、理关系、建结构"是其架构路线。借助这个思路，我们用"结构化"逐步揭开蒙在心智课堂上的面纱。

1. 心智课堂可视化问诊

如果把心智课堂推进的节拍比作"箭靶"的话，濯源教授给我们的"心智精课内涵图谱"就是"靶心"，我们已有的"心智课堂十大标准"就是"靶向"，"心智课堂可视化问诊"就是"靶盘"。依托靶盘，找到靶向，瞄准靶心，对应解

漫生活　慢教育

决心智课堂核心要素"有没有、对不对、好不好"的问题。

心智课堂可视化问诊，从教学环境的审美、教学行为的悦纳、教学过程的精致、学生表现的在场，让心智之师围绕"心智"进行耕作，在课堂教学中严守阵地，不偏颇，不游离，不脱靶。是不是心智课堂，首先看有没有这些可视化的要素。这是步入心智精课的首道门槛。

2. 心智研课六法

高新三小心智教育之中的心智课堂，是培养学生独立思考、独立人格和批判性思维能力的课堂。我们深知，思维力是学习力的核心，心智课堂走的是一条从传统的知识输入转向思维输出的心路。只有学生"思维产出"的知识，才可能成为学生自己的知识。

课堂教学是课程理念、教学理念的终端输出。"心智课堂可视化问诊"更多的是对授课教师的一种约束，是外动力；"心智研课六法"是基于这种约束而设计的达成路径，是内动力。它解决一个核心问题：如何上出心智精课？我该怎么做？读课（悟出来）——说课——（说出来）——创课（写出来）——转课（上出来）——析课（看出来）——典课（立起来）

也就是说，在上课之前和之后，还要做很多工作，流水线作业，勤于课前，懒于课中，思于课后。从自我觉悟的读课，到最终自我建构的典课，形成系统化的研修闭环。

读课，读什么？怎么读？读的效果怎样？

读什么：读有教材解析和课例评析的好课，读名师的简析课，读与教学进度同步或异步的课。我们要明白，课标是纵向的引领，教材是横向的梳理。

怎么读：读教学背景分析，读教学目标，读问题框架，读教学流程示意，读教学过程，读学习效果评价设计（学生访谈、教师自评），读与其他教学设计的异同，读与心智精课的对接点，读专业点评。

读的效果：每周至少1节，每周二教研组分享。

说课，说什么？怎么说？说的效果怎样？

说什么：说读课的内容。

怎么说：说读课内容九个环节当中的某几点。

创课，创什么？怎么创？创的效果怎样？

创什么：目标很明确，创心智精课。

怎么创：找准核心问题，解构核心问题，建构核心问题。在研读教材和研发学习活动单中找准核心问题；通过绘制学科思维导图，在导图中画出作者的行文思路，标识发现的奥秘，来解构核心问题；用知识入框，梳理发现的规律，指导知识的迁移，重组学习的成果，建构核心问题。

创的要素有两个，即内涵要素、可视化要素。

心智精课必须借助学科思维导图和学习活动单这两种工具，撬动学生主动发现、自主探究的学习效能。

心智精课始终贯穿一种学习方法，即新发现式学习法。发现的背后有一个强有力的推手，那就是"主动"。只有调动了学习的内驱力，才有可能发现，发现也才有价值。

心智课堂就是带着核心问题在解构和建构之间，有赏、有析、有发现。这个发现一定是主动的、互动的和生动的。

心智精课必须具备"展学、合学、游走、微笑"这四个外显的特质。展学与合学是学生课堂主体的外显，游走与微笑是教师课堂温度与智慧的外显。像鱼一样游走在学生中间、小组中间，关注个体差异；像天使一样，把温暖的微笑、建设性的评价传递给每一个学生，容错化错。

我们为什么不把三尺讲台与学生一起分享呢？老师下不来，学生就上不去。

创心智精课，同时要反向思考：什么样的课不是心智精课？什么样的课堂样态是心智精课必须反对的？我们设置了课堂禁区，一讲到底、一问到底、一问一答、一问齐答，这些绝对不可以。

怎么创：用读课中的九环节架构教学思路，用TPC格式完成教学设计，在导师指导下逐步完善。

漫生活　慢教育

创的效果：同课同构，用每周1节打磨课实践验证。

转课，怎么转？转的效果怎样？

转课就是根据创课蓝本，进课堂上课。

怎么转：两种方式，即按学科组进行的公转课，每周1节；按备课组进行的自转课，每周1节，以及自研自悟式的每日家常课。

转的效果：以体验者（授课人）和观察者（观课人）的双重身份，进行浸入式课题研究，向心智精课的模样无限靠近。

析课，析什么？怎么析？析的效果怎样？

析什么：评析公转课和自转课。

怎么析：依据心智精课内涵，依据课堂体验和课堂观察量表，依据教材解析，依据苏格拉底数据。

析的效果：利用周二或周三专题研讨时间，导师捆绑式指导。

典课，规则是什么？效果怎样？

典课就是经过打磨之后作为阶段性范本留存下来的经典课例。

规则：典课必须是心智精课的模样。每人每学期2节。

效果：授课人要对自己的典课进行课例论坛式建构，用微报告呈现。

授课人及观课人要围绕本组阶段性研究课题结合课例进行梳理，支撑课题研究。

心智研课六法是激活心智精课内涵的系统工程，既是路径，又是方法，还是保障，是实现心智精课的第二道门槛。

心智之问

有一个常识，孩子到了3岁，会有一个很爱问为什么的敏感期，非常愿意刨根问底，一直问到家长都崩溃还不算完。其实，那是孩子迫切地想认识世界，家长一定要正确对待孩子的问题，不要敷衍，尽量用正确的、科学的答案告诉他，孩子会记很久很久。

"站在孩子的高度，创造性地开展工作。"这是郭校长给我们的工作提醒。

要站在孩子的高度，就要以孩子的视角、孩子的立场问若干个为什么。是什么、为什么、怎么做，为什么这么做，怎么才能做得更好？

近乎十万个为什么，问的是心智之道，寻的是心智之根。有了这样多的为什么，心智教育才能始终平稳地行走在学术教科研的道路上，且行且思，求真务本。

面对孩子，面对课堂，我们要解决的疑问有很多。这些疑问，很多是在郭校长的追问下倒逼出来的，在看似无问无解中一下子衍生出一个又一个大问号，有时真的是想问题想得脑瓜疼，但我们不惧挑战。

一、管理之问

如何在心智精课大会之后，立体化推进，全方位落实"2019，心智赋能，醒摩花香"？

换言之，就是心智精课深度卷入的战略研究。这是对于心智之师从源头上的总动员，是心智课堂的新航程。

我们在3天内拿出了《心智精课深度卷入立体框架》一级训导方案。

既定主题：2019，心智赋能，醒摩花香。

课堂愿景：推开每一扇门，都能看到心智精课的模样。

信心源头：我们已经看到了心智学子无限的潜能。

框架概述：从四个模块，分层推进。

第一个模块：理要素。主要解决心智之师宏观认知、课例对接、要素解析的问题。

第二个模块：深体验。主要解决心智精课实施策略问题，概括为七种实施范式：复盘式、论坛式、课题式、过关式、捆绑式、导师式、典藏式。

第三个模块：实根基。主要解决学生学习力课内与课外整体联动的问题，包括新六艺、能力测查、弹性学时、智慧课堂、课标研读、书写训练、考试研究七类。

第四个模块：细管理。主要解决曾经被忽视或者淡化的教学教研管理方面的遗留问题，其中包括课型建模，星级教师量化，年级组长、学科组长动态量化，毕业班、心智班过程性调控，英语口语、科学动手能力五类。

围绕各个模块，抛出思考命题，制定应对方略，如第一个模块当中的"宏观认知"，思考命题是：什么是心智精课？心智精课内涵解析图你看了吗？领会了多少？心智精课"精"在哪里？

第一个模块当中的"课例对接"，思考命题是：课视频你完整地看了吗？读懂了什么？心智精课对你最大的冲击是什么？你离心智精课有多远？差别在哪里？

第一个模块当中的"要素解析"，思考命题是：心智精课离不开合学，心智合学的内涵是什么？心智课堂可视化问诊、心智课堂十大标准、心智精课内涵三者之间的区别与联系是什么？各自的关键词、关键点在哪里？

有了一级训导，就有紧锣密鼓的二级训导。一级训导是框架，二级训导就是具体的线性脉络。

二、效能之问

如何让心智精课的推进由集成式转变为外扩式，实现点线面体多头并进，进一步提高推进效能？如何让研训策略更精细、更科学、可操作？

1. 及时梳理观研思路（四有）

（1）有目标导向——明晰研训方向：我要走向哪里。

（2）有研训场——将每一位心智之师带入心智精课的问题场、学习场、研究场。

（3）有课题意识——问题即课题，带着课题来上课。

（4）有研训体系——整体把握，重点推进。

2. 研训策略

从"问题发现、问题解决、过程监控"三个观测点出发，确立了六个策略模块。

（1）从点上发现问题——分头听课，点上掌握个体症结。

（2）从线上分析问题——碰头议课，将点上的症结梳理归类。

（3）从面上解决问题——多头研训，建立学习共同体，逐步、逐层、逐人化解症结。

（4）具体路径——管理方式，上下联动；导师引领，形成梯队；成长进程，圈层效应。

（5）研训清单——包括研训主题、周次、时间以及研训方式、学科导师、学科组长、年级组长、研训等级、改进建议等。

（6）执行流程——年级组研训、导师捆绑式过关、学校总体等级评定。

二级训导解决了多头并举、全面开花的问题，但问题解决表面化、宽泛化、不聚焦、不扎实，针对性不强，未有阶段性主题和目标。于是就有了三级训导——心智精课深度卷入点状解构。

三、主题之问

如何让心智精课的整体推进主题化、阶段化？

带着这样的核心问题，我们进行了"心智赋能进阶培训"设计。

培训分阶段、分主题叙述如下。

1. 2019年3月25日—4月18日，教材研备

重点解决学习目标和学习活动单精准化设计。对于学习目标精准化设计，研究定位是提取有价值的核心问题，统整有意义的大问题。对于学习活动单精准化设计，研究定位是有发现的路径，突出方法化；有发现的逻辑，突出学术化；有发现的梳理，突出结构化。

2. 2019年4月19日—5月19日，心智合学

重点解决合学问题的有效设计及合学策略的有力夯实。对于合学问题的有效设计，研究定位是有合学的必要、有探究的欲望、有挑战的关卡。对于合学策略的有力夯实，研究定位是合学的顺次、倾听与对话这两个核心的点位、科学的评价。

3. 2019年5月20日—5月30日，心智精课展示

重点解决精课要素的实体落地和智慧课堂的无缝融入。对于精课要素的实体落地，研究定位是学科思维导图的自如绘制、学生探究发现后的自如展示。对于智慧课堂的无缝融入，研究定位是苏格拉底数据常态化采集比对、TPC设计与教材研备的有机结合。

4. 2019年6月1日—6月15日，教学基本功过关

重点关注的项目包括以粉笔字为载体的板书设计能力和以普通话为载体的朗读朗诵能力。培训策略是专业教材、专题辅导、专时训练、专堂晾晒。针对每个阶段的研究主题，对症下药，循序渐进，稳扎稳打，步步为营。

四、课题之问

如何让课题研究转化为课堂教学的生成力？

心智精课实践必然要有问题意识、课题意识。带着课题来上课，带着课题来观课，让教育看见思考的力量，让教育走向深刻，是我们课题研究的立场。

高新三小初步确立了《基于思维可视化和数据决策下的心智教育课堂实践研究》这一课题，并于本学期参与了宝鸡市基础教育国家、省、市级教学成果孵化校申报，力争通过四年努力一举获得国家级基础教育成果奖。

我们拟通过以下方式进行研究：

（1）研究理论——依据"心智教育理论""学科思维可视化理论""心智精课内涵""TPCAI苏格拉底"进行研究。

（2）个案研究——"同课异构"课例中授课教师对"课程理解""学习活动""技术运用"的关键特征的审视和识别。

学习活动TPC建模与切片分析。

（3）对比研究——"同课异构"课例中授课教师在"课程理解、学习活动、技术运用"上的差异性。技术（四大必杀技）运用的多样性。

（4）频道教研——运用"众筹"的方式，通过AI苏格拉底平台"频道教研"进行议课，汇聚教师智慧。

（5）建构模式——心智教育模式、新发现式学习法、思维可视化、TPC模式。

通过研究的实施开展，让心智教育领跑中国基础教育；通过召开全国心智教育成果推广现场会，让心智教育向全国辐射（省、区、校）；拟通过中国教育学会、北师大、中国好老师基地、教育部等进行推广；让高新三小成为心智教育培训基地，并用心智教育引领中国基础教育。

高新三小每学期的阶段性课题研究，一直遵循"课题是做的理论、课题是做哲学"的认识，课题研究力求学术化、过程化、细微化、规范化、自觉化。研究中暴露的问题不少，陕西省教科院白珍主任指出的问题（开题报告、中期汇报、结题报告的区别，创新点，思维明确的指向性等），让我们对课题研究的认知更明晰，学术的东西不能有一点点马虎。我们要把已经做的做好，把没做的做到。

有人戏谑道："把你不懂给你讲懂，是老师；把你懂的讲得让你不懂，是教授。"我们要反思，原本懂的，经过教授的嘴反而听不懂，错不在教授，而在于我们对理论的欠缺和理解。当某一天，我们能听懂教授讲的，说明我们的理论素养提高了。努力寻求从实践反思到理论突破，学会实践应用的学术表达，是我们在课题研究中要攻克的难关。这个难关突破了，制约我们隐身在心智课堂背后的理论、原理，就会华丽地转身，继而转化为课堂生产力，教学质量提升指日可待。

在新发现式教学法下的语文学科大单元赏析发现阅读课例研究之外，还有一连串的问题摆在我们面前，这些问题可以归结为以下小课题：

当某一天，我们能听懂教授讲的，说明我们的理论素养提高了。

漫生活　慢教育

《高品质学科思维导图绘制及教学应用策略研究》

《基于思维可视化的思维提升策略研究》

《聚焦核心问题的课堂教学设计案例研究》

《指向问题解决的思维可视化应用研究》

《思路图在第一学段教学的应用研究》

《思维可视化板书设计的应用研究》

《活动单设计的课例应用研究》

《课题观察量表的设计及数据分析研究》

《基于思维可视化下的数学探读发现式教学研究》

《基于数学探读发现的学习策略研究》

《学习活动单设计研究》

《学科思维导图绘制研究》

《板书结构化设计研究》

《数学单题、单课、单元思维可视化呈现的应用研究》

《课堂数据决策的应用研究》

《心智合学18字策略研究》（18字研究：说出、说清、说懂，看见、看清、看懂，听见、听清、听懂）。

从课题研究者本身来讲，要追问自己：

你在课题研究中的角色是什么？是参与者还是旁观者？

课题结题汇报与论文写作有什么区别？

课题研究有什么用？

课题研究在什么时候做？

观察量表在课题研究中起什么作用？观察量表在什么时候用？

课题汇报呈现的几大模块是什么？

课题汇报的重点是什么？

你看过课题研究的系统性专著吗？看过哪些？

请你用一个结构化的导图呈现心智语文（数学）的框架。

华应龙老师有一本书叫《我就是数学》，抛开课题，如果你就是数学，你将如何面对一个个大的研究命题：

《我与数学思想》《我与思维可视化》《我与心智数学》

《我与结构化板书设计》《我与心智合学》《我与课标》《我与课例微报告》《我与学生的错题》《我与数学绘本》《我与数学魔术》《我与观察量表》，等等。课题研究永没有终点……

心智之暖

生命中最美好的事情，就是找到那个知道你所有的错误和缺点，却依然认为你很棒的人。他们可能会忘记你讲过的话，但他们不会忘记你曾带给他们的感受。郭校长就是这样的一个人。

2018年8月，初识高新三小，我在分享中这样说道：

> 如果你是教育人，
> 只要你天性能够感受，
> 只要你尚有一颗未因年龄增长
> 而泯灭的承受启示的心，
> 你就应当去宝鸡高新三小走一走。

2019年3月，在东去的列车上，有感"心智教育"的美好愿景，我意象化地这样写道：

> 依然喜欢坐在车窗前看窗外的浮光掠影。那些与我有一面之缘的田野、沟壑、楼房、村庄、树林、鸟巢，似乎都有我身处其中的影子。现在，我是一个拓荒者，在似曾相识的地方，把或深或浅、或淡或浓的记忆碎片重新捡拾了回来。我能想象，此时，我的嘴角是上翘的，我的眼神是婉约的，我的姿态是柔软的。
>
> 火车一路向东，景色扑面而来，每一秒都刷新着美丽的未知。火车到站的时候，那些从我眼里流过的美，都将默默地潜藏在眼底，成为温暖的标本，通过它们的过滤，即使看到任何陌生，我都会本能地赋予它们鲜亮的姿彩，像此时从窗外照射过来的阳光，像天使的微笑。

生命中最美好的事情，就是找到那个知道你所有的错误和缺点，却依然认为你很棒的人。

漫生活　慢教育

我一直这样认为，能发现别人优点的人是诗意的、善良的，更是可爱的。他的身体和心灵一样，都是健康的。

近一年的心智浸染，我与"心智之师"的期望值在无限靠近。从"体验式"培训的认知到"心智精课"的深度卷入，从"两课（课程、课堂）"到"一脉（心智教育）"的结构化设计，从《流浪地球》到"横渠书院"……我俨然已经成为心智教育最大的受益者和代言人。

用心智教育安天下事，这就是"为生民立命"。

"人人都是发光体，人人都做思考者。"寻找每个人存在的价值，让每一位师生得到尊重和关怀，这是人立心于天地之间的意义所在。

天地本无心，人者，天地之心也。

耳边是郭校长的话："我们所选择的，最终成为我们的责任，要让心智教育惠及更多的儿童。我们要站在孩子成长的高度，创造性地开展工作。"

郭校长走到哪儿，哪儿就是一座高峰。感恩郭校长！

心智教育的硬核在哪里

第一次以喜马拉雅直播这种虚拟的方式和大家做分享，真的很奇妙，你们能听见我们的声音，我们却看不见你们的眼睛。眼睛是心灵的窗户，看不见心灵，心里就发慌，这是我现在真实的感受。

我1989年参加工作，从1989年到2019年，中间相隔30年。30年意味着什么？30年意味着我对教育能有一个比较全面客观的认识，30年意味着我对教育已经有了一个清晰的甄别能力，"不畏浮云遮望眼，只缘身在最高层"。什么是好的教育？什么是好的教育生态？在高新三小，我找到了答案。心智教育是宝鸡高新三小的首创，我们期望它能领跑中国基础教育。

我一直这样认为，能发现别人优点的人是诗意的，是善良的，更是可爱的。他的身体和心灵一样，都是健康的。

很多人问我："什么是心智教育？"我这样回答："心智教育是走心的教育，是感性加理性的教育，是情感加思维的教育，是直指核心素养的教育，是底色教育，是有温度的教育，是生命成长的教育，是大格局的教育，是有品质的教育，是不唯分数却赢在成绩的教育。"

它是思想的高地，更是行动的智库。

三小的老师，我们叫他心智之师；三小的家长，我们称呼其心智家长；三小的学生，我们称呼其心智学子。这不只是称呼的改变，更是心智教育对我们的期许和方向。

心智教育的主角，永远是我们的学生，我们的心智学子。

昨天上午，一年级心智学子养成教育进行了成果展示。活动结束后，我们和部分心智家长进行了沟通交流。短短一个月，家长从自己的孩子、老师，还有自己身上，看到了心智教育的样子。学生喜欢学校——让学生喜欢的学校一定是好学校；教师熟知学生——教师能关注到每一个学生，充分了解他们的个体差异，有这种特质的老师一定是好老师；家长扭转惯性——因为孩子，家长改变自身的一些习性习惯，与学校教育合轨，有这种变化的家长一定是好家长。这些在三小、在学生身上、在家长身上，都打上了深深的烙印，这个烙印，是心智教育的烙印。

通过体验，家长给心智教育写上了他们的思考：从心出发，为爱启智；内心坚定，独立思考；个性释放，实践参与；人格独立，阳光向上；给你惊喜，让你震撼。

刚才有两段话，我得重复一下：

"什么是心智教育？这里的心智教育是对作为教师个体的一个追问。对于外围的家长、社会，什么是心智教育？他所看到的就是他理解的心智教育，家长会直观地看到两个群体，一个是老师，一个是学生。因此，在家长心目当中，每个老师就是心智教育，每个学生就是心智教育。你怎样，心智教育就怎样；学生怎样，心智教育就怎样。"

"我们每周零零碎碎的工作，其实就是一支支拉满弓的

214

漫生活 慢教育

箭，箭靶是心智教育，靶心是学生的生长。一个面向'体、心、智、识'的四维，先有'体'，再有'心、智、识'。我们必须明确这样一个逻辑关系。"

这里边涉及家长朋友关心的心智教育的核心问题：心智教育的硬核在哪里？再直白一点说，心智素养的出口是什么？

在交流这个问题之前，我们先来了解一下什么是"素养"，什么是核心素养。有核心素养，必然就有基本素养。基本素养是什么？

根据维基百科，素养是一种准备就绪的状态，或一个特定行为方式的倾向，它是完成某种活动所必需的基本条件。"核心素养"指学生应具备的适应终身发展和社会发展需要的必备品格和关键能力，不同于一般意义的"素养"概念。

《中国学生发展核心素养》研究成果2016年9月13日在京发布。核心素养以培养"全面发展的人"为核心，分为文化基础、自主发展、社会参与三个方面，综合表现为人文底蕴、科学精神、学会学习、健康生活、责任担当、实践创新六大素养，具体细化为18个基本要点。

如果把这个核心素养设计成圈层图谱，图谱的中心是"全面发展的人"六个字，如果把"全面发展的人"换成"心智"，我们就会有一种豁然开朗的感觉，中国学生发展的核心素养，其实就是"心智"，它是核心中的核心。

顺着"心智"，我们再挖掘，"心智"对应的其实就是"知情意行"四个维度，"仁者不忧，知者不惑，勇者不惧，行者无疆"跃然纸上，与之呼应的分别是"尚美敦品之星""乐思博学之星""强毅致远之星""善创笃行之星"。我们再找心智素养的出口，这个时候，我们的意愿达成了，各种心智达人应运而生。比如阅读达人、写作达人、演讲达人、知礼达人、IT达人、健康达人、艺术达人等，这里不一一列举。

顺着这样的认知逻辑，我们就可以依图说话，核心素养其实就是一种优良的习惯和因趣而生的专长。

心智教育的硬核在哪里？或者说，心智素养的出口是什么？

顺着这样的认知逻辑，我们就可以依图说话，核心素养其实就是一种优良的习惯和因趣而生的专长。

硬核和出口就镶嵌在"体、心、智、识"的四维之中，先有"体"，再有"心、智、识"。这是我们必须明确的一个逻辑关系。

体之维：重点指向三个方向，即体质更强壮、作息更规律、运动更丰富。

心之维：重点指向三个方向，即爱商更饱满、情商更高级、习惯更科学。

智之维：重点指向两个方向，即能力更显现、学业更优秀。

识之维：重点指向四个方向，即课程更前沿、师资更优化、生态更舒心、评价更全面。

其中，体之维是基本素养；心之维、智之维是核心素养；识之维，我们把它归结为管理素养。

体之维

1. 体质更强壮

我的女儿今年上高三，明年高考。女儿的班主任这样说："高考就是高兴地考，就是深度地思考。"很多已经经历过孩子高考的家长都有这样的感受，高考考的其实是体力。没有一个好身体，高考就谈不上高兴，高考的思考力就大打折扣。这里我不谈高考对孩子身体的负重，因为这是一个在很长时期绕不过去的坎。

在小学阶段，最重要的就是三件事：运动、睡眠和思考。运动与睡眠，是体；思考，是心智。

心智教育，不仅关心心智，同时关注孩子的身体健康，而且关注孩子身体健康的力度和举措会越来越大。比如，在孩子视力保护方面，我们做了统一要求，老师在课堂使用的PPT背景必须是暗色调，如墨绿色、黑色等，这样就可以让孩子的眼睛免受亮光的照射；对教室的照明度，对在雨天或特殊天气，如何使用灯光，做了明确的要求；在矫正学生视力、纠正学生坐姿方面，我们做了一定的工作；对孩子的体适能，我们会追踪

漫生活　慢教育

监测与指导。

首都医科大学社会医学教授崔小波在一次访谈当中说："为了预防近视，提高了照明度，提高了书本亮度，结果戴眼镜的更多了，最后发现运动能预防近视眼。"

华东师范大学体育与健康学院院长季浏说："传统的观念体育是为了促进身体发展。实际上，体育是为身心健康发展服务，体育培养人的精神和意志，体育精神能够迁移到工作和生活中，能够起到很好的育人作用。"

中国健康行动硬要求，学生每天校内体育活动时间要大于一小时，另外学生每天应在校外接受自然光一小时以上。

在体育课时方面，我们也会进行一定的调整。

2. 作息更规律

按时睡觉，养成科学的作息规律，这是心智教育要关注的。本学期，我们对家庭作业进行了更严格的管控。

严格执行上级作业减负要求。一、二年级每天无书面作业，三、四、五、六年级每天作业不超过1小时。一至六年级执行无作业日。坚持分层作业布置。一、二年级学生晚上最晚完成作业时限为20：30，三、四年级学生晚上最晚完成作业时限为21：00，五、六年级学生晚上最晚完成作业时限为21：30。

上周，学校对全校所有班级9月份家庭作业进行了问卷调查。对存在的问题，我们归类进行了梳理，并提出了具体的指导意见。这些措施的有力落实是在传递一个信号：让学生作息更规律，我们是当真的，我们有办法。

3. 运动更丰富

《中国体育建设强国方案》中强调：开展青少年体育技能培训，青少年要掌握两项以上运动技能，要推动大中小学运动队及俱乐部建设……

学校的体育运动项目很多，如棒垒球、啦啦操、心智操等。我们通过"高端+小众"的方式让学生在简单易行的运动中锻炼体质，在高端化的运动中开阔视野、提升气质。

刚才我们提到，学生有一个无作业日，在这个时间，进行小众化的运动，如跳绳、踢毽子等。这种"课内+课外"的运动作业是有含金量的，长期坚持，成效不言而喻。

心之维

1. 爱商更饱满

世界上最动听的语言，是"我爱你"。

很多人一辈子没有在心爱的人跟前说过"我爱你"，是因为说不出口。我们在不少影视剧中能看到这样的桥段，当"我爱你"三个字从主人公嘴里脱口而出时，无论他的表达是舒缓的还是激昂的，对面都是泪流满面。爱要大声说出来，爱需要显现出来，爱需要行动，爱需要语言，爱需要体悟，爱需要教授。

心智教育，是少不了爱的教育。

这个爱的教育，包括对父母的拥抱。很遗憾，我没有拥抱过我的父亲，更没有用有声的语言表达我对他的爱，现在却永远没有这种机会了。是不是因为父亲很严厉，让我从小将拥抱这个词语冷藏了起来？还是因为缺失了拥抱，让父子之间的热络、无拘无束渐行渐远？

心智教育，是一种感恩，更是一种细水长流的生活。

"请、你好、谢谢、对不起、再见"这十个字，是我们再熟悉不过的口头语，它不仅仅是一种礼仪，当你把它发自肺腑地说出来，并成为一种自然而然的习惯，它背后隐藏的就是爱，那是对生活、对自然的敬畏和悦纳。能发现别人优点、发现美好的人，一定是善良的人，一定是心怀感恩的人，也一定是心中有爱的人。

前一段时间，我从我们小区的小门回家，进门要刷卡。进门时，我看到了距离我五六米远的一位大爷也要进来，我就按住打开的门等他。这位大爷进来了，目视前方，雄赳赳气昂昂，一往无前地从我眼前穿过。这个时候，我感觉我就是一个隐形人，他完全无视我的存在。放下门的一瞬间，我莫名地感觉我好失败，情绪陡然不好了。也许，我是在等待一句平淡的"谢谢"，或者只是一个眼神，仅此而已。缺爱的人，才会目中无人。谢谢的背后，有时候是恩重如山的相助，有时候是不动声色的善良，它也教会我们，如何去爱这个世界。就像林海音在文章里所写的："记着，我们是吃饭长大的，也是读书长大的，更是在爱里长大的。"

相隔几天，同样的经历了发生在这个门口。这回按住门等我进去的是一个小朋友，小女孩，上一二年级的样子。她和妈妈走在我的前面，她一回头，看到身后的我，没有跟随妈妈继续往前走，而是按住门，在等我。进门时，还没等我说"谢谢"，她就说"叔叔好"！我连忙说"谢谢"！这个时候，我是开心的，心花怒放那种，感觉连空气都是爱的味道。直到现在，我还记得她那双忽闪忽闪的大眼睛，很明亮、很漂亮。这个小女孩，一定是在爱的包围中长大的。

心智教育，让爱商更饱满。我们在校园内外寻找爱的契机，打磨爱的棱角。

2. 情商更高级

同理心是情商的集中体现。

《论语》有言："己所不欲，勿施于人。"这句话讲的就是同理心。学会换位思考，才能理解他人的处境，让人际交往更轻松，也让亲子沟通更顺畅。

同理心有什么特质？怎样培养孩子的同理心？

有三个小故事。

第一个故事： 童话故事里藏着的同理心。

小狐狸掉进黑暗幽深的洞穴里，说："我被困住了，这里好黑，我受不了了。"

大熊跑了过来，跟着爬进洞穴说："我知道在下面是什么感受，你并不孤单。"

小鹿探头看了看掉进洞穴的小狐狸，回应说："真糟糕啊，你想来个三明治吗？"

心智教育，让爱商更饱满。我们在校园内外寻找爱的契机，打磨爱的棱角。

小鹿就代表着同情心，它会试图让事情看起来没那么糟，所以常常会试着去转移对方的注意力。而那只看起来笨笨的大熊就代表着同理心。

有同理心的人往往不会说那么多，可能只是蹲下来简单说一句："我不知道现在该说些什么，但我很开心你愿意跟我说出来。"却能让两人产生情感上的连接。

具备同理心需要什么样的特质？护理学者特丽莎·怀斯曼在研究了很多和同理心相关的职业后，提出了同理心的四大特质：

（1）接受他的想法，如此能了解他们心中的真理。

（2）不给予批评。

（3）了解他人的情绪，将心比心。

（4）沟通。

同理心就是要将心比心、感同身受。同理心的外在表现可能很简单，却少有人能做到。

第二个故事：带孩子去看解剖，丹麦父母不忌讳"暗黑文化"。

安徒生作为丹麦国宝级的人物，他的童话故事结局却大多很悲惨。比如在《海的女儿》中，她最终没有和王子走到一起，而是变成了泡沫。但这个故事流传到美国后，却被改编成了好多不一样的版本，不少结局也变成了"小美人鱼从此和王子幸福快乐地生活在了一起"。

和童话作家安徒生一样，丹麦会倾向于把这些悲惨、痛苦的"暗黑文化"故事毫不掩饰地给孩子看。比如在丹麦很受欢迎的户外生物课中，他们会定期公开解剖一些年幼的狮子，然后家长会带着孩子前来观摩。在这种残酷的画面中，孩子会不断提问："动物也会痛苦吗？它们正在想什么呢？"

正是在这个过程中，孩子学会换位思考，学会体察动物的心情和感受。实际上，被誉为"全世界最幸福的国家"的丹麦，已经把同理心设置为从小学就要开始的必修课。

不在儿童面前粉饰一个过度美好的世界，让儿童学会接受不完美的结局，这样的家庭教育才能让孩子在感同身受中学会换位思考，传达对世界的关怀和爱。

第三个故事：蒙上眼睛当一小时"盲人"，换位思考才能感受真正的需求。

同理心是至关重要的品质，要求孩子换位思考，学会设身处地地为他人着想，从而深刻理解他人的需求，才能进一步用智慧解决问题、回馈社会。

具备同理心，不仅仅是哈佛大学教育学院对孩子提出的要求，也已经成为当代青少年的必备品格。

这里分享一个大学的同理心训练案例：

学生需要设计一件盲人需要的物品。在动手设计之前，他们被蒙上眼睛带去户外，花一个小时去摸索周围的环境。这些临时的"盲人"，互相搀扶着上下楼梯，磕碰在树木上，他们聆听不同的声音，触摸不同的材质……在这种体验中切身去感受盲人真正的需求，他们最终设计出了极具"同理心"的产品。

从上面的案例可以看出，同理心对孩子换位思考、解决问题的重要性。

那应该怎样培养孩子的同理心呢？有人提出了四大原则：

（1）理解他人。比"己所不欲，勿施于人"更重要的是"己之所欲，勿施于人"，他人或许和你有不一样的追求；多想想他人的难处，不要太强求；多点想象力，理解不是凭空而来，而是需要想象他人的处境。

（2）正面沟通。把对他人的理解用来雕塑对方的长处，而不是用来攻击对方；在"不行""听我的""听你的"外，还有"我们一起"这种方式，如果和他人发生冲突，并真心觉得自己有道理，对方不对，得有能力通过道理和证据说服人。

（3）适度收手。有的仗不值得一打，有的仗很值得一打，把精力集中到后面。不是原则问题，不要浪费精力；自己做不到或是不想做的事，不要轻易要求别人；如果对别人做的事情看不顺眼，就自己动手，不会就学。

（4）不要强求。我们都缺点多多，需要改进。他人并不完美，我们也一样；认识自己，能准确表述自身的长短之处，才能长进，人每天都要自我反省；别让自尊阻挡你做正确的事，包括承认自己的错误。

同理心不仅要求我们关注对方的事实，还要把注意力放在对方的感受上。当孩子能从他人的视角去看他人看到的东西，才能更好地理解他人的感受。植根于内心的同理心，其实也是孩子最高贵的修养。它就像一把钥匙，可以给孩子打开通往世界的更多的门，可以给孩子走进更多人的内心的机会。

心智教育，让情商更高级。在育人领域，我们一直在探索。

3. 习惯更科学

真正拉开孩子差距的不是智商，而是五个习惯：一是守时，让孩子成为靠谱的人；二是整理，培养孩子秩序感和专注力；三是阅读，这是终身受益的财富；四是运动，激发孩子的体能自尊；五是做家务，培养自理能力和责任心。

关于习惯，我们听过这样的说法：不渴也要喝水，不饿也要吃饭，不困也要休息。作为成年人，我想很多人都有这样一

高新三小携手喜马拉雅联手打造心智之家微课堂　心智讲师团华丽亮相

因材施教才会变得行之有效，我们助您解决教育困惑。我们相信，父母好好学习，孩子天天向上！

个坏习惯，工作很忙的时候，一天一杯水也不喝，很长时间也不上厕所，就那么憋着。忙不是理由，追本溯源，还是我们从小没有养成每天喝几杯水的习惯。说到喝水，很多人会忽视另一个习惯，就是早晨起床，刷完牙之后喝一杯温开水。这些习惯若不关注，可能一生都会忽略它。

心智教育，力图把这些细节性的习惯，从生命、健康意义的角度，看成一件件大事。

三小在公寓午休的学生，进门换拖鞋、午睡前刷牙等，成了孩子们的必修课。

智之维

1. 能力更显现

三小心智教育有一种学习方法，叫新发现式学习法，它是借助溯源思维可视化策略，将学科的基本结构转变为学生头脑中的认知结构的一种全新的学习方式。换句话说，它是在思维可视化教学策略支持下的自主合作学习。

发现式学习源自美国著名的认知教育学家布鲁纳的主张。他提出学习的目的在于以发现学习的方式，使学科的基本结构转变为学生头脑中的认知结构。这完全符合心智教育的内在需要。

要将学科的基本结构转变为学生头脑中的认知结构，课堂教学至少有两个基本保证：一是学习者的学习过程是自我探究和发现的，而不是教育者一味灌输的；二是学习者的态度是积极主动并带有强烈的愿望，而不是被动的。前者是以学习者思维动态、生成和发展为关注点，并赋予结构化意义；后者是以学习者情感、动机、态度为关注点。二者不可或缺。对此，布鲁纳也有特别明确的观点：学生是教学过程中的一个积极的探索者，因此教师的作用就在于帮助学生形成一种能够独立探究的情境，而不是提供现成的知识。教师要促进学生自己思考并参与知识获得的过程，而不是建造一个活着的"小型藏书室"。这里不仅明确了学习者和教育者各自的要务,而且明确了学习者获得知识的路径。而心智教育恰恰就是探讨学习者学习过程中思维和情感的生成、表达方式及产生的效果。

学习者探究学习的动态流程是:阅读文本——思考发现信息——梳理整合信息结构——提取价值信息——建构文本思维导图——信息系统化理解运用。简而言之:"有思考则探究存,有发现则思维存。"动态流程,心与智互伴同生。因此,发现式学习法是心智教育的必由之法。将学科思维导图嵌入布鲁纳发现式学习之中,让发现有章可循、有法可依,无疑是对布鲁纳发现式学习的完善。

北京时间10月9日,2019年诺贝尔化学奖评选结果揭晓,日本第28位诺贝尔奖得主吉野彰博士在回答记者提问时说:"好奇心是我的第一动力。"

新发现式学习,催生了孩子们的好奇心、同理心、自信心,催生了他们的生命觉醒、心智成熟与完善。积极乐观的生活态度、刻苦的探索精神、敏锐的观察和结构化思维能力、善于表达、乐于合作、勇于担当的品格,这些都是核心素养落地生根的果实。在素养的出口,我们看到了各类心智达人、阅读达人、写作达人、演讲达人、知礼达人、IT达人、健康达人、艺术达人等。

我们开发了新六艺课程。新六艺指的是:听之艺、读之艺、写之艺、讲之艺、绘之艺、演之艺,新六艺是对孔子古六艺的汲取、融合及超越。目标是通过对这六种能力的集中培养提升生命境界,打下立身根基,播下心智的种子,以培养适应未来人工智能时代的全面发展的人。新六艺为心智达人的应运而生插上了飞翔的翅膀。

心智教育让能力更显现,我们在各种场合、各个领域都能看到心智学子的精彩表现。

2.学业更优秀

不唯分数,却赢在成绩。用心智的策略与力量,成绩是水到渠成、自然而然的事情。我们用绿色的成绩彰显"学业"的本源。我们的学业还包括口才表达、即时演讲、数学思维力、英语口语、科技创新、陶笛技能等。

识之维

这里的"识",指的是管理素养。

作为学校心智教育的设计者和管理者,我们需要高站位审视、低姿态洞察。这个维度包含四个分支,分别是课程更前沿、师资更优化、生态更舒心、评价更全面。

1. 课程更前沿

课程是一个学校的核心竞争力。

学校的发展一旦触及教育的内核,一旦有了明确的主题切入,教育的空间就会被无限地拓展开来,建构三小心智教育场,让校园里的每一个细胞都带上心智的元素,形成一个自成体系的课程群。

我们建立心智生态链条,开辟心智空间领域,积淀心智文化内涵,整合心智教育课程,置师生生命共同体于心智的土壤里,通过课程致力于心智教育的终极目标:"人人都做思考者,人人都是发光体。"

我们的课程设计包括项目式学习、无边界课程、童医道馆、新六艺、数学游戏、心智云图书馆馆课、梦想课程、体适能课程、形体课程、英语戏剧课程等。

在英语口语教学方面,我们有"图式输出"的口语教学课题研究,我们有指向常态化口语交际的"1717"计划。"1717"计划,正在有步骤地落实。我们想通过"氛围创设、兴趣激发、主动带入",实现英语口语教学的新突破。

2. 师资更优化

有这么一个链条:改革最终发生在课堂上,学习最终发生在学习者身上,课堂变革最终发生在老师身上,老师赋能最终发生在教研身上。

心智教育要生根发芽、开花结果,靠谁?靠心智之师的超

我们想通过"氛围创设、兴趣激发、主动带入",实现英语口语教学的新突破。

级魔力。这种超级魔力从哪里来？靠情怀，靠热情，靠坚实的专业素养，靠源源不断的学术素养。

本学期，我们在积极推进智慧教研。我们想让我们的心智之师心智赋能，这些能力转化为三种角色：我是主讲人、我是分析师、我是典藏者。

我们所选择的，最终成为我们的责任，要让心智教育惠及更多的孩子。操千曲而后晓音，观千剑而后识器。这是心智教育赋予我们的使命。

3. 生态更舒心

养鱼就是养水，这句话有道理。教育也一样。有什么样的教育生态，就有什么样的教育产出。大道至简，润物无声。

心智教育的生态空间涉及"自然环境、主题文化、项目研发的校园生态；思维可视、数据可视的智能生态；学校融合、家校融合、社会融合的人文生态"。

走进三小校园，感受到的是一种精致、精巧、精美。同样，在三小的心智课堂，我们营造的是一种"审美、悦纳、在场"的课堂生态。

这种生态，可以概括为四个美：展学美、合学美、游走美、微笑美。隐藏在"四美"之后的心智原理：展学美，是一种批判性对话，对应的是孩子的"思维力"；合学美，是一种社会性交往，对应的是孩子的"合作力"；游走美，是一种差异化教学，对应的是老师的"补给力"；微笑美，是一种容错式悦纳，对应的是老师的亲和力。

这种生态，还包括语言的智慧。下面，举例说明什么是"同样的内容，不同的表述"。

A. 你要是不吃西蓝花就长不高了。

B. 你要是多吃西蓝花就能长得更高。

A. 你要是再把衣服弄脏，我就不让你玩了。

B. 你要是不把衣服弄脏，还可以多玩一会儿。

养鱼就是养水。这句话有道理。教育也一样。有什么样的教育生态，就有什么样的教育产出。大道至简，润物无声。

A. 你的"3"写得还是不对，这个圈还是不圆。

B. 你的"3"写得越来越好了，尤其是这个圈写得是越来越圆了。

A. 不要敲我键盘了，妈妈在工作。

B. 你可以在妈妈旁边看会儿书，我工作完就陪你。

不用多解释，哪种语言更智慧一清二楚。

有了优良生态，就有了优良的潜质。生态，是一种无形的力量，势不可当。

4. 评价更全面

以体为本，从心出发，智显其能，持续发展。这是我们全面评价、立体评价的初心。

我们每周零零碎碎的工作，其实就是一支支拉满弓的箭，箭靶是心智教育，靶心是学生的生长。一个面向"体、心、智、识"的四维，先有"体"，再有"心、智、识"，我们必须明确这样一个逻辑关系。明确了这个逻辑关系，也就明确了心智教育的出口与硬核究竟是什么。

这是我自勉的话：

一个高贵的教育者，从来不是疲于奔命的机器人，而是有童心大爱、浪漫情怀和学术仰望的人。你的心灵是彩色的，你的学生才可能五彩缤纷！

让我们和孩子们一同成长！

旅行途中

横渠四句，引出潜藏在内心的智能

在万米高空，能看到地表的样子；在行程信息屏显地图上，能看到两地之间的飞行距离，随着模拟路线的逐渐变短，路线下的地球赫然在目。

在横渠，我们邂逅了一位高举火把的人——大儒张载，他深邃的"四为"，在风里夜里，呼啦啦作响，光照千年。

在万米高空，能看到地表的样子；在行程信息屏显地图上，能看到两地之间的飞行距离，随着模拟路线的逐渐变短，路线下的地球赫然在目。处之愈高，窥之愈全，悟之愈远。如果在高空俯视教育，你会看到什么？

2019年初春，在横渠，我们邂逅了一位高举火把的人——大儒张载。他深邃的"四为"，在风里夜里，呼啦啦作响，光照千年。

"为天地立心，为生民立命，为往圣继绝学，为万世开太平。"

横渠四句，让我们豁然开朗，它是"修身齐家治国平天下"，是"先天下之忧而忧，后天下之乐而乐"，他更应该是教育人的志向、理想，通古今之变化、发思想之先声，它是心智之师前行的眼睛。

张载的一生，两被召晋，三历外仕，著书立说，开宗立派，终身清贫，殁后贫无以殓，学生闻讯赶来才得以买棺成殓。范文正公在千古名篇《岳阳楼记》中以"居庙堂之高则忧其民，处江湖之远则忧其君"自处，横渠先生进则为循吏，退则为乡贤，以实际行动在当时的历史条件下开拓了儒者担当新局面。

《周易·复卦》有言："复，其见天地之心乎？"《礼记·礼运》曰："人者，天地之心也。"天地之大德曰生，人心之全德曰仁。学者之事，最紧要的就是识仁求仁，如此乃是"为天地立心"。

"仁者，人也。"张载创造性地批判和吸收佛学，创立以气论哲学为基础的关学学派，并以此参与奠基理学，这是"为往圣继绝学"，目的也正是"为天地立心"，挺立天地中人的精神，重建国人的心灵世界。

"仁者以天地万物为一体。"儒者立志，须令天下无一物不得其所，方为圆成，不能仅仅满足于自己或少数君子安身立命。孔子曰："老者安之，朋友信之，少者怀之。"有如此气象乃是"为生民立命"。

张载哲学思想最受推崇的是"民胞物与"的博大情怀。"民胞物与"是张载在《西铭》一文中提出的，而《西铭》的价值正在于对人的精神家园，即"立命"之地做了全面而生动的描绘。

张载说："求为贤人而不求为圣人，此秦汉以来学者之大弊。"程子也说："言学便以道为志，言人便以圣为志。"宋代理学家普遍认为，尧、舜、禹、汤、文、武、周公、孔、孟所传圣人之道，自孟子之后便学绝道丧了，他们的使命就是努力续接和开拓这个道统。"人能弘道，非道弘人。"张载反复强调"学必如圣人而后已"，为学者要以圣人为目标，如此气象乃是"为往圣继绝学"。

继承不是照着讲，而是接着讲。旧邦新命，需要哲思与时偕行。温故知新，儒家的创新往往是在创造性地继承中完成的，不仔细体会难以发觉。张载有首诗："芭蕉心尽展新枝，新卷新心暗已随，愿学新心养新德，旋随新叶起新知。"吟咏芭蕉，托物言志，28字的诗句中出现了7个"新"字，充分显示了他果于创新的胆识与追求。"义理有碍，则濯去旧见以来新意""当自立说以明性，不可以遗言附会解之""多求新意以开昏蒙"，这样的思想随处可见。后世弘扬横渠之学最为有力的王夫之就明言，张载思想学说中有不少内容是"六经之所未载，圣人之所不言"的。儒学贵在"知"，贵在思想的创新，更贵在"行"，贵在以实际行动积极影响社会，所谓"主持名教，担当世道"。

论学则必期于圣人，语治则必期于三代，内圣外王，一以贯之，这是理学家的共同志趣。程子说："王者以道治天下，后世只是以法把持天下。"这是对历史的针砭，也是对现实的指引。后来朱熹说得更清楚："尧、舜、三王、周公、孔子所传之道，未尝一日得行于天地之间。"不仅要重建心灵秩序，还要重建社会政治秩序，以圣人之道引领天下，实现有序、永续发展，如此气象乃是"为万世开太平"。

"四为"是道，忽然之间，感觉它就是"心智教育"遵循的"道"，一种"视野之道""格局之道""品质之道"，这个"道"直指教育的根脉：心之维和智之维，感性加理性，情感加思维。有了"心"的维度，教育才会深刻。

《士志于道》是一本书，是"心智教育"的"道"的源流，这本书的主人公是宝鸡高新三小的领航人郭冬梅校长。从她的身上，我们找到了与"四为"高度契合的气度和胸怀。

"教育不仅仅是取得好成绩、考取好大学、找到好工作、买到好房子，而是要从教育中导引学生的世界观、宇宙观，让人类命运共同体成为其工作和生活的方向。"这是郭校长对"心智教育"的朴素阐述。

翻开《士志于道》，走进她的教育传奇：

1987年2月的一天，一列火车呼啸着驶过石河大桥，向山海关关内进发。车厢内南腔北调，人声嘈杂。一个年轻的姑娘优雅地坐在车窗前，静静地向窗外眺望。她的视线沿着火车前进的方向，扫向不远处的群山，但见一痕白色的线条在山顶逶迤而上，起伏不定，绵延不绝。

啊，这不是角山长城吗？山海关快要到了！面对着这人类伟大的奇迹，姑娘明亮的眸子显出惊喜和激动，情不自禁轻轻地吟哦着明代黄洪宪咏山海关的诗句："闻道辽阳飞羽急，书生急欲请长缨。"她觉得自己就是一个请缨参战的战士，要从东北的黑土地转战到八百里秦川的黄土地了。

这是一位典型的东北姑娘，她那洁白纯净的脸庞，看上去像浴着春晖的玉兰花一样端庄清丽。姑娘名叫郭冬梅，此行是随新婚丈夫调往陕西宝鸡去教书。

2018年5月8日，郭冬梅在接受《中国教师报》采访时说："都说人老了爱回忆过去，但我从来不曾沉湎于回忆，沉湎于过去有什么意义？我只想面对未来，而眼下就有我干不完的事业！"郭冬梅一讲起教书育人，表情就像热恋中的人儿那般甜蜜，面容也变得年轻，温润的眼睛洋溢着激情的光芒。

在三小，除过国家课程、地方课程，如果要再寻觅一种课程的话，这个课程就叫《梅课程》。郭冬梅校长就是一本具有教育哲学思辨的活课程，这个课程有满满的情怀，更有精密的方法论。

正如郭校长所言："做教育应当有大格局、大胸怀、大未来，我们要做中国基础教育的领跑者。不光是为每一个学生负起责任，更是为每一个家庭、一整个社会担起责任。为万世开太平，是古时候每一个读书人的雄伟抱负，也应当是我们每一个教育工作者的向往。"

好的教育一定是有根的教育，好的教育须有思考力、领导力和执行力。让"心智教育"领跑中国教育不是梦幻，因为在三小，我们的领航人具备这种超能力，高新三小具备这种向心力。

> 郭冬梅校长就是一本具有教育哲学思辨的活课程，这个课程有满满的情怀，更有精密的方法论。

坐在教室里，我就是学生

我是一个老师，也是一个家长。我的女儿今年上高三，明年高考。上周我去了一所中学，听了一节数学课。说实话，我没听懂，老师教得很好，只怪我的基础太差。

坐在教室里，我就是学生。作为学生，我在意的是三点：一是学什么，二是怎么学，三是学的感受。我特别在意的是第

女儿喜欢唱歌，我喜欢做她的摄影师

三点——感受，那是一种不设防的、知无不言言无不尽的学习通路。如果这条路不通，其他的都免谈。

学的感受，即课要有意思、有意义。首先是有意思，其次才是有意义。

有意思是趣味性，它是课堂教学的入口。趣味性，体现的是教师个体的亲和力、吸引力、表达力。教师语言的温度、色彩度、幽默度，都直接决定他是不是一个有趣的人、课是不是有趣味的课。有意思，是同理心的外显，我站在你的立场，输出我的光芒，你被融化，我被感染，然后才是"有意义"的开始。

有意义是"好奇心"，指的是学科本质的穿透力、思维力、学术力。语文课的"人文"、数学课的"理性"等，都需要源于探究的好奇心，让学生自主发现，不亦乐乎。好奇心是被问题意识点燃的一种叩开知识大门与探索宇宙人生的兴奋感、急切感、新奇感，是思考过程中的身心俱忘、与时间融为一体、与思考的对象融为一体、物我交融、物我同在的专注感。心理学研究表明，专注带来积极的"心流体验"能产生多巴胺，增进心灵的愉悦。

好奇心不是用技术堆砌出来的，技术应用仅仅是对学科本质的辅助。

学的感受就是有意思、有意义。归根到底，就是同理心和好奇心。

如何保证同理心、好奇心在课堂生成，让课堂在"心"的维度贯彻到底？我们给同理心赋予了"游走和微笑"的姿态，给好奇心赋予了"展学与合学"的外衣。由此，我们提出了课堂评价可视化规章，即课堂"四美"：展学美、合学美、游走美、微笑美。其中，"游走美"和"微笑美"是面向老师的，"展学美"和"合学美"是面向学生的。

心智课堂与传统课堂最大的不同是变灌输式为浸润式。淡化或去除教的痕迹，强化学的张力。哈佛大学前校长埃利奥特在就职演讲上说："填鸭式地传授知识，就好像奋力把水洒在筛网里，即便水的质量再好，还是哗哗地流走了。"怎样让老师不灌输、不霸权、不霸台？那就是最大化地把学习的时间还给学生。教师走下讲台，学生才能走上展台。教师停止讲话，学生才能开口讲话、主动思考。教师在课堂必须练习有意识地节制自己的"讲"，才能有足够的意识、注意、时间、机会去倾听与观察，才能真正听见并看到每个学生。在课堂上，学生需要看到思想之光，看到讲台前教师的智慧与情感。讲台不是摆放祭品的供桌，而是人与人心灵沟通的平台。

我们有一种错觉：一节课教师讲的知识点越多，学生学到的越多。真的是这样吗？《美国科学院院报》（PNAS）发布的最新研究发现，当学生投入"以学生为中心"的主动学习过程中，能产生更好的学习成果。虽然学生本人更有可能倾向于听教师讲课，毕竟听教师讲更"省心力"。

前芬兰教育课程发展中心主任Irmeli Halinen对此做了进一步说明："主动学习往往比听一堂精彩而流利的讲课更费力，因为它需要付出更多努力——倾听他人的意见，提出自己的观点、联合反思、咨询和决策，调和不同的观点，寻求信息等。同时，可以学到生活中所需的许多技能。"

从技术层面，我们让学生展学、合学，阻止教师单向的灌输，替代教师讲授的时间；从学理层面，我们让学生在展学、合学中发现奥秘、发现自己。

展学背后隐藏的是批判性的对话、自信心的释放，即我把我的观点说给你听，你用你的质疑回复我的思想。我不再是一个怕羞的人，不再是一个言语匮乏的人，我说出了、说清了、说懂了。最主要的是，我越讲越明白，越明白越自信。至此，

心智课堂区别于传统课堂最大的不同是变灌输式为浸润式。淡化或去除教的痕迹，强化学的张力。

主动学习往往比听一堂精彩而流利的讲课更费力，因为它需要付出更多努力。

我懂得一个道理：自信是讲出来的。要打垮一个人的自信心，让他自卑、怯懦，那就让他闭嘴，不让他讲话，不给他讲话的机会。

合学背后是社会性交往，是学生交往的需要。我悦纳你，你倾听我。我不仅用逻辑、理性回答了是与非、为什么，还用眼神、手势、语气、感性让一来一往的交锋有了格局与未来。教育即生活，课堂是社会的模型，课堂当中的合作学习，是融入社会的缩影。有了批判性思维，就建立起了正确的认识；学会正确的交流，就可能让人接受或认可自己的观点。

像鱼一样游动，把阳光、爱心、释疑心给教室里的每一个孩子，这是灵魂的走动。游走美的背后是差异化教学，我的眼里有你，我进入你的思维世界，我们一起面对你的困惑，你愿意说给我听，我揣摩你的思路，我懂了，找到了源头，然后我们一起重新出发。

你的脸就是你的风水，爱笑的人运气好，笑是人与人之间最短的距离。叔本华曾说："一个人的面孔通常会比他的舌头说出更多有趣的事，因为面孔是他所说一切的概要，是他思想和志向的缩写，舌头只能表达一个人的思想，而面孔却能表达他的本性。"

有一次回家，一进门，老婆满脸的不高兴，我问为什么。她说我今天和她在微信上交流时，没有在对话框中输入"笑脸"。文字能达意，却无法达情。"笑脸"表情就有如此的杀伤力，何况是活生生的"笑脸"。

微笑美的背后是容错式悦纳，是非零和博弈。彼此站在一个平台上，级别相同、频道相同，才有继续交流下去的必要。尊重不分大小和强弱，不能因为我是大人，你是小孩，我就高高在上。你大、你高，就应该蹲下身子，平等对话。不要等到若干年后，孩子长得和你一样高，和你一样成熟，才想到尊重与平等。

微笑是尊重与平等的外显。微笑不仅是外在表情，还是来自心底的中肯评价和建设性语气。跟孩子说话的语气会影响孩子的情商和智商。尊重的语气，孩子会更有主见；商量的语气，孩子会懂得平等；赞美的语气，孩子能发现自己身上的优点；鼓励的语气，孩子能从失败中走出来。

微笑使人安全。一个人在人身安全、心理安全的前提下，脑洞才能大开。恐惧与压抑之下，何来思维？

可很多时候，我们做的都是出力不讨好的事情，我们想要的结果是"相看两不厌"，而非"相看皆讨厌"。

课堂是需要不断追问的，追问的主体是我们自身。当你的课堂多了很多"为什么"的时候，你就离心智之师越来越近了，这是常识。

> 课堂是需要不断追问的，追问的主体是我们自身。当你的课堂多了很多"为什么"的时候，你就离心智之师越来越近了，这是常识。

心智说

断　章

我一直在思考，教育的目的究竟是什么？在林林总总的答案当中，我最终选择了这个答案：教育就是让人成为最好的自己。在三小，我确认心智教育就是直面这个答案的教育。心智教育通过新发现式教学，让教育的主体和客体——学生和教师，不仅成为最好的自己，而且努力感动自己。

心智教育，一定是走心的教育。走心就是要让人舒服，赏心悦目，这里边蕴藏着审美和品质。

老师们，当你站在教室里，能否看见自己在育人时那种熠熠发光的样子？看见自己，看见绽放，是心智之师必达的使命。

学科组长还有另一个名字：学术组长。站在心智教育的高处，用心智的温度、学术的眼光，带好新老师，做好新榜样。

刘濯源教授的报告给我们什么启示？脑洞大开，直指灵魂。他给我们画了两条线：一条是警戒线，这条线告诉我们什么不能做；一条是高标线，这条线告诉我们应该怎么做。课标是低阶标准，只是让你及格；高标就是高阶标准，让你"跳一

> 心智教育通过新发现式教学，让教育的主体和客体——学生和教师，不仅成为最好的自己，而且努力到感动自己。

自己讲话的神态

跳，摘个桃"。这个标准是心智教育的标准。

心智教育的"心"，在于"不忘初心"。学生的核心素养是心智，心智的出口是心智达人。备课、上课、研课其实都是心智教育的入口。站在入口，我们就要想出口，一定要有出口意识。备课是上课的前奏，备课不仅要备课标、备教材，更要备学生。备学生就是备出口。

最好的养生方式，就是和一个舒服的人拥有一段舒适的关系。师与生需要这种关系，老师和学生的关系，就是和教育的关系。

今天的智慧教研培训是高新三小教学研究的3.0版，既是智慧教研，更是系统教研。高新三小心智课堂由两部分组成，即心智内核+智慧课堂。心智赋能，醍摩花香，从TPC到CPT，从技术到心智的核心，再从心智的核心到技术，我们的思路其实很清晰。课堂的根在"心智"，在思维，在新发现式学习，在深度学习。

在我的大脑里，有这么一张图，我把它称作"课道金字塔"，塔尖是"上课"，塔身是"备课"和"研课"，塔基是"悟课""悟课""悟课"。上课、备课、研课、悟课与"心智"有怎样的关系？用心智教育的理念来悟课，用心智课堂的策略来备课和研课，用心智之师的素养来上课，这里的素养包括学术素养和人格素养。

智慧教研，让我们要成为这样的三种人：第一种，我是主讲人，我在焦点处，发表我的政见，阐述我的观点，我思故我在，人人都做思考者，今天我是当班的主讲人、思考者；第二种，我是分析师，我在采集到的数据里寻找缘由，精准决策，不再跟着感觉走；第三种，我是典藏者，那是研究的出口，必定盛放用心血和智慧凝成的作品。

漫生活 慢教育

随着5G时代、大数据时代的到来，教育信息化就是一种必然。技术其实就是一种长臂思维。学校自去年就引进了醍摩豆智慧教学系统——心智课堂+智慧课堂，如果把心智教育比作一艘航母，智慧课堂就是航母上的舰载机。心智教育的思维可视化、学科思维导图，智慧课堂的TPC教学设计、课堂教学中的四大必杀技、十八般武艺，课后的苏格拉底数据平台，可视化、高交互、大数据，让心智教育从技术层面实现了质的飞越。

爱孩子的最短路径就是给孩子好课堂，爱自己的最美路径就是让自己上出好课堂。好课一定是深入浅出、简单明了的课，让复杂的问题简单化、深入的问题结构化。好课其实就是12个字：主动、互动、生动，大气、灵气、喜气。

上完每一节课我们都要反思：我有多少时间和精力是用在数学思考力的培养上的？整个教学过程能给孩子们的思考力带来哪些增量？

一堂课的结构就是学生思维的结构。教学要从学习的逻辑起点转变为寻找学生学习的现实起点。老师的课一定是建立在学生独立完成课前学习任务单的基础之上的，这是看得见的现实学情基础。

"准备好了"是上好课的前奏和预言。

先学后导一定是建立在数据分析之上的，这是定性定量的诊断。数据能解决效能问题，能解决老师少讲学生是否专注的问题和课堂教学时间的问题。

在线答疑是最好的知识入框。个性问题需要老师进行个性化的对话。首先是通过老师的主观评测，发现学生的困惑，及时跟进，这种跟进是被动的；其次是由学生主动提出问题，老师接招。这种答疑是建设性的，需要提倡。在线答疑，是解决"一个都不能少"的问题。

心智教育是一棵根系发达的大树，我们要做的只是让这棵大树枝繁叶茂、开花结果。这个果就是学科校本研究，即《心智语文》《心智数学》《心智英语》《心智科学》《心智体育》《心智艺术》等。

上完每一节课我们都要反思：我有多少时间和精力是用在数学思考力的培养上的？整个教学过程能给孩子们的思考力带来哪些增量？

没有笑声的课堂，就像白天没有阳光、黑夜没有月亮。语言的幽默、随和、亲善，会在课堂发出强大的磁场，让课堂熠熠生辉。在老师语言的光环下，学生会变成认真倾听的"喜羊羊"，会变成面对挫折依旧是"我还会回来的"勇往直前的"灰太狼"，听着、实践着、成长着。

学习是要有姿态的，姿态决定状态，这是暗示，又是提醒。统一手上的动作，就是在统一同步思维。

大即是小，虚即是实，快即是慢。从前感觉大道理太虚，落不了地；现在感觉道理就是本质，是方向，是方法。大与小、虚与实、快与慢，在成长中悄悄改变着它的使命。

现阶段，我们要做三件事：重建教育生态、具化心智模型、输出生活素养。

从管理角度来讲，"心"指的是动力系统，面向人的素养；"智"指的是技术系统，面向操作路径。

图片能看出一个人的审美，文字能看出一个人的内涵，音乐能看出一个人的品位。同样，课堂可视化问诊能看出一个老师是不是心智之师。

理论是灰色的，好的实践就是好的理论。从实践到理论，从理论到实践，这是一个全身运动。

理论是灰色的，好的实践就是好的理论。从实践到理论，从理论到实践，这是一个全身运动。就像汪曾祺《人间草木》里写的："在黑白里温柔的爱色彩，在彩色里朝圣黑白。"

课题观察量表就是解决工具学、真实学、深度学的问题。

要善于用规范表达学术，用学术起底规范。

任何东西都不是别人教会的。你得悟，海绵式吸收，过滤式体验。

一个月来，你们给自己"立标准"，那是"焕然一新"的蜕变；你们给自己"纳智慧"，那是"海纳百川"的扩容；你们给自己"留教训"，那是"翻山越岭"的经验；你们给自己"悟人生"，那是"奋发图强"的真诚。

一个月后，你们要理会：解决大问题，不出大问题；思考小问题，拥抱小欢喜。年轻是你们最大的生产力，因为你们有精力、潜力和领悟力。任何生长都需要付出时间的代价，用时

漫生活 慢教育

间的累积，用恒久的定力，去再次体验、理解和创造，让"心智之师"成为你们心中闪亮的信仰。

今天是12月17日，距离放假的时间越来越近，我们是不是有这样的心理暗示：这是后期了，可以急急忙忙，也可以马马虎虎，以撤退状逃离。这里我想讲，后期只是一个时间段的划分，教育、育人没有前期、中期、后期之分。每一周都是常态，每一天都是规范，每一节都是心智。

学生展示时，他目光的朝向，就是自信的方向。学生站起来发言，他是不是能够抬起头，注视着老师，注视着同学，是不是能够从他的身上看到一种勇气，一种令人嘉许的个人魅力，而不是胆怯的目光无处躲藏。在课堂上，我们是否整体性思考到，教育，特别是学校生活对一个人多方位的影响与成就。怯懦、自卑、不善言辞、缺乏表现力，是教育目标窄化的衍生品。

数学"探读发现"是指在数学主题教学中确定核心问题，读取数学信息，用思维可视化解构核心问题，用认知结构化建构核心问题，发现学科规律和学科本质，促进和提升学生"数学思想、数学意识、数学人文"三大模块数学核心素养。探读发现是解决"读什么、怎么探、能发现什么、培养学生什么能力、提升学生什么核心素养"的问题。探读发现的起点是"读"，过程是"探"，终点是"发现"。"探读发现"的根本还是要解决深度学习、内驱力学习，让思维与情感同步，"识、智、心"三维统一，实现知识建构、认知加工、心灵成长的契合。

学生展示时，他目光的朝向，就是自信的方向。

建　构

有人问我："你们为什么要做心智教育？"我没有马上回答她，而是反问："你对心智教育了解多少？"她摇摇头。我又问："你对教育的现状了解吗？它的弊端是什么？"她倒豆子一般说了一大堆。

万象之因，终结之末。看到了教育之缺，就要有教育之响。心智教育，就是这样产生的。

心智教育就是让人感觉舒服的教育，这个舒服表现在"心"的温暖，"智"的有力。

万象之因，终结之末。看到了教育之缺，就要有教育之响。心智教育，就是这样产生的。

心智教育是一种理念和教育方式。从字面看，它是四个字，两个词语，第一眼看到这个词组的时候，你会先关注哪个词？"心智"还是"教育"？我先看到的是"教育"，其次是"心智"。心智教育，首要是对教育生态的搭建，然后才是对心智策略的达成。心智教育，不仅仅是课堂内、围墙内的教育，更是一种生活教育和生命教育。简单一点说，心智教育就是让人感觉舒服的教育，这个舒服表现在"心"的温暖、"智"的有力。

心智教育有三个圈层、六颗心。

外层是学校即心智学校，要有关心、包容心。

"永不关闭悦纳的大门，永不停止思考的脚步。"用关心指引包容心。要有包容心，老师得走近学生、关心学生，让学生感受到老师的温度，让老师感受到学生的温度。走近学生，理解学生，关心学生，包容学生。

中层是老师即心智之师，要有细心、同理心。

"人人都是发光体，人人都是思考者。"用细心指引同理心。要有同理心，老师得俯下身子、蹲下身子，带上扫描仪、放大镜、显微镜，站在对方的位置设身处地地洞察，错误也许不是错误，而是一堆金矿。教育就是一堆细节，老师看到的满眼都是教育。

里层是学生即心智学子，要有信心、好奇心。

"让学生主导发现，让学习自然发生。"用信心指引好奇心。要有好奇心，老师得给予他们足够的尊重、信心、超能量。不是负重前行，而是轻装上阵，让他们自己沉醉其中，走火入魔。没有爱就没有教育，没有兴趣就没有学习。

心智教育在课堂怎么做？

教师层面：教什么、怎么教、怎么教得更好；学生层面：学什么、怎么学、怎么学得更好。

教师教什么？学生学什么？这是课程设计范畴，这里略过，重点回答后两问。

一、怎么教、怎么学

怎么教和怎么学，其实是要解决用什么工具去教、去学的问题。好比要从甲地到乙地怎么去？坐什么交通工具去？

用什么教？

两种教学工具：思维可视［学科思维导图、数据可视（醍摩豆）］。

用什么学？

一种学习方法：新发现式学习法（语文：大单元赏析发现阅读法；数学：探读发现法等）。

二、怎么教得更好、怎么学得更好

教得更好与学得更好，是一个共创共生的共同体。这是教师的深度研究与学生深度学习的问题，设计主导是教师，学习主体是学生。作为设计主导的教师，要有两方面的作为。

1. 教学理解（备课、研课）

（1）三种意识：从"心、智、识"三个维度来进行深度思考和设计。

心之维：心灵成长——好奇、冲突、顿悟、奖赏。

智之维：认知加工——本质、关系、结构、策略。

识之维：知识入框——提点、连线、构面、成体。

（2）六种研课途径：读课（悟出来）——说课（说出来）——创课（写出来）——转课（上出来）——析课（看出来）——典课（立起来）。

2. 教学呈现（上课、观课）

四种执行路线：

时间比（时间纬度）、路线图（空间纬度）、融汇率（学习深度）、课题链（研究精度）。

七种可视化约定：

生：展学美（批判性对话）、合学美（社会化交往）、倾

> 教得更好与学得更好，是一个共创共生的共同体。这是教师的深度研究与学生深度学习的问题，设计主导是教师，学习主体是学生。

听美（静态化思维）。

师：游走美（差异化教学）、微笑美（容错式悦纳）、板书美（结构化认知）、数据美（精准化决策）。

五种课堂学理清单：

教师：TPC教学设计；学生：学习活动单；管理：心智精课内涵图谱、心智课堂十大标准、心智课堂可视化问诊。

概括起来就是：一种方法，两种工具，三种意识，四种路线，五种清单，六种途径，七种约定。

绘声绘色

我所见，皆有生命，皆有语言。

他们是我们的童话，

我们是他们的童年。

彼此纯真、坚定、温暖。

看见思考，看见教育，

看见深邃清澈的精神内涵。

掬手之间

5岁那年，我第一次坐在教室里，傻傻的，什么规矩都不懂。老师提了一个问题，说谁会就举手。问题很简单，我立刻响应老师的号召，jú手！但什么是jú手呢？我一下子想起了把两只手合拢在一起，掬泉水喝的情景，jú手——掬手，就这么办！两手掬在了一起，呈给了老师。老师笑了，我蒙了……

童年是一张白纸

上面流放着闪闪的星星

我在课堂上坐

遇见纯纯的童心

举手，提问

不是高高的旗帜

而是双手并拢

掬起一汪泉水做回应

蓝天，绿地，欢颜，爱上纯真的起点

现在

年龄已是一棵老树

树里藏满了年轮

但我依然记得

树心的那汪泉水

那是不经雕琢的善

那是清澈透亮的真

像眼睛

凝望我的人生

小课题是挤在墙角的战斗，大课题是跳出堡垒的战役。

漫生活　慢教育

课题说

小课题是挤在墙角的战斗，大课题是跳出堡垒的战役。

课堂是工作室最美的遇见，课题研究是课堂行走的风。

"致力思，致力行"，才有风调雨顺的好课堂。

课题研究的意义，不是哥伦布发现新大陆，我们更多的只是就着前人的脚印顺道而行。结果不是焦点，重要的是过程。

课题研究似上帝之手，它的意义在于昭示和提醒我们：在繁杂而又匆忙的日常教学中，稍稍停下脚步，在一处安宁的地方，平心静气，重新打量那些被我们错过的思维的风景，然后与它相视而笑，顺便也可以对曾经熟视无睹的它们打声招呼："原来，你在这里！"

一笑倾城，春光无限，这才是研究带给我们的美好！

课题研究不是课外的装点，它是课堂教学思辨的搜索引擎。课堂教学中遇到的种种问题，也只有借助课题研究在课堂中得以求证。因此，我们可以这样讲：课题是课堂的事，课堂是课题的家，带着课题来上课，是每一位任课老师走进课堂时必备的行囊。

课题研究不是一个人的事，当局者迷，旁观者清，课题研究需要团队。在课堂中，课题研究至少需要团队的两个人，一个是体验者，一个是观察者，互为镜面，互相照耀。

"课，好课，上好课，研课，悟课。"这是我的认知逻辑。我们的目标不是星辰大海，而是课程、课堂。上好课是老师最大的师德。

行在厦大

课题研究不是一个人的事，当局者迷，旁观者清，课题研究需要团队。在课堂中，课题研究至少需要团队的两个人，一个是体验者，一个是观察者，互为镜面，互相照耀。

什么是好课？怎么上好课？怎么研课？怎么悟课？我们一直在思考和践行。

我们寻求立德树人、课程标准、心智理念三者的高度融合。立德树人是心智课堂的魂，课程标准是心智课堂的形，新发现式学习法是心智课堂的根。让能力长在学生身上，是我们课堂教学的目标和方向。

我们有简明的课堂可视化问诊规章，简称"七美"。其中指向学生的是展学美、合学美、倾听美，指向老师的是游走美、微笑美、板书美、数据美。"七美"背后的教学原理，分别是展学美即批判性对话、合学美即社会化交流、倾听美即静态化思维、游走美即差异化教学、微笑美即容错式悦纳、板书美即结构化认知、数据美即精准化决策。

我们有上课观课执行路线，简称"四度"，即时间维度、空间维度、学习深度、研究精度。与之对应的微观表征分别是时间比、路线图、融汇率、课题链。

课题汇报，就是指向课题链的研究和会诊。

心智教育的理念和操作路径，给了我们可以仰望的天空和可以脚踏实地的实践。如何让能力长在学生身上？如何让心智课堂根深叶茂？我们必须得站在学术的高度来审视。

阶段性课题汇报，就是一次课堂教学的学术表达。之所以说这次的课题汇报是阶段性的，是因为我们的研究永远在路上，而且我们的研究在每个阶段都有研究的重点和突破的难点。从课题研究的系统性和完整性来讲，每一次阶段性研究都是碎片化的，但经过一个比较长的研究阶段，我们会发现这些应该都是心智教育这条长线上的珍珠，彼此分离，却又心心相印。这是我们期待的。

课题汇报有四个模块，即课题主干、观察量表、校本教材、教研总结。

没有观察量表、数据分析的研究都是伪研究。

这四个模块是有重合的，如教研总结中包含课题研究，课堂研究中包含观察量表、校本教材。之所以单独提出来，就是想突出重点、攻难克艰、发现疏漏、解决问题。

在日常的听评课环节，我们都有两种角色：一种是上课人（体验者），一种是听课人（观察者）。在课题汇报的现场，每一位老师要兼顾两种角色，既要汇报（体验者），又要评价（观察者）。

阶段性课题汇报，就是一次课堂教学的学术表达。之所以说这次的课题汇报是阶段性的，是因为我们的研究永远在路上，而且我们的研究在每个阶段都有研究的重点和突破的难点。

漫生活　慢教育

约 定

"学科带头人"是一种荣誉，更是一种修为。"怎样带头？怎样带好头？"这是我们必须思考的问题。我们既要以一种"归零心态"重新起航，又要以一种"空杯心态"重新思考。

首先，我们是学习者。通过不断学习，提升自己的专业化水平，使自己具备教育教学研究、课程教学管理、课程资源开发建设实验与经验推广、教学指导与教学服务五项基本职能。

其次，才是骨干教师要履行好教学管理、教学指导、示范课、听评课、案例分析、调查研究、区域交流、网络教研、经验总结推广等岗位职责，创造性地开展教育教研活动。只有弄清"我是谁"，才能读准"真经"，修成"正果"。

作为骨干教师，其成长究竟靠的是谁？答案是广大一线教师和学生。只有和一线教师一起，依靠广大教师，才能促进我们的成长。

骨干教师要做好帮扶对子，潜下心来帮助教师制订学期（学段）教学计划，备课、上课、磨课。成就别人，快乐自己。

教不研则浅，研不教则枯，只有我们不断反思"我是谁、依靠谁、为了谁"，才能在自己的教学生涯中走得更远。

学科带头人要有这样的视角："平视、仰视、俯视"。"平视"自己，给自己一个准确的定位；"仰视"名师，给自己一个宽广的视野；"俯视"同伴，给自己一个接纳的胸怀。

学科带头人的起始点是教学，落脚点是学生。学科带头人，带的是学术，带的是专业人脉，带的是对生命的敬畏。说到底，带的是一种原生态的生活。懂生活、懂教育、爱生活、爱教育，只有这样才能让教育找到回家的路。

一个好老师，一个优秀的学科带头人，应该是精神上气象万千、专业上有尊严的人，能"坐得住、走得出、行得远"，

教不研则浅，研不教则枯，只有我们不断反思"我是谁、依靠谁、为了谁"，才能在自己的教学生涯中走得更远。

知行合一，敢想敢为。

导师的意义

关于导师的意义，我的理解是：我在前边演，你在后边学。之所以说是"演"，是因为我的心是虚的，我很清楚我有很多短板，"导师"这两个字分量太重。然而，我从楚老师身上看到了很多鲜亮的光点，这些光点让我骄傲。

"导师"两个字分量太重

一是她的大爱情怀，二是她的工匠精神，三是她的专业素养。

2015年10月15日，是我工作室启动的日子，楚老师是我工作室的成员。因为要参加渭滨区教研活动，楚老师是做课专家，那边的活动不能耽误。活动一结束，她就开着车上高速，急匆匆往我工作室启动仪式的现场赶。她说："再晚我也得过来。"当时，她手捧着一束鲜花，穿过会场过道，径直走到了前台。一束花，芳香了整个仪式，这是锦上添花，这是朝圣者的心花。这花里，饱含了一种浓浓的大爱情怀！

我的工作室有一本册子，我把它放在醒目的地方，并把它作为一个样本向参观者推介，这本书的名字是《数形结合思想在北师大版小学数学教材中的渗透整编》，作者就是楚老师和她省级优秀教学能手工作站的团队。这本书的装帧设计、编辑意图、内在品质堪称完美，精致、工整，丝丝入扣，甚至找不到它"脸上"的一个"疤痕"，她不会放过任何一个标点。细微之处显精神，这种精神就是工匠精神！

有人问我："赵老师，你心目中的女性数学教师应该是什么样的？"我说："她应该戴着黑框眼镜，浑身散发着法国香水味。黑框眼镜是指数学人应该具备的理性、严谨；法国香水味是指数学人要关注的核心素养，即数学人文、数学意识和

漫生活　慢教育

数学思想。会用眼睛发现数学美，会用嘴巴进行数学表达，会用心触摸数学的灵魂，进而产生对它持久的兴趣，这是数学人文；运算意识、空间观念、符号意识、解决问题的策略等，这是数学意识；数学思想有很多种，可以归纳为三种基本思想，即抽象、推理和建模。楚老师的课题研究就是这三种里面的一种，有研究价值。我听过楚老师不止一节课，楚老师给我的印象就是"眼镜加香水"，这是我最看重的一个数学人必须具备的专业素养。

泰戈尔说："人，生来就是一个孩子，他的力量来自他的成长。"人生，本来就该如此，聆听拔节的声音，珍惜且前行。前行的路是什么样的，那不是我们所想。如果是遥不可及的天空，那就让它成为一幅意境深远的画；如果是千沟万壑的山峦，那就让它成为一首平仄对仗的诗。我们能做的，就是在教育的麦田里，把仰望的姿势站成风景，再把守望的目光写成永恒。

如果把一个人的成长等分成一百份，我以为，20%的付出，就会有80%的回报，但前提条件是：你得把简单的事情做好，这个简单的事就是多米诺骨牌的头张牌。楚老师的成长就是这样的轨迹。

在一次分享会上，楚老师说过这么一句话："成功的路上并不拥挤，因为坚持的人并不多！"我再添加一句："坚持，是为了找到更好的自己！"

> 如果把一个人的成长等分成一百份，我以为，20%的付出，就会有80%的回报，但前提条件是：你得把简单的事情做好，这个简单的事就是多米诺骨牌的头张牌。

优秀是花香

今天，我们在这里授予他们"优秀备课组"，是源于一个团队的优秀，不是一个个体。

"优秀"是什么？优秀不只是教学成绩的"优"，更在于获取成绩的基石是否"养眼"和"走心"。

他们是优秀的，优秀在于"和"，和善、优雅，亲如一家。

行在北大

他们懂得，"和"是一种涵养，是一个团队走远的航船。

他们会好好说话，和和气气地商量、平心静气地沟通，当纠结于心，甚至于郁闷和愤懑，他们会找到"合适"的出口，不伤及无辜，不触碰底线。"静默"和"换位"，让他们释然。

他们是优秀的，优秀在于"担"，接纳、担当，迎难而上。

他们懂得，"担"是一种必然，礼尚往来，谁都有难过的时候。

她请假了，我去顶；我生病了，她来上。一张张替代课的单子，其实就是一张张答卷。

他们是优秀的，优秀在于"变"，创新、求变，不断思索。

他们懂得，"变"是一种智慧，是善待自己、让自己内心充盈的独门武功。

> "变"是一种智慧，是善待自己、让自己内心充盈的独门武功。

我的课堂不要总是老牛拉破车，天天都一样，样样都悲怆；我的研修不要总是人云亦云、做做样子、交个本子，不做"又忙又懒"的机器人。学着做一个"智慧型"的懒老师吧，变个方式做教学，让学生自主发现，让教育自然发生。

学以致用，现学现用，活学活用。只要你真心想做一件事，全世界都会为你让路。只要你盛开，必然花香满园。

漫生活 慢教育

群像描摹

担　当

如果有一种力量可以指引人生的方向，这其中一定有他的光芒；如果有一种声音可以影响一个人的思想，这其中一定有他的嘹亮。血性，担当，迎难而上。田径场，是他的训练场，是他的责任田，也是他的委任状。他在这里，不卑不亢，书写历史，创造辉煌。

从　容

从容自若，妙语连珠，她用优美灵动的语言，创设了诗意横生的课堂。昨天，她还在蚌贝中挣扎磨砺，痛苦成长。今天，她已是一颗闪亮的珍珠，光彩夺目，自成一章。

今天，她已是一颗闪亮的珍珠，光彩夺目，自成一章。

历　练

一个优秀的老师，成长中必须且应该经历多次的、艰苦的、有力的自我训练。大道无言，淬火知蔓。少了睡眠，多了心牵；少了抱守，多了创变。历练，让她走得更稳、更远！

信　仰

她是一朵梅，外朴内秀，吐露芬芳。她是一名组长，一方"牧场"，信马由缰。从实验到实验，她以自身的榜样，给了一个团队定心的方向。路还很长，比路更长的，是信仰。

干　练

讲台精灵，课改先锋。学生们一张张求知的脸，总能激发她无限的神采与热情。从她自信而灿烂的笑容，我读出的不仅仅是善意和活力，还有虚心好学、真诚直爽、雷厉风行。

童　真

青春不是年华，而是心境；青春不是桃面、丹唇，而是深沉的意志、炽热的感情。当面临召唤，她们挺身而出、老当益壮，并把孩童般的童真带给组内年轻的后生。

乐　观

有人把支教当成了一场苦难，他们却把支教当成了一场沐心旅行。悲伤可以压缩，快乐可以如影随形。思考、践行，快马加鞭，风起云涌。有一个遥远的地方，叫凤阁岭。有一个美丽的传说，叫凤凰城。

坚　韧

又是一年支教季，离家百里行。我的家访路，你的水墨人生。高高搭起的脚手架，承载的是校园的风景，是大山期盼的眼睛，是一个团队的不了情。就这样，他们学会了坚韧。此时，此刻，自始，至终。

认　真

这是一支由当地艺术体育界的大家组成的优秀团队，精湛的技艺，谦和的修为，守时、认真、专注的状态，让人分不

又是一年支教季，离家百里行。我的家访路，你的水墨人生。高高搭起的脚手架，承载的是校园的风景，是大山期盼的眼睛，是一个团队的不了情。

漫生活

慢教育

清"外"与"内"的差距。我在哪里？哪里就是我的一亩三分地。用心耕种，问心无愧，请接受我们由衷的敬意！

健　康

在宁静中蕴蓄能量，在运动中绽放豪情。体育对她们来说，已不仅是一种技能、一个紧张工作之后的放松，还成为她们培育友情的途径。她们用激情、速度、力度绘制青春，用自信和坚持美丽着健康的心境。

成　绩

成绩是什么？成绩是与你面面相觑的镜子，这个镜子里有承载成绩的卷子，卷子里的一笔一画、勾勾叉叉，都是你教学能力与教学智慧的点滴累积。成绩是与你形影不离的温度，你的微笑是课堂里盛开的最美的花束。我愿意俯下身子听你讲述，我懂你的马虎、疑虑，还有心中永不服输的志气。不唯分数，却赢在成绩。心智的海洋里，是温暖有力的数据。我们，确信无疑。

我愿意俯下身子听你讲述，我懂你的马虎、疑虑，还有心中永不服输的志气。

教　研

好课堂的根深叶茂，需要学术的渗透力。从课堂可视化规章，到课堂执行路线；从我是主讲人、我是分析师，到我是典藏者；从带着课题来上课，到带着课题来观课；从课堂教学，到教育常识、教育生态。懂了教学背后的秘密，就多了行动的自觉；行了教学规章的约束，就多了坚定的勇气！

勤奋的样子

这几天，我在校园采访了几位同学，我问他们：什么是勤奋的样子？

一位同学这样说：勤奋肯定和时间有关。一个勤奋的人一定是一个科学规划时间、有效管理时间的人，一定是一个惜时如金的人，入室即静、入室即安、入室即学。他会把零零散散的时间聚合起来，让时间"变长"，他会把课堂的每一分每一秒给予的营养全盘吸收，倾情、专注、投入。时间观，是勤奋这扇大门的第一把锁。

一位同学这样说：勤奋的人，速度肯定很快！这个速度包括思维的速度、书写的速度、行事的速度。有了速度，时间就会成倍增长，效能也会最大化。我追问：有一篇课文叫《欲速则不达》，机械地讲求速度不可取，怎样的速度才是有效的速度？他说，那得讲方法，科学的方法才有科学的速度。他给我说起了他的学习法宝：知识结构化、思维可视化。这两种方法是我们宝鸡高新三小心智教育的学习工具，关键是怎么用它们。当你为作业头绪多而喊累的时候，当你为学习效果不佳而叫苦的时候，你就要想想这两个学习工具是否发挥了它们应有的作用，是不是到现在为止你还没有真正弄懂它们的要义和精髓。

一位同学这样说：勤奋的人，他眼前的路一定是清晰的，有目标、有驱动。在赶往目标的路上，他有恒心、能坚持、言必信、行必果；在赶往目标的路上，他能用审美观照自己，就像路旁鲜花盛开，这些鲜花可以是整洁的书桌、秀美的字迹、欣赏的眼神、得体的衣着、合作的智慧。今天早晨，我在每个教室又巡视了一遍，我看到了这些鲜花，也看到了一些杂草。接下来，就看老师是否用心培育，是否精心耕耘。

三位同学各自提到了一个数学概念，即时间、速度、路程。我进行了一个梳理：时间×速度=路程。我的理解是，依托科学规划的大时间，用科学的学习策略提升学习力、建构学习效能，在时间和速度的相互支撑下，冲向目标的终点。这是一种数学数量关系，也是一种学习力与勤奋的关系。

　　"学最好的别人，做最好的自己"应该是这段路上最有力的誓言，让我们一起努力！

下一次是芳华

　　2018年5月，和北师大在纸上有了约定。2018年7月，和北师大心手相牵。第一眼望见北师大的校名，我就在心里幸福地默念：北师大，我来了。

　　我是幸福的。幸福，有人把它解释为"幸运+福气"。无疑我是幸运的，我选了北师大，北师大也选了我，两情相悦，这是莫大的幸运！而我们的导师、我的同学们，他们给予我的滋养，让我浑身福气满满。

　　我的导师李琼教授送给我两本书，其中一本是《数学的美与理》，这是李教授对我的关爱，是对我专业研究的指引。在北师大的这些天，我找寻到了北师大的美与理，这是对我人生的浸

北师大基地卓越教育家培养计划启动仪式

我的导师们，我的学友们

润，是对我教育的重新认知和唤醒。

　　从"木铎金声一百年"的雕塑、"学为人师，行为世范"的碑文，到古色古香的楼宇、幽静深远的学子路、社团前沿活动的布告……我每天都耳濡目染着中国最高师范学府的仙气、灵气和书卷之气。我把这些拍下来，让照片凝固这里的美！

　　需要凝固的，还有导师们眼里的光芒和口中的思辨。

　　当学术研究和批判性相遇的时候，真理就在不远处等着我们！导师们的一一回应、一针见血、视野开阔，为我们的"经验"开启了一扇天窗。当高端的理论与如饥似渴的需求相遇的时候，实践才更有力量！我们体验了拼图式阅读，专家组和家庭组，赋予阅读新的生命。我们知晓了有一种成长叫"口述史"，它会让我们在导师的追问中情不自禁，滔滔如流水，或者会心一笑，或者眼泪稀里哗啦。我们经历了豪华版的"一对一"面授，一位知名教授和一名普通教师面对面，那是顶天立地的事情。也因此，我们必将从茫然的求知者变成一个"有底气、有方向、有力量、有产出"的"四有"新人。我们不是"六个一"的问题，我们是成长和蜕变的问题。

　　这是北师大的"理"。

　　北师大教育学部的英东楼是我们的主修地，每次路过研修室外长长的走廊，我感觉自己就是一个背着书包来上学的小学生；路过导师们办公室的门口，没有了小时候的拘谨、紧张，有的是一份无以名状的喜悦和期待。理论导师李琼教授一字一句指正我"一书"的机理，她说，我的牧场式教学和心智

漫生活　慢教育

教育理念一点都不矛盾，两者完全可以兼容；对于我们教学理论的欠缺，她说，好的实践就是好的理论，不要太纠结理论的稀缺，从实践中来，到实践中去，就是理论……李教授说我是一个好学生，好的理由大概是我专注的神情、顿悟的表情和记录的真情，一个上午，我的研修簿已经写了多半。下课，整理好桌面，喝完李教授亲手泡给我的绿茶，起身离开。"李教授再见！""再见，赵老师！"简单的对话，像极了我的学生时代，不同的是，我完全沉浸在被关爱的氛围里，亦师亦友，无上荣光。

2018年7月27日，是我坐高铁从北师大返家的日子，也正是我上高一的女儿坐高铁去郑州看张杰演唱会的日子。女儿有女儿的偶像，我有我的偶像。北师大是制造教育偶像的肥沃的土壤，导师们就是我的偶像。在这里，我零距离地享受他们的"美与理"，并将它传递给我的学校、我的学生。

离开北师大的下午，我和伙伴特意在北师大东门书店买了一摞书籍，书作者有我们的导师，封面有我们的"北京师范大学出版社"。书很沉，但很有温度。

3年，6学期，6个30天，18次相约，还有我们中间逐一走进12位同学所在的学校，以及境外研修，同学友情会历久弥新。李百艳老师、陈伟光老师、谢静老师、张艳平老师、郭家梅老师、马建荣老师、王建华老师、于伟利老师、郑丽娟老师、盘如春老师，谭蕴华老师，你们好，我的大学同窗！

人生若只如初见，第一次是符号，下一次是芳华，我们又一次的大学时光。

好的实践就是好的理论，不要太纠结理论的稀缺，从实践中来，到实践中去，就是理论。

女儿有女儿的偶像，我有我的偶像。北师大是制造教育偶像的肥沃的土壤，导师们就是我的偶像。